XINMEIWEN

新美文

于文胜 李贵春 ◎ 主编

新疆美术摄影出版社

图书在版编目（ＣＩＰ）数据

新美文 / 于文胜, 李贵春主编. -- 乌鲁木齐 : 新疆
美术摄影出版社, 2010.10
ISBN 978-7-5469-1227-1

Ⅰ. ①新… Ⅱ. ①于… ②李… Ⅲ. ①文学—作品综
合集—中国—当代 Ⅳ. ①I217.1

中国版本图书馆 CIP 数据核字(2010)第 203004 号

责任编辑 : 周军成
制　　作 : 王　晔
封面设计 : 党　红

新美文

主　编：　于文胜　李贵春
出　版：　新疆美术摄影出版社
地　址：　新疆乌鲁木齐市西北路 1085 号
邮　编：　830000
印　刷：　乌鲁木齐精彩阳光印刷包装有限公司
开　本：　787×1092 毫米　1/16
印　张：　15.25
字　数：　230 千字
版　次：　2010 年 11 月第 1 版
印　次：　2010 年 11 月第 1 次印刷
书　号：　ISBN 978-7-5469-1227-1
定　价：　32.00 元

目 录

2

于文胜

长梦无季

黄灿灿的榆钱儿挂满树枝的时候，大舅又叫母亲去撸榆钱儿。榆树上长得这种像铜钱儿的东西，在青黄不接的时候，和包米面掺在一起，用笼蒸了，是菜饭合一的好东西，在那粮食老不够吃的年代，能填饱一家人的肚子。

母亲提了篮子走出小院的时候，牛蛋扔下扁担赶紧跟了出来。

"俺不许跟着！"母亲说。

"俺打柴呢。"牛蛋说。

牛蛋腰里就别了把砍刀。

牛蛋和母亲是娃娃亲,打小就定下了的。全村人没有不晓得的。牛蛋已发育得五大三粗,一米八的个头,虎头虎脑,壮实得像头公牛。母亲早已出落得花容月貌,高高的身条段子,在村里没哪个姑娘能比,村里人都说,真好的一双,老天爷看准了配对呢。村里的后生娃没少打母亲主意的,都被牛蛋抡拳砸了个稀烂。

"小月……"牛蛋跟紧了母亲。

"叫姐!"母亲说。

牛蛋就怯怯地叫了声:"姐。"

牛蛋打小就是母亲的小尾巴,总是姐长姐短地跟母亲耍。其实牛蛋有4个姐姐,哪个也没他跟母亲亲,母亲有3个哥哥,哪个也没她对牛蛋好,母亲没有弟弟,不和哥亲,就亲了牛蛋弟弟。只是后来都长大成人了,男女间交往母亲就多了羞涩,不再与牛蛋嬉耍了。牛蛋却还像小孩子,老找着茬凑在母亲跟前。牛蛋闹,打小就壮实,在后生们面前很男子汉,谁敢跟他脾气,牛蛋一拳就让他出血。两个后生跟他摔跤,他左右一搂乎,全趴下了。有牛蛋,从未有人敢欺负母亲。可牛蛋打小就怕母亲,就听母亲的,就亲母亲。牛蛋把牛屎扔到母亲要好的姐妹身上,母亲扒了牛蛋的裤子,把个屁股蛋蛋打得通红,疼得牛蛋呜哩哇啦又哭又叫,就是不敢动母亲一手。

"小月姐……"牛蛋改了称呼。母亲听了还顺耳,问:"又要做啥?"

牛蛋就嘿嘿地笑,撸了一大把榆钱儿放进篮里。"俺爹说,明年俺就够政府说的年龄了,让咱们把事办了呢。"

母亲没吱声,也没看牛蛋,只顾伸手撸了一阵儿榆钱儿。好久,母亲叹了口气说:"牛蛋,俺是你姐哩。"

牛蛋就牛起来,夺了母亲的篮子:"姐又咋哩,姐就不能做俺媳妇了?再说,俺爸说女大三抱金砖哩。俺妈就大俺爸3岁!"

母亲就又去瞧对面小山坡上那破庙改成的小学校。那学校里有一个老师在一句一句地教一帮娃娃念书。自从那破庙改了学校,那学校便来了个一肚子墨水的老师,母亲的心就开始不再平静了。她悄悄去了几次学校,没敢进去。但那些娃儿清清亮亮的读书声,让母亲好羡慕好嫉妒。母亲在外甥书兜里寻到一张带字的纸片儿,藏起来,半夜悄悄爬起,用个炭棒儿在破窗纸片上描上面的字。字描得歪七扭八,更不知是啥意思,但母亲却把自己的字看了又看,压在炕头。

"牛蛋你咋不能识文断字哩!"母亲又触景生情了。

"俺爹说那有啥用! 装一肚子黑豆豆字玩意儿又不能顶饭吃。俺爹说过做活计弄娃儿就要俺这样的好身板哩! 俺爹还……"

"又你爹说你爹说,不许说了!"牛蛋看母亲真的挂了脸子,赶紧把话咽回去。牛蛋下面的话母亲最不愿听:"俺爹还说,你看学校那个老师,除了一肚子水水啥也没有,瘦小得跟个灯芯草样儿,风一吹就趴下了,三十好几的人了,连个媳妇也寻不上。"夸自己时,牛蛋老爱把老师扯上。我姥爷夸牛蛋时,也爱把老师扯上。母亲一听就烦。

其实他们谁也不知道,母亲越来越重的心思,就在那个灯芯草样儿的老师身上。

老师来过我姥爷家几次。第一次来是劝我大舅的男娃和女娃去上学。姥爷不许,大舅不准。母亲就悄悄鼓动两个娃儿闹。闹得不行了,姥爷只好勉强同意让我表哥去学校识几个字。

老师姓古,村里人先是称他古先生。娃儿们回家说不让叫先生,叫老师。村里人就又叫古老师。

古老师的饭是村里人派的。再后来的一年里,古老师派到姥爷家吃过两次饭,每次来,母亲就想法弄些好吃的,还在古老师的面碗底下悄悄压一个荷包蛋。

这年入冬,母亲私下里拉了两双不同样的布棉鞋。一双塞在牛蛋的胳肢窝里,一双用破窗纸包了,让我表哥悄悄给了古老师。

母亲心里慌慌了好些天。她担心那双悄悄量了脚印儿而做成的鞋,古老师能不能穿,又红着脸想古老师收了鞋咋想。直到那天飘小雪花儿的时候,古老师来吃派饭,母亲一眼就瞧见他脚上那双软底的布棉鞋,心一下子要跳出嗓子眼儿了,脸热乎乎地发烫。

又一个黄灿灿的榆钱儿挂满树枝的时候,牛蛋家忙乎开了。牛蛋爹娘腾出了他们住的正房,搬进旁边的柴房里。牛蛋天天乐乎得要跳,不是泥墙涮梁,就是往姥爷家串,缠着母亲看新房。

牛蛋把个老屋弄得像个新屋似的,新糊了泥的墙平平整整。把老炕拆了,砌了个新的平平展展的老大个儿的炕。窗棂子都涂了新漆。我姥姥去看了两次,回来直乐得咴嘴:"俺妮子好福气哩,俺妮子好福气哩……"。

母亲咋都不去看,还设法躲牛蛋。母亲有好重的心事哩。

那天晚上,牛蛋爹又来和我姥爷唠上嗑了。他们商量几天后的黄道吉日让母亲和牛蛋办喜事。

那天,天特别特别的蓝,蓝得能拧出水来;星星也特别特别的亮,亮得把山包包上那幢破庙顶上的瓦片儿都看得清清楚楚。

就在这天晚上,一向柔弱的母亲,做出了一件惊天地、泣鬼神的大事。母亲包了几件衣服,乘着月光,绕开村子,一头扎进了那山包上的破庙里。

母亲今天也说不清那时的她哪来的那么大的勇气。她推开门,抱着小布包儿,对着从床上爬起来愣神的古老师说:"带俺走!走得远远的。俺要做你媳妇,做你媳妇哩!"

当夜,他们就跑出了村子,跑出很远后,在一个小车站和一帮吵吵嚷嚷的人群挤上了不知开往哪里的火车。

就这样,母亲和古老师来到新疆。又来到了当年仅有几排土房子的北屯。

后面的故事,并没有重新开始。因为牛蛋的突然出现,让母亲和古老师措手不及。

在一间土块垒起的办公室里,一帮人咋咋呼呼的报名登记。古老师登记了他和母亲的名字,就被挤在人群外面。这时,母亲一惊,听到了一个熟悉的声音:"牛蛋!"

穿军装的领导好像没听清:"再说一遍,叫什么?"

"牛蛋!""大名叫啥?""大名就叫牛蛋!"

"哄"的一声,屋里的人都笑了。领导也笑了,记下了"牛蛋"两个字。也许领导对牛蛋的身板子感了兴趣,又问:"怎么来的?"

"扒火车来的。"

"知道来干什么?"

"跟俺媳妇!"

领导站起身望了望:"你媳妇在哪?"

牛蛋抬手一指母亲:"在那哩。"

母亲几乎愣傻了。领导招呼母亲过来。

"牛蛋……"看着牛蛋,母亲不知说什么好了。

"你是他媳妇吗?"领导问。

母亲狠狠咬了咬嘴唇:"不,俺是他姐!"

这下轮到领导发愣了:"到底怎么回事呀?"

"姐……"牛蛋深情地看着母亲,欲言又止。母亲把古老师拉过来:"古老师是俺男人,牛蛋是俺弟哩。"

"姐……"牛蛋眼里快涌出泪水。

领导好像明白过来,一挥手:"好了,好了。姐也好,弟也好,丈夫也好,我都要了。"

于是,母亲、古老师和牛蛋,跟领导去了几十公里外的一个要筹建的新团场。

后来,母亲才从古老师那知道,他们到了兵团,成了"兵"。他们这一支几十人的队伍是为来年在这荒滩戈壁上建一个新团场打前站的。

几十个人里,就母亲一个女性,住在地窝子的伙房里,做饭。有个好听的名,叫炊事员。一帮男人挤在一个大地窝里,任务就是打土块垒房子。

牛蛋生来壮实,和泥,打土块,垒房子全是一把好手,很快得到了领导的赏识,不久就升任了班长。

古老师就惨了，打土块任务老完不成，泥也扔不到房上。母亲心疼，腾开空就帮古老师打土块，母亲帮，牛蛋就也来帮，光着膀子一会儿就扣出一大片土块。

牛蛋有空就往伙房里钻。母亲说："牛蛋，你少来，古老师不高兴哩。"牛蛋一拧脖子："你是俺媳妇哩。"

"古老师是俺男人。你是俺弟哩。"

"姓古的大你十好几岁。你先做了他媳妇，他老死了，你还是要做俺媳妇！"

母亲就流了泪，脱下牛蛋的脏衬衣洗："你是傻弟哩……"

快入冬的时候，一排做办公室用的房子和一间做会议室的大房子都封了顶。再收收尾，两三天后人马就撤回北屯，待来年更多人建场。

半夜，母亲正熟睡着。地窝子外秋风还呜呜地刮着，已冷得刺骨了。一双大手摸到母亲胸前。母亲惊醒，"啊"地大叫一声坐起。领导站在母亲床边。

还没等母亲醒过神来，领导一下扑倒母亲在床上。正当母亲被一只大手捂住嘴挣扎的当儿，领导被人一下从床上提起，又一拳砸趴在了地上。

"敢欺负俺姐，废了你！"

领导连滚带爬逃了出去。

两天后，领导宣布了个新决定，留几个人下来，冬天守房子。这几个是：牛蛋，古老师，母亲，还有一个40岁的叫大老李的人。

那时的冬天可比现在冷，9月底就下起了大雪，纷纷扬扬一下好几天。大腿深的雪把偌大的戈壁包了个严严实实。到了10月底，气温就降到零下30度，往后又降到零下40度。

这时候，问题出现了：有这几个能吃的男人，粮食肯定是撑不过这漫长的冬天了。

大家都认识到问题的严重性。牛蛋是班长，只有靠他拿主意了。

牛蛋提议，趁现在人还能走出大戈壁，派人回北屯找马爬犁运粮。

母亲担心："要走两三天哩，迷了路咋办哩。"

是啊,天寒地冻的,能行吗? 几个男人围在火炉旁,谁都不做声了,闷着头一支接一支地抽莫合烟。

古老师站起来:"我去吧,迷不了路哩。"牛蛋就说:"行哩。"

母亲说:"俺也去!"

牛蛋不吱声了,又卷了一支烟:"那还是俺去吧。"

大老李沉默了一会,说:"我家在北屯,老婆孩子不知咋样了呢。我路熟,还是我去一趟,也好回家看看。"

第二天是个不刮风不下雪的晴天。大老李踏着厚厚的雪上路了。一直看着大老李的身影消失在雪原上,母亲心里还在念叨着"平安啊,可别出事啊。"

大老李走后,牛蛋叫古老师一起把做办公室用的那排房子前打扫出了一大片干净的空地,全从地窝子里搬进房里。母亲住一间,叫古老师和他住一间。

古老师很不高兴,原想可以和母亲住在一起,可牛蛋老作梗。牛蛋警告古老师:"老规柜知道不? 没拜堂不能同房。你要是敢欺负俺姐,生吃了你!"

古老师本来就瘦小单薄,虽一肚子墨水,在牛蛋面前也只能忍气吞声。看古老师和母亲都心情不快,牛蛋便宣布:"春天了,俺给你们专门盖间两屋的新房,让俺姐穿了红衣戴了红盖头拜堂,咋整俺都不管了。就是不准欺负俺姐!"母亲叫了声:"牛蛋",便泪流满面了。古老师哭了,牛蛋也哭了。

牛蛋在平地上架起副单杠,又支起了副吊环。下不下雪,每天早晨都扫一遍地后,拽了古老师跟他晨练。每当这时,母亲就站在门口看着他们笑。

一个月去了,两个月过去。大老李一去没了音讯。粮食问题又摆在了母亲他们三个人面前,母亲心里越发的慌:"大老李不会出事吧?"是啊,咋回事呢? 大家心里都没底。

牛蛋一拍大腿:"对了,前儿俺在后河沟的林子里看到有兔子脚印,咱套兔子吃。"

这个主意让大家有些激动。几个月没闻肉腥味了,能捉上兔子吃该多好。

头天下午,牛蛋就用细铁丝扎了十好几个套子,带着古老师去后河沟林里,东一个西一个,沿着兔子脚印全布下了。

第二天天麻麻亮,牛蛋和古老师分头去下套的地方拾兔子。母亲也早早起了,化了一锅雪水烧烫,有了兔子好洗弄。

日头傍午时候,牛蛋才回来,两手空空,一脸子沮丧。一会儿,古老师也回来了,肩上一左一右扛了两只好大的兔子。

大家一阵子兴奋。可再一瞧,牛蛋跳起来:"娘哟,咋整的是两只狼娃儿哩。"

古老师还在激动着:"两个小家伙爬在一个洞里,冲着我叫,我一个一棒子就打下了。"

母亲把小狼肉满满炒了三碗,又炖了一锅汤。大家吃得真美。牛蛋直咋呼:"有酒多好,有酒多好。"

傍晚,又刮起了寒流,呜呜地直叫,冻得那木桩儿咔咔直响。

母亲他们就又围了锅台喝肉汤,烫烫的肉汤下到肚里,就生出一股股暖气来。

风越刮越大了。呜呜的呼啸声也更大了。

风吼声中,母亲似乎听到有小孩的哭声。扯了耳朵再听,真真切切的,有好多孩子的哭声。

母亲吓得丢了烫勺:"有鬼,有鬼啊……"

牛蛋和古老师也听真切了,牛蛋爬在窗户上在挂满霜的玻璃上用嘴呵出一块透亮,看见黑洞洞的夜色里一大片绿莹莹的光在串动,打了手电再瞧,吓得一屁股坐在地上:"娘哟,外面全是狼,全是狼!"

是狼!上百只的狼,已把母亲他们住的房子围了个严严实实。

狼并没有冲击母亲他们的房子,只是蹲在门外几米远的地方,紧盯住门窗,一会儿呜呜号叫,一会儿嗯嗯地哭泣。

母亲他们这才意识到,事惹大了。

"来要狼娃哩!"母亲说。可狼娃在哪呢?三个人肚子里装着,咋还呀。母亲吓得直哭。

牛蛋卷了两张狼娃皮,开门扔了出去。

一只狼就冲上来叼了皮回到狼群里,又呜呜地叫。

牛蛋就又把锅里骨头捞了,肉也捞了,连同爪呀毛呀,装在盆里统统扔了出去。几只狼冲上来一起叼了去,回到狼群里还是呜呜地叫。

僵持到天快亮的时候狼群不耐烦了。有的开始扑门,有的抓窗户,有几只蹿上了屋顶,号叫着扒房顶子。

眼看门就顶不住了。牛蛋操起顶门用的粗木棍,大喊一声:"操你娘——老子跟你们拼了!"

牛蛋冲出去。狼群一下又退回了原处,狠狠地盯着牛蛋。

牛蛋抢起棍子冲进狼群,左右开弓,一口气砸倒了好几只。趁牛蛋不备,一只大灰狼冲上来咬去了牛蛋的木棍。

"吃吧,吃吧,老子让你们活吃了吧——"牛蛋高叫着,立在狼群里一动不动了。

狼群把牛蛋围了个半圆,并不咬他,却把牛蛋步步往后逼,又逼回到屋里。

古老师把这一切看得真真切切,反而不再哆嗦了。他扶起蜷缩在墙角的母亲,掏出手绢,为母亲擦干了脸上的眼泪,又把母亲的头发捋整齐了。

母亲明白了。她死死抱住古老师,大叫着:"你不能出去,你不能出去啊……要死咱死在一块啊……"

古老师掰开母亲的手,在牛蛋一双瞪大了的眼睛的注视下,亲了母亲的嘴唇,亲了母亲的鼻尖。然后,把母亲狠狠地一推,哈哈大笑着冲出了屋子,冲进了狼群里。霎时,古老师便被群狼撕扯得粉碎……狼群散后,地上除了一摊未被舔净的鲜血外,几块布片儿散落在雪地上……

于文胜

白 光

　　"谁不想要金子,不想?别他妈来淘金!来了,也是傻蛋一个。"老金头说。

　　布满鹅卵石的河滩旁,有一棵奇大的杨树,粗得两个人合抱都拢不过来。小时候爬上这棵树掏鸟蛋,每一次来都和小伙伴争论它的年龄,100岁、200岁……我认定,起码也有1000岁!1000岁是什么概念?是树神了吧?!

　　这老杨树真该是神!东看西看,南看北看,远看近看,下看上看,怎么看都与众不同:树身肥圆,长着一疙瘩一疙瘩肌肉,两米以上,分两叉,一叉向东,一叉向西。又两米以上,再分两叉,一叉向南,一叉向北,这一纵一横,就像顶了座小山,密密麻麻全是油绿的叶儿,而每一片叶儿又手掌似的奇大。这树长得奇怪,怎么看都独一无二。

独一无二的树下,必有独一无二的奇货。想着,我就激动,激动得手都发抖。我用出吃奶的劲,搬开树下一个老得全身都起鸡皮疙瘩的水桶般大小的卵石,石窝下露出湿润细柔的沙,沙是白色的,有点耀眼。

操起铁锹,一锹下去,就像在地里挖洋芋一样,一个,两个,鸡蛋大小的狗头金完全裸露在阳光下,金光四射,耀得眼疼。再一锹下去,一窝子玻璃蛋大小的狗头金! 一个、二个、三个、四个、五个……哇! 整整20个,哇——哇——真他妈发了!

我的心快跳出来了,咚咚地像擂鼓,一个激楞跳起来……满眼金光灿烂。定神再瞧,金光变成白光,毒辣辣的太阳正照在头顶上。

"王二这小子,他妈哪辈子积了德,怎么那么大一个狗头金就叫他挖着了,整整100克哟!"老金头说着,一抬屁股,一口浓浓的黑痰射出老远,一股子臭气就随风飘来,臭得我像吃了口屎。"小子们,金子是什么,金子不是金子,是,是……是他妈漂亮女人的白大腿……"

要不是老金头那一口臭痰,我的心情会好些。王二是谁? 我不认识。不过老金头说上游的王二今早挖了个大狗头金,不光别人,我也着实激动了一上午。王二有福。这消息让我一听就振奋。关键是,还想着刚才那一窝大大小小的金疙瘩,总是一个好兆头。

老金头站起来,拍了一巴掌屁股上的沙土,转身:"小子,睡过女人没?"我脸上一下子着火了:"我才二十呢"。"瞧见了没,这小子才宝贝,裤裆里两个金蛋蛋呢。"一阵哄笑后,老金头挥挥手:"干活干活,都他妈起来干活,想白大腿,就他妈给老子好好干。"

一帮子骚货。才来一上午,我就这么个印象。不知金客是不是都这样,满嘴金子和女人。尤其让我觉得骚的,是那个河北女人,一听睡大腿,就高兴得两个大奶子一抖一抖的，差点掉出来。唉，我一个堂堂高中毕业生，怎么会跟这帮人为伍呢？唉，都他妈的是钱。钱就是金子，金子就是钱。想到这，我有些暗自伤心，满肚子不是滋味。如果不是那个臭婊子（不，不，她不能叫婊子，她长得漂亮，又那么温柔，打小我就喜欢她）的哥哥给连长送了一疙瘩金子，那文教就是我的，我也不至于落到今天。唉，这年头，没礼办不成事呀！爸反正是没招了，一个连队的小学教师，有啥能耐。我……我更是有劲无处使。反正下决心来了，入乡随俗吧，老子总有当上文教的那天。惹火了，老子不光要当文教，还要睡那个小美婊子。对，让她天天给我做饭，给我洗衣服，还要生一大堆娃娃；一大堆娃娃也不叫她妈，气死她。妈妈的！这一想，心里又舒坦了，又激动起来了。

　　我的差事还算可以，专门在河边溜金槽旁拉抽水筒。这不知是谁发明的，还算科学，一个长长的碗口粗细的铁圆筒伸进水里，里面有个皮塞，皮塞上伸了根长长的铁杆，往上一拉，哗——一股子水就冲进槽子里，推下，再一拉，又一股水冲出来。这活跟拉风箱一样，只管一进一出地推拉，虽然一上午下来，两条胳膊生疼，但比起那几个挖矿和挑料的，算是轻松多了。

　　一进六月，天日见着拉长。太阳虽然已偏了西头，还明晃晃地照着，扯一河白光。往上看，白光里似有一个亮点，一闪一闪的，老远就耀眼。看看其他地方，全一色的白光，没有那个亮点。亮点在动，往下飘，越来越大。那是什么呢？金子是不会飘在水面上的。

　　那有一个白东西。木棍吧。木棍怎么会发亮呢？脱了皮的木棍。也是，脱了皮的木头发光。

　　木棍径直朝我们飘来，越来越明亮了，还光灿灿的。不是，倒像个倒扣的脸盆，再瞧，脸盆前面还有一团黑东西一现一没的。"老板，老板，那是个啥东西？"老金头没吱声，正拄了铁锹瞧着。"操——"老金头一声操，震得我们一哆嗦。是个人！是个人，而且是个一丝不挂的女人！那脸盆一样亮亮闪光的，是又肥又大的屁股，一头长发像一条散在水面的黑纱巾。

　　我第一次见光身子的女人，不光屁股白得耀眼，背也白得耀眼，腿也白得耀眼,连脚后跟也白得耀眼,白光直刺得我心里打战,全身哆嗦。

甘肃娃挽了裤子,冲下水要去捞那女尸。那白亮亮的就直直地朝甘肃娃飘过来。

"操——操——"

我又被震得一哆嗦。

"别他妈碰那女人,快上来,快上来,千万别碰,千万别碰。"老金头大声叫着。甘肃娃立在半腰深的水里,扭头怔怔地看老金头。"你听见没有,老子拍死你。"老金头操起铁锹就要甩过去。甘肃娃"哗哗"几大步就冲上岸,一口气跑到岸顶上,直愣神。

"操——操——操——"

这一串"操"地都哆嗦了。老金头抱起石头就往那白光处砸:"看你们姥姥的,快给我砸,砸走,砸走!"

噼里啪啦地一阵乱石之后,快到了岸边的白光又慢慢地向河里飘去。又一阵噼里啪啦声后,白光似依依不舍地飘走了,飘到河心处,突然打了几圈,沉了下去,又浮上来,又打了几个圈,不见了。再瞧,一河平平的白光。

老金头一脸子黑。叫人匆匆收拾了东西,催命地收工。

吃饭的时候,我悄悄问河北女人:"老金头咋一下子黑了脸了?"河北女人趁机凑到我跟前,故作神秘地说:"这老有讲究了,滩边水里泛白,要杀金气呢,特别是女人。"我一低头,一下瞧见那河北女人打着红边的圆领下半露着的两堆发面团一样的白。

夜里,我长时间睡不着,一闭眼,全是刺眼的白光。

第二天一大早,我还迷迷糊糊地睡着,老金头就把我摇醒了。老金头家在锡伯渡口的连队,连队离滩点不远,最多也就一里地。老金头照顾我,他家三间小房,一间河北女人睡,一间我睡,另一间是伙房,其他小工都睡在滩边的地窝子里。

"小子,我问你,你真没睡过女人吧?"我莫名其妙,看看外面,天还黑乎乎的。"这就好，这就好。"听我赌气地回答，老金头满是高兴。"也就你了，这地方，没个好种了。"老金头说着，拉起我往外走。

老金头老婆吴姨从屋里出来，塞进我怀里两大盘鞭炮。刚走出几步，又追上来问"带火了不？"老金头说"带了带了，你赶紧去分金吧。"又走出几步，老金头喊住老婆说："千万别错了，分那瓶黑盖的。"

我越发糊涂。上工也不能这么早吧，干嘛还带鞭炮。老金头说："你别问了，小子快走，天泛白就来不及了。"

到了滩点，老金头找了根长杆，把一挂子炮拴上，叮嘱我，天一泛白，就赶紧点上，沿咱这河滩来回跑。老金头的滩位有二百来米长，呈弧形的一段，河水在这里打了一个转，平缓下来，不光河水平，河滩宽阔平坦，岸顶上就是原始杨树林。据说，老金头这段是最好的，每年洪水一过，从山里冲下的金子就沉在滩里，富得很。在家里我就听人说，老金头这两年啥也不干，就是淘金，可发大了，有的说好几万，有的说你知道个屁，十好几万。不过，从老金头那不怎么样的家，那老掉牙的土块房子看，我倒没看出他发在哪儿。

一道白光沿河水伸来。我赶紧点了炮，沿着河滩就跑。这炮真响，噼噼啪啪，震得我耳疼。这炮也太长，跑了两圈没炸完。好不容易听到最后一响，我已是上气不接下气了。刚要蹲下喘气，老金头又麻利地拴上一挂。这挂炮真他妈不是东西，跑得我摇摇晃晃差点没吐血，又一圈下来，炮虽不炸了，我的肺却要炸了。

这狗日的是整我。在岸顶上那一帮家伙的注视下，我真他妈是个小丑。我操——冲着老金头，我张大嘴，却没敢骂出声，心里狠狠地——你祖宗！

炮响完了，老金头喊大伙领工钱去。本不到发工钱的日子，老金头要提前发工钱，大伙儿自然高兴，都乐得屁颠屁颠的。甘肃娃告诉我这叫洒金，白光冲了金气，要童男炸邪——呸呸，妈妈的，原来我举着鞭炮跑了一早上，是给老金头驱鬼炸邪来了，日他祖宗。炸了邪，还要洒点金子，破破财。老金头真他妈精，用发工钱的方法破财，真是无奸不商，我又要日他祖宗了。洒了金后要净滩三天。又怎么说？嗨，也就是停三天不淘金了，休息。这倒是好事，我说。

又要发工钱，又要休息三天，大伙都嘴咧着嘴地兴奋。最高兴的是河北女人了，扭着肥大的屁股，挺着肥大的奶子，一个劲叫喊："金子收好了，嘻嘻，把裤裆里那小哥也管好了，别把金子叫女人装了去啊……"甘肃娃叫："那我小哥要想你呢？""去去去，你那点金子能喂饱你小哥，还喂不饱我这二姐呢。""胖姐，你那二姐真叫大，三个男人都不满呢。哈哈……"河北女人不仅不恼，还乐得直抖奶子。

我知道，这发工钱与我无关，可我还想凑凑热闹。老金头这时不知哪去了，老金头的老婆吴姨在喊："邓亮，21天，3.8克。"邓亮赶紧叫起来："该4.2克呀，吴姨，是不是弄错了？""没错，我们老金说这两天金价涨了5块，折算下来是这个数。"老金头说涨了，那就涨了，没人吱声了，各自领自己的用小白纸方方整整包的那一份。

"小文，小文"吴姨在喊。我说："啥事，吴姨？"吴姨说："有你一份，一克。""不会吧，我才来呀。"吴姨说："嗨，你收着吧，老金说你有贡献，奖励你哩。"

拿了纸包，摁了手印，我有些激动。老金头还算有良心，我想，不该操他祖宗。我觉得惭愧。

我赶紧跑回屋里，从带来的18个小青霉素瓶子里找出一个没贴纸的，小心翼翼地把金子倒进瓶里。咋就刚平了个瓶底呢？斜起瓶子看，小姆指甲盖大小的一堆，麸皮一样发黄的东西，并不金光灿灿。正琢磨着，河北女人进来夺了瓶子，瞅了瞅，神秘地一笑，亲切地说："你收好了，甭叫别人瞧见。"

锡伯渡不大，住了十二三户人家，几乎家家都既种连队的地，又淘着金子，且都是做老板，家家都雇着十来个金客。连里有一家当地人开的小商店，还有一家外地人租了一排旧房子开的小饭馆。一间大些的房子吃饭用，其他四间是白天黑夜都挂了窗帘的旅社。这地方是锡伯渡最热闹的地方，金客们累了一天后，晚上都喜欢来这里喝酒。

中午的时候，甘肃娃叫我去小饭馆喝酒。我说："不会不会，不去。"甘肃娃说："都搭伙了，一块坐坐。"不好再推辞，我跟了去。

桌上已坐了一圈，一看都是一伙的。菜已点好，一盘拌黄瓜，一盘盐水花生米，一盘清粉丝，一盘猪头肉，一盘炒腰子。甘肃娃开了一瓶金山大曲，先是满满地给我倒了一水杯。一瓶子倒了三杯，一圈八九个倒下来，地上就扔了三四个空酒瓶子。

老金头不在，这一伙人里马叔就算老大了。他举一杯酒说喝喝喝，一醉方休。见我不端杯，马叔说："小文你看不起我们，咱这一伙就你是本地人，以后你发达了我们还少不了麻烦你哩。"我喝了一小口，辣得我眼泪都出来了。他们又一口，酒便到了半杯。马叔说："小文不管咋说这一杯酒是要喝的，算我们哥几个敬你了。"见我确实为难，甘肃娃说："不喝就算了，我替他喝吧。"大家不许，就一块儿又举了杯子与我碰。我说："不行不行真的不行，喝了就醉了。"马叔站起来："小文你不喝我就不坐下了，咋说咱得有个交情吧。"

我左右为难，喝也不是，不喝也不是。这当儿身后一只手端了我的酒杯，说："干嘛干嘛呀，欺负生人是不，我替他喝了。"我回头一瞧，见一个年龄和我差不多的女孩不知啥时站在我身后，举起杯子，一仰头，一口气便喝了个见底儿。大伙便起哄说："好，好。"马叔说："小门你喝了也不算数，小文你勾不去的。"那女孩便笑了起来，说："老鬼不是还有你吗？"马叔嘿嘿笑着坐下，手指一圈说："你问问他们，认你不？"甘肃娃说："小门你奶子太小了，马叔喜欢大奶子的干姐哩。"小门扭头吐了一口唾沫，说："老骚情你别想了，干姐昨天去城里打胎大出血，还在医院里躺着呢。"

正热闹着，河北女人风风火火冲进来，拉了我的手说："小文，金老板叫你去家陪客人。"一桌子人便嚷："我们都去，我们都去。"河北女人呸了一口："啥鸟蛋都不知道，喝你们骚尿吧。"临出门又高喊一嗓子："都别喝多了，大老板来了哩。"

老金头家确实来了两个人，都三十出头，一个矮胖些，黑黑的。一个瘦高瘦高，留着分头。一桌子鱼肉鸡肉，看样子他们已喝了一阵子。老金头介绍我说：

"这是四连文老师家的老二。"矮胖子说："认识认识。"瘦高个说"幸会幸会。"可我咋想都不曾认识矮胖子。

看来老金头和这两个人早熟了。矮胖子一口吞下了一杯酒说："金老板你想，不是西安来的大户，可出不了这个价。"老金头说："看来越往里走价越高啊。"瘦高个说："可不是，问题是咱们带不出去。人家西安的徐老板有个弟弟在区公安局，一路畅通，这回可是提了一箱子现钞来的，百八十万。"老金头说："那是那是，他妈的这年头大钱都是叫你们这帮人赚了去哩。"矮胖子笑了，说："金老板也不少赚呀，把你们金客都凑凑，给他们原价，高出的不又是您老的？"老金头一杯酒下肚，"操！就这么着了。不过，这回可得点现钱，我懒得往团部跑，来回一趟百十公里路，累！"

矮胖子脱了外衣，挂在椅子上，说："金老板您又见外了不是，我们哥俩提着脑袋收金子，走了那么多家，都是老规矩办的。再说，这次收的量大，现钱也没法带呀。"瘦高个就说："打交道都这么些年了，哪次您拿了条子没兑现的？再说了，取了钱就顺便存银行，多保险啊！上次赵老板给现金我就不要，就图方便着往银行放呢。"

老金头对我说："小文你去把那帮家伙叫回来。"我把甘肃娃他们从酒桌上叫回来时，老金头正称小天平盘上的一堆金子。

老金头对矮胖子说："你瞅瞅。"矮胖子把金子倒进小塑料袋里，对瘦高个说："183克。"瘦高个打了个带图章的条儿，交给老金头："您随时去店里兑现。"

矮胖子对其他人的金子可没那么痛快了。他眯起小眼睛，把金子散到一张厚白纸上，用一根细塑料管，对着沙金轻轻地吹，夹杂在沙金中的一粒粒黑沙就流到一边。甘肃娃他们的沙金夹杂也太多了，甘肃娃的13克金子，吹后一称，成了11.2克，整整少了1.8克。甘肃娃、马叔几个脸都由红变黑，成了猪肝色。

瘦高个一一给打了条子，加起来又有一百多克。

老金头把条子都收到自己手里，吐了一口黑痰："明天我去团部给你们把钱拿回来。都记好数了，一分不少。奶奶的，还得老子为你们服务了。"

　　我摸摸怀里的小瓶儿，也想称了去，可又觉得太少拿不出手，便罢了。心想，待这小瓶满了再说吧。小瓶儿满了，可能得有二三十克。兑了钱，一定给父亲买双皮鞋，他那双鞋也太旧了。我还要给母亲买件新外衣，长这么大我还没给父母买过东西呢，想想心里挺酸。

　　第二天清早，恰巧连里的拖拉机去团部拉面粉。老金头带着河北女人，叫我和甘肃娃陪着搭车去团部。

　　从连队到团部的路很不好走，拖拉机的斗子动不动就颠起老高。我心想，老金头那把骨头到团部非散了架不可。

　　才走出几千米，一辆红色摩托车从后面追了上来，不停地打着喇叭，示意拖拉机停下。

　　车停下，老金头对那个人喊："骑个破驴子耍威风哩。"那人急急地叫："老金头，你们快回去，你女儿出事了。"

　　老金头一听急了："啥事啥事，你小子甭胡说。"

　　那人说："今早下游打捞上了一具尸体，是你女儿哩，正往家里拉哩，你快回去吧。"

　　老金头立时傻了，怔了好一会儿，才冲着开拖拉机的师傅喊："爷哩，求您了，快回去，快回去吧。"

　　老金头只有一个宝贝女儿，是他们的心头肉。原来一心想给女儿找个好人家，留在家里养到三十出头了，两年前才嫁到上游牧业三队一个淘金的暴发户家里。男方虽是二婚，但听说发达得很，是百万元户哩。

　　拖拉机掉头往回开，开足了马力，一直开到老金头家门口。

　　老金头家门口围了一圈人。

　　老金头一跃身跳下车，朝着盖着条破被子的手推板车冲过去。到跟前，他呼地掀飞了被子。

　　一道白光一闪。

　　一个被水泡得又白又胀的长发女人，赤身裸体地躺在板车上。

"哇"——一口鲜血从老金头口中喷出。

扶着板车,老金头正摇摇晃晃的当儿,那边又一声喊:"吴姨,吴姨死过去了!"

"哇"——又一口鲜血从老金头口中喷出,鲜血像泼水般洒在女尸上。

老金头像一条木棍儿,仰面直挺挺倒在了地上。

霎时,满天刺眼的白光……

刘 振

神 山

　　帕米尔高原山多。在这些山中,当地的塔吉克人最崇拜的就是慕士塔格山。在塔吉克人的神话里,慕士塔格山是真主造出的最早的一座山,世界上其他所有的大大小小的山都是它的后代。在塔吉克人的心目中,慕士塔格山是"冰山之父""冰山之母""冰山之最""万山之祖"。总之,它是神山。

　　太阳从东边出来,照在慕士塔格的身上,远远望去,它坚挺有力的雪峰在蓝天的映衬下直插苍穹,确有阳刚之气。是父亲。太阳擦着慕士塔格的肩膀来到它的南边,把晌午的暖烘烘的阳光洒在它的身上。平行的两座圆形高耸的山峰犹如母亲肥硕无比的乳峰,两块洁白的云朵罩在它的乳峰上,确有几分女人的妩媚。一条乳汁般的冰川从那两峰之间的乳沟中由窄渐宽延伸至山下,融化的雪水淌进一片绿油油的沼泽地后又汇成了几条小溪,流入山谷中的塔什库尔干河。

河西是一个只有十几户人家的小村。这里的民居或是用卵石和着黏土砌成,或是干打垒建造。房屋的颜色和山谷的颜色十分接近,远远地让人很难看出来。每户人家的房前屋后总有几棵高大挺拔的杨树。树与树间的距离较远。杨树多的下面大多是一个三、四户组成的略微富一些的家族。杨树少的下面大多是一户人家,劳力少,当然也就相对穷点。

我们要讲的主人公是这个村里树最少的一家塔西的家。他的祖父和父亲也曾给他和他的母亲留下了十来棵树。父亲去世后,母亲为了让儿子继续上学,除了卖羊毛外,也卖掉了几棵陪伴了这家三代人的杨树。那一天,买主来砍树的时候,她来到丈夫的墓前。

"为了我们的儿子,你是不会责怪我的。"

塔西是个懂事的孩子。每天早晨,他早早起来,把十来只羊和几头牦牛赶到山坡上,然后下地干活,割草。他在屋前房后栽了几十棵小树。当年小树大都活了。可惜的是寒冷的冬天把小树冻死了。不过,有一棵小树奇迹般地活了下来。这棵小树经过了冬天的考验后,一天天长大。他听大人说小树要是能熬过冬天就可以活下来。于是,第二年入冬的时候,他把羊毛裹在小树上。果真小树熬过了冬天大都活了。他给小树浇水、施肥。每次他给小树量完身高后,两眼就发直。其实他在想心事。他希望小树快快长大成材,换回钱来,让妈妈过上好日子。他知道,自从爸爸去世后,妈妈为了他吃了太多太多的苦。可惜的是,在这寒冷的高海拔的帕米尔高原上,树的生长期每年只有三、四个月。树长得慢也罢,只要活着就有幻想,就有希望。令人痛心的是,前年的冬天,一场百年不遇的寒流侵入这里,别说是这些小树啦,就连他家屋后的那棵生长了三十多年的大树都被冻死了。他望着死去的小树哭了,幻想也随着眼泪流走了。

七月,是帕米尔高原最好的季节。太阳用力驱走了寒冷,温暖的阳光洒向山谷。冰川融化,叮咚的溪水波光粼粼。山谷里,开了花的草地一片连着一片。

每到这个时候,中外登山队便一帮一帮的来到这里,有专业的,也有业余登山爱好者。他们在慕士塔格山的南面也就是距塔西家不远的地方安营扎寨。

塔西把羊撒到山谷的草地上。

他眯着眼睛躺在山坡上,左腿跷在右腿上。黑子是他的牧羊犬,它卧在主人的身边。太阳把他和黑子照得懒洋洋的。一只帕米尔高原上特有的黑蜂萦绕在塔西脸旁的花丛里。黑子先是歪着脑袋用眼睛盯着它,然后,突然地用牙去咬它。

塔西站了起来。他望着远处山脚下的那片沙砾平地。那是登山队员们安营扎寨的地方。不过,此时的登山队员还没来。

去年的这个时候,有一支中外登山队就驻扎在那块平地上。塔西带着他的黑子好奇地朝那平地走去。当他离那五颜六色的帐篷还有十来米远的时候,他和黑子便战战兢兢地站在原地不敢前行了。

实际上,我给大家讲的这件事情,从这时才刚刚开始。

有位被队员们称为队长的欧洲人,让塔西带着他的犬从远处朝营地走一趟。他高兴地为他们作了一次义务“演员”。队员们给他录了像,还照了相。当他把眼睛凑近摄像机的取景框时,他浑身都在剧烈地颤抖。在县城上初中时,他曾见过摄像机,也听老师说过它的用途。然而,他活生生的图像被录在摄像机里还是头一回见到:他带着黑子迎面走来,身后是高耸的慕士塔格雪山。他的全身,他的半身,他的特写……

他头一次发现,自己是个健康漂亮的小伙子。

几天后,队员登上峰顶返回了营地。

塔西带着黑子,牵着两头牦牛早早地就等候在这里。他请求队长到他家做客,并指着一公里开外的露着半截子树梢的地方说他家不远,坐上牦牛很快就到。他还说他母亲烧的奶茶是全村里最好喝的奶茶。

队长表示了感谢，并表示他们完全相信他母亲烧制出的奶茶是最好喝的。并再一次对他无私的配合并默契地充当他们的模特表示感谢。最后，队长向他解释，说他们天黑前必须赶到喀什。

最后，塔西不得不说出他的心里话。

"我是想，妈妈要是能看见你给我录的像，她一定会很高兴的。"

队长遗憾的解释让塔西目瞪口呆。他简直不敢相信自己的耳朵，以致队员们上了车并离去，他还木木地待在那里。

事情原来是这样：队员们登上了山巅，并把攀登的全过程进行了录制和拍照，学者和专家通过录像和图片的鉴别来证实队员们确实攀上了顶峰。在返回的时候，生命处在了极限，此时，哪怕是一点点负荷，都会造成人员的重大伤亡。队员们不得不把多余和笨重的摄像机、照相机丢弃在山巅。这里需要说明两点：一、从环保的角度讲，把摄像机、照相机弃在雪山上是对环境的污染。然而，我们在这里不是来探讨环保问题的；二、这个故事发生的年代还是大型摄像机的年代，不是当今的数码时代，否则我们讲的这个故事也就不会发生了。

这件事情对塔西的震动很大。

中学的时候，塔西参加了喀什地区的夏令营活动。他头一回走出大山，来到喀什市。他在一家大型的百货商店里看到过这种体积较大的摄像机，它的标价把他吓了一跳。这些东西在他心里是神物，他从来没想拥有过。把这么昂贵和神奇的东西扔到山上，说什么他也想不通。

说起夏令营活动，这里有必要多说几句。按照学校的规定参加夏令营的学生代表都是各班级学习成绩名列前茅的学生。按照塔西的学习成绩他是没有资格的，他之所以能够参加，是因为那年六月下旬的一件事：一位外省的摄影师来到慕士塔格山下拍照。摄影师趟过浅而清澈的河水来到河中间的一片沙汀，他躺在沙汀上沐浴着暖烘烘的阳光神不知鬼不觉地睡着了。当他醒来的时候，山洪下来了，河水上涨，水流湍急，很快就要淹没沙汀。摄影师无法上岸，而洪水仍在迅猛地上涨。就在摄影师的生命危在旦夕的时候，塔西和几位同学放学路过这里,面对眼前的情景,同学们有的吓呆了,有的哭喊着,有的慌忙往村里跑去叫大人。塔西飞快地朝河边不远的一群牦牛跑去,他迅速把牦牛赶了过来并组织其他的同学一起把牦牛赶下河去。有一头牦牛上了河中那片沙汀,摄影师慌忙爬上牛背,回到岸上。正是这件事,塔西才破格参加了夏令营。

这天晚上,月朗星稀。塔西失眠了。

他想着这些天发生的事情,尤其是对一些重要的细节反复地琢磨。他清楚地记得,上山的那天,有一个队员给大伙录了像,还有个队员给他们照了相。然后,他们就把这些东西背在肩上朝山上走去。回来的那一天,他也清清楚楚地记得,那些神奇的物件没有了。看来,他们把那些东西扔在了山上是真的。

"如果,如果我要是能上到山顶,那神奇的东西不就是我……"

塔西不敢再往下想了。他的心跳得厉害,一种深深的亵渎神灵、玷污神山的负疚之感使他的脸庞阵阵发烫。

我们讲到这里的时候,有人对塔西的这种想法持否定态度,说这件事所涉及的道德方面的问题暂且不论,但这种利益上的驱动毕竟也是一件不光彩的事情。对此,马上有人反驳道,塔西的想法无可指责,首先,摄像机、照相机虽说昂贵,但毕竟是被扔弃的;其次,主观上说,塔西是有物质利益的驱动,但客观上也起到了保护环境的作用;另外,要得到那些东西,得爬到海拔七千多米以上的冰峰,那是要付出代价的,甚至是生命。一个贫困家庭的孩子,想通过这种途径得到心爱的东西,或改变一下贫困的家境有什么错?谁不服?谁不服谁爬雪山去!

听了后者这位先生的话,我的鼻子有些酸楚。感谢你对塔西的支持。但我们也希望你能理解塔西,他当时的负疚感是真实的。塔吉克人的淳朴我们很难用语言说清楚。这样吧,有位记者写了一篇有关塔吉克民族的报道,其中有这么两件事对你了解塔西有帮助。

一件事:塔什库尔干塔吉克自治县自新中国成立以来,监狱里只关押过一个人。这还是去年的事。一个外地的人来这儿打工,趁人不备,潜入民宅,偷了人家一件家传了上百年的瓷碗。当场被抓。

二件事:帕米尔高原交通不便,有位年轻人在乡里工作,为了报答父母的养育之恩,他决定把第一个月的工资全部交给远在深山里的父母。他把钱放进信封,信封外注明钱数和收件人。他把信封放在通往他父母家的马走的小路上,再压上一块石头。几天后,父母捎来信说钱收到了。

塔西是一个敢想敢做的年轻人。事实上,塔西已经做出决定,并已经进入了实施阶段。攀登慕士塔格雪山是危险的。但请大家放心,十九岁的塔西的祖祖辈辈生在这山下,长在这山下,中学的时候,他多次爬过这山,虽说没有攀上山巅,但对雪线以下的地方还是有所了解。重要的是,塔西毕竟是一位受过高中教育的年轻人,他清楚地知道,他年轻,又身强力壮,身体机能先天适应高寒缺氧的雪山环境。这是他的优势。然而这种优势不等于他就能攀上这座山巅,至今他也没有听说当地哪位老兄爬上这座山顶。塔西不会蛮干,他深知雪山的厉害,特意从县城买来《登山指南》一书,认真研读,并依照书上说的循序渐进地练习。

每天早晨,塔西带着黑子把牛羊赶到山下那片草滩上,然后他便沿着村里那条通往县城的小路跑起步来,加强体能训练。而黑子也乖巧地卧在草地上守护着牛羊。

一天,塔西沿着小路跑步经过古丽娜家的时候,早已守候在路边的古丽娜叫了他一声。塔西应声站在那里,憨笑着望着她。她把一样东西放进路边一棵低矮的歪脖子沙枣树干的小洞穴里,便飞快地跑回了家。他先是犹豫了片刻,然后又若无其事地继续朝前跑去,只是步伐比先前慢了许多。他四处望了望,转身朝来路跑去,经过歪脖子树旁,他迅速从树洞里掏出一个荷包,塞进怀中,拼命地朝山下那片草滩跑去。

送荷包是塔吉克姑娘向自己喜欢的少年表达爱情的一种传统习俗。古丽娜和塔西是初中同学。那时,他俩早上一同沿着这条小路去上学;放学时,他俩也总是顺着这条小路回家。高中开学的那一天,也是在这棵歪脖子树下,早在那里等候的古丽娜含着眼泪告诉他,她不能再和他一起沿着这条小路去上学了。她的母亲病了。她家没有钱供她上高中了。

塔西飞快地跑到山脚下，一头扎在草地上，大口大口地喘着气。等到心境稍微平静些后，他从怀里掏出荷包。荷包两面各绣着一朵玫瑰花。在塔吉克人的心目中，玫瑰花是爱情的象征。

塔西的手直哆嗦，荷包刚一打开，里面的两根火柴棒和两粒石头滑了出来，落在草地上。这时，黑子跑了过来，去嗅那火柴棒和石头。塔西急忙捡了起来，激动地对黑子说："你知道这是什么吗，你懂吗？"

黑子歪着头瞅着主人。

"这火柴是爱情的火焰，这石头是说我们的爱情地久天长。"

打那往后，这棵歪脖子树就成了他俩传递爱情的信使，天天传递着。有一天，塔西终于把心中的秘密放进了歪脖子树的洞穴里，并在信的结尾告诉她，他要怀揣着那荷包去攀登雪山。谁知一连几天，歪脖子树洞穴里没有了信息。他想，那一定是古丽娜知道这件事后感到无比震惊，一连几天不知如何诉说了。他耐心地等待着她满纸激情的回信。

几天后，他终于从歪脖子树的洞穴里取到了她的回信：

把不属于自己的东西占为己有，这是贼，是强盗。如果你要带着那荷包去亵渎那座神山，那荷包里的火柴就会变成魔鬼的火焰把你化为灰烬，那石头就会变成子弹射进你的胸膛。

塔西简直不敢相信自己的眼睛。

傍晚，塔西来到父亲的墓前。他从怀里掏出一块白布，系在父亲墓上那个马鞍形的土座上。他想让父亲在另一个世界里骑在马上行走的时候舒适一些。

他跪坐在父亲的墓前。

"阿达，我没有错，我不是贼，我不是强盗。"

天黑了，起风了。风把远处的乌云吹来遮住了天上的星星。

"阿达，你告诉我。把别人丢失的东西占为己有和把别人有意丢弃的东西捡回来是不一样的。阿达，你要是还活着，该多好啊。"

风打着旋儿吹来,把埋在父亲墓上的尘土卷了起来。那旋风飞上了夜空,把一道闪电拽了下来,山谷里一阵轰鸣。下雨了,一场罕见的大雨。

塔西痛苦极了。他的痛苦并不完全在于失去了一位心爱的姑娘,而是他清楚地知道他的想法在任何人的眼里都是一种罪恶。他坚信自己的想法没有错,不管别人怎么看,他决心已定。于是,他毅然决然地把荷包放进了歪脖子树干的洞穴里。

塔西通过家住县城的同学的做铁匠的父亲制作了一双带有铁钉的鞋。说是鞋,倒不如说是双鞋底。这鞋是按照塔西的设计制作的,鞋的两侧有几个扣,可以用牛筋绳捆绑在鞋上。为了防止雪盲,他从另一位好友那儿借来了墨镜。当然,他也为黑子准备了一副墨镜和四只带钉的脚套。因为他已经决定带黑子一起上山。

远处的雪山下突然凸起的红黄色的帐篷告诉大山,一支登山队伍已经安营扎寨。这些肯定都在塔西的眼中,他等的就是这一天。

一位被队员们称为艾伦的队长友好地接待了塔西。塔西一边结结巴巴地讲着蹩脚的英语,一边用手比划着。他告诉队长,他土生土长,对这山很熟悉,而且他也爱爬山,虽然没有爬上山顶,但确实多次爬过,还有一次爬到一定的高度。为了证实自己没有说假话,他还拿出自己手绘的登山记录图。队长接过图,又从身边的包里拿出一幅图比较着。队长抬起头来,看了看身旁的队员,又看了看塔西,笑着伸出了大拇指并拍了拍塔西的肩膀。队长比较着两张图,认真地向塔西询问着。

他们交谈起来。当队长知道塔西要跟着这支登山队一起上山后,队长的脸色骤然严肃起来,但仍态度温和地给予了婉言谢绝,并告诫塔西登山不能蛮干,不能独自一人攀登雪山。登雪山是一项集体的运动,只有靠集体的力量相互帮助才能登上到最高峰。

第二天,太阳还没有出来,这支队伍就开始攀登慕士塔格山。

当这支队伍走过岩石地段,脚刚踏上雪地的时候,这支队伍的脚步几乎是在同一时刻停了下来。塔西和他的黑子不知何时站在了他们的面前。

队长走上前去对塔西严肃地说:"要想参加这支队伍,必须向有关登山协会申请,并通过审查同意,双方签订合同方可。我没有这个权力。"

塔西:"我要攀登这座雪峰,你也没有阻止我的权力。"

这支队伍在继续攀登。

塔西和黑子也在攀登。

这是两支队伍。但后来发生的一次意外让这两支队伍成为一支队伍。

一位队员不慎掉进了冰缝中。冰缝中极度寒冷,如不及时营救,那位队员的生命难保。塔西跑了过来,朝冰缝里观察了一下,他心里明白,在这冰缝中致命的威胁就是寒冷,最多二十分钟是生命的极限。此时此刻,时间就是生命。塔西喊了一声,黑子跑了过来,它瞅着主人。塔西指着冰缝说"下!"黑子纵身跳下冰缝。

冰缝中,队员和黑子紧紧地抱在一起。黑子身上的热量缓缓地流进了队员的体内。

当人们把队员和黑子救出冰缝的时候,他和它的伤势很重,被山下赶来的营救人员用担架一前一后送下山去。临下山的时候,那位队员让队友帮助自己脱下登山鞋和防寒服,连同那些登山用具,亲手交给了塔西。

塔西抱着这些东西看着队长。

队长把双手放在塔西的双肩上,用力地抓了一把:"穿上它,你已是我们的一员了。"

他们终于登上了山巅。和其他的体育运动不同,这里没有观众、鲜花、掌声、欢呼和签名;没有运动员获胜后歇斯底里般的狂奔、跳跃和飞吻。这里只有灿烂的阳光,一尘不染的苍穹和一览众山小的壮观。登山者登上山顶只是成功的一部分,而活着回到山下才是全部。登上山顶和返回都是用生命换来的。这正是登山运动的魅力所在。

塔西站在山巅眺望着远方,灿烂的阳光普照着大地,他只觉得他的身心被太阳熔化开来和那一尘不染的湛蓝色的天空成为了一体。

　　下山的时候，他的脚步依旧是那样有力，他不愧是大山的子民。他跨过了那部被遗弃的他日夜所思并为此而登山的摄像机，义无反顾地空着双手向山下走去。

刘　振

搭　车

　　初来乍到,对这个地区不熟悉。来前,看了这个地区的一些材料,发现在莫尔塔山谷里,有一个美丽的小山村。我想去那里看看,拍一组摄影专题报道,如果运气好的话,还能出一两张摄影创作。

　　根据我多年的采访经验,初到一个地区采访,最好是能在当地找一个对当地比较熟悉的摄影爱好者同行。于是,在朋友的推荐下,我认识了这个地区宣传部的一位姓黄的宣传干事。据朋友说,这位黄干事也喜欢摄影,而且不只一次地让我的这位朋友给他推荐一位职业摄影师,带带他。

黄干事大约四十出头,给我的第一印象是为人热情,我们初次见面他就热烈地拥抱了我。

不巧的是黄干事这天搬家,我们的出行拍摄要朝后推几天。巧的是我正赶上黄干事乔迁之喜,我也好进点微薄之力。既然是来求人,当然也要付出。于是,我加入了黄干事的搬家队伍。

黄干事:"真不好意思,初次见面,就劳驾你干这搬家的苦累活。本来我都请好了搬家公司,可部里的这些小年轻人硬是把搬家公司给推掉了,说是花那冤枉钱干吗,不如把那钱省下来,摆一桌,请大伙吃一顿。"

搬完家后,黄干事带大伙来到一家小饭馆,要了两瓶酒,点了七八道菜。黄干事举起酒杯,说了几句感谢大伙的话便一饮而尽。看那架势,黄干事还是一个能喝酒的豪爽之人。

吃了没一会儿,黄干事便起身出去了。大约半个小时,黄干事给我打来电话,声音显得有些压抑:"刚刚接到部长的电话,让我给他汇报工作,看来一时半会儿完不了,你先把饭钱替我垫上,明儿见时,我再还你。"

我说:"不用还,我这次来少不了麻烦你,大伙在一起高兴高兴是应该的。"

电话那边:"是大侠,够哥们!"

晚上,黄干事打来电话,他说他就这次宣传报道一事,向部长作了专题汇报,部长很支持。他说我们要去的那个地方,交通非常不便,有好长一段路没有交通车。不过,他说他的一位朋友开着一辆越野车,他和朋友说好了,带我们去,时间大约六七天,全部费用也就五千来块钱。

关于费用的问题,我感到很为难。我们杂志社效益不好,把钱看得很紧。外出采访的租车等费用,必须事前提交有关报告,批准后方能报销,否则,自掏腰包。而且,这种情况,还只限于重大的选题报道。五千多元,对我一个工薪阶层来说,可不是一个小数目。

我把情况向黄干事作了解释。

电话那边："啊,原来是这样。"

第二天,我给黄干事打了一天的电话,他的手机一直关着。我想,他一定是工作很忙忘了开机,要不就是忘了给手机充电。

吃过晚饭,我来到黄干事住的小区。我在小区的一家小超市买了些水果,我想,不能空着手到黄干事家吧,何况还是为拍摄的事去麻烦人家。当我从超市朝外走的时候,我看见黄干事正朝自家的单元门口走来。我看的很真,因为我和黄干事的视角是个正面。我本想快步迎上前去,但觉得没事先打个招呼就这样突然到访,是不是有些唐突。于是,我在黄干事的单元门口溜达了几圈,便给黄干事家里的座机拨了电话。

电话通了。好一会儿,传来了女人的声音:"老黄去省城啦,今天一大早小车就把他直接从家里接走的。有事你给他打手机吧。"

夜幕降临了,我拎着水果朝着我来的方向走去,心里空荡荡的。说心里话,我一点也不怪黄干事。拍摄的事,是我的工作,与黄干事有何相干,再说了,黄干事刚搬完家,家里乱糟糟的一大堆的东西还没有搁置好,人家哪有闲工夫跟你去那荒郊野岭哪!再说啦,那地方我自己不是去不了,何必劳驾别人。

我的手机响了,是黄干事打来的。他说他很抱歉,因为省城有一个重要的会议,部长一定要派他去参加,他一大早就出发了,没来得及给我打个招呼。电话里他还说,他很想和我一起去拍摄,向我学学摄影,失去这次机会让他很痛心。他说他十来天就回来,如有可能,他回来再陪我一同前往……

第二天,我坐地区的公交车来到县城。下午从县城赶到库路乡。还好,在乡里我又赶上了去可克里村的车,这个村与我要去拍摄的莫尔塔只有二十来公里。这段路没有公交车,不过每天都有上山拉煤或拉木材的车从这里经过。

来到可克里村时,天已经黑了下来。我在路边的一家小旅店住了下来。这是村里唯一的一家旅店。一位大概是老板娘的中年妇女提着油灯,把我带进了一间黑乎乎的房间。她告诉我因为线路检修,今夜停电,不过她说她可以少收我一元钱。

我独自站在屋里,环视着四周。房子很大,大约五十来平米。房屋的一边是床,床是个大通铺,从屋的一侧连到另一侧,我估算了一下,这上面可以睡十来个人。房屋的另一边是一张自制的长桌,可以容下十来个人就餐。墙没有刷灰,一看就知道是干打垒的墙。地是沙土地,我发现,那地上还稀稀拉拉长着草。

老板娘一手夹着被褥,一手提着水桶走了进来。她把被褥往床上一抛,水桶往地上一放,那架势犹如光着屁股坐板凳——有板有眼,我仿佛在哪部电影里看到过这种形象。

老板娘:"吃饭了吗?"

"这么晚了,还有饭吃?"我真不敢相信,在这偏僻的夜晚……

"有,我这里通宵服务。"

"有什么吃的?"

"拉条子、炮仗子、揪片子、刀削面……想吃什么有什么。"

"有菜吗?"

"有,土豆、萝卜、大白菜……想吃什么有什么。"

"有肉菜吗?"

"有,肉炒土豆、肉炒萝卜、肉炒白菜……想吃什么有什么。"

"那就来份拉条子,白菜炒肉吧。"

"你先洗一洗,做好了,我给你端来。"

老板娘走了,屋里顿时静得有些瘆人。油灯的火苗在不住地上下跳动,屋里的影子,也在不住地晃动。一个幽青色的甲虫,从墙的下面朝上缓慢的爬着。看着那甲虫,我有一种奇妙的感觉,这种感觉是我以前从来都不曾有过的感觉。此时此刻,这屋里有两条生命。那甲虫渐渐地就要爬出我的视线,我急忙用手挡住了它上行的路,于是,它改变了方向朝下爬,我又挡住了它,反正,我不想让它爬出我的视线。

这时,传来了风声,不对,是歌声,是女人的无字的歌声。这歌声好似从泥土的墙里传来,又好似从我脚下的黄土地下传来,在昏暗的屋里,在屋顶的木梁间绕来绕去,听得让人掉泪。是老板娘的歌声?我真的不敢相信,因为我从歌声里听出了这歌声是从一个被调教过的稚嫩的胸腔里唱出来的。

歌声消失了。墙上的甲虫也不知跑到哪里去了……

"咣当!"一声,门被脚踹开了。就在房门被踹开的同时,传来了老板娘的叫声:"饭来啦,白菜炒肉拉条子!"

我对老板娘说:"你的歌唱得真好!"

老板娘:"我哪会唱歌呀。唱歌的是住在隔壁房间的两位姑娘。她们是从乌鲁木齐来的,艺术学校的学生。是来旅游的。"

"来旅游的!"

"是啊,这些年到我们这儿来旅游的人不少。城里的人在城里呆腻了,都想到偏远的山沟啊、草原啊、乡村啊来,说是越荒凉、越原始的地方越是要去。没有你们这些旅游的人,哪有我这小旅店。"

听她的口音不像是本地人。本想问问她是哪里人,但又觉得在这一男一女的昏暗的屋里,打听人家个人的事有点不对劲。

我说:"隔壁的两位姑娘要到哪里去?"

"我问过,她们说了,随心所欲,走到哪儿是哪儿,高兴了就住几天,烦了就走。"

乡村的夜晚格外的宁静。我躺在床上,听着偶尔传来的汽车声。那车声由远到近,再由近到远,当车声消失的时候,这乡村的夜晚就更显得格外的宁静。

我迷迷糊糊快要入睡的时候,忽然感到浑身痒痒。坏啦,我顿时紧张起来,这床上不是有臭虫,就是有虱子,要不就是有跳蚤。一想到这些东西,我就头皮发麻,即使没被这些东西咬上,我也会浑身起鸡皮疙瘩。

我起身穿上衣服,在屋里来回的溜达几圈,然后坐在桌旁,两眼直勾勾地望着对面的土墙。我犯起愁来,这一夜怎么熬啊。大约坐了个把小时,突然想到,这张桌子上是不会有臭虫、虱子的,跳蚤也跳不了这么高。我立刻躺在桌子上,把裤子叠了几层放在三脚架上当枕头,身上盖着外衣。我为自己的这种想法感到兴奋。我甚至觉得在这种特定的环境和时空里,我的这个想法不仅解决了我的睡眠,还带有一定的创造性。

这一夜,我睡得还不错。醒来时,太阳已经老高。

早餐的奶茶很地道,馕的味道也不错。老板娘告诉我,说我要去的莫尔塔村离这儿有十来里路,没有交通车,不过可以搭上山拉煤或拉木材的车。她还告诉我,有一片胡杨林的地方就是莫尔塔村,因为这条路上只能看到这片胡杨林。

我站在路边。

一辆大卡车,车速很快。我慌忙高举起手,朝路中走了两步。卡车从我身边飞快驶过,司机撂下一句话:"臭小子,不想活啦!"

我站在路边,已有几辆卡车从我身边驶过。我不怪司机。前几天,我还在一张小报上看到一篇消息,说是一位好心的司机因为拉了一位路边搭车的人,丧了命。我想,实在搭不上车,就步行,不就是十来里路吗?搞摄影的人跋山涉水徒步行走是家常便饭。

这时,旅店里走出两位漂亮的姑娘,从她们身着的连衣裙和气质上看,她们一定是老板娘说的那两位艺术学校的学生。昨晚,那美妙的歌声就出自她们其中的一个。她们来到路边,看样子也是要搭车。我心中为之一喜,美女搭车,有门!

我走近她们,讨好地朝她们笑笑。姑娘们也朝我笑笑,但很明显地看出,她们不想搭理我。我也很知趣,和她们保持一定的距离。我想,只要车一停,我便迅速爬上车厢板去。

过来一辆车,姑娘们招手,车没停。又过来一辆车,还没停。两位卡车司机,都不为美女所动。以前,我就多次听人说过,跑车的司机个个爱女人,尤其是美女,不用招手,往路边一站,立马停车。今天却奇了怪了,美女招手都不停。看来,跑车司机个个爱女人这话并不完全对。

我正准备默默地祈祷车停下来的时候,眼前的情景让我目瞪口呆:她们其中的一位用力地搀扶着另一位,而被搀扶的那一位,把一条腿高高地抬起,典型的舞台抬腿造型。八九点钟的太阳照在白皙的大腿上,粉红色的内裤鲜艳夺目。我并没有觉得这里面有什么低俗的或者有什么性的东西,我倒觉得这完全是一部即兴发挥的作品,十分有创意,这种以脚代手的搭车创作,来自于生活,又高于生活。

卡车真的停了下来。我想,面对这样的搭车场景,任何司机都会停下车来的。

车停下来,美女们当然是要坐进驾驶舱里,我迅速地爬上了车厢板。

司机:"谁让你上去的,妈的,给我滚下来!"

司机的嗓门很大,但我装着没听见。

司机:"臭小子,说你呐,听见没有!"

司机一边吼叫着一边打开了车门。

我几乎哀求地向司机说:"我不是坏人,我是记者,到前面的莫尔塔村采访的……"

司机:"记者,记者是我个球嘛!"

司机狠狠地骂了一句,还好,他并没有继续要赶我下去,他只是用力关上车门,猛得加大了油门,汽车突然向前一蹿,我仰面朝天,重重地摔在了车厢板上。我慌忙起身,从驾驶舱的后玻璃里,我看见司机咧着大嘴在笑。

汽车行进在黄土路面上,车后荡起一条滚滚的尘烟。汽车快速前行时,尘烟被远远地抛向车后,但车厢颠簸得十分厉害,使人感到五脏六腑都要颠出来似的。车速慢下来的时候,车身大幅度的左右摇晃,摇得人头晕目眩直想呕吐,尤其是浓厚的尘土,把整个汽车都笼罩起来,呛得人几乎窒息。

大约走了个把小时,我看见了那片有着胡杨林的村庄。那就是莫尔塔村,是我这次采访的目的地。

汽车来到莫尔塔村时,我敲了敲驾驶舱的顶盖,示意司机停车。司机好像没有听见,继续朝前开,车速反而快了起来。我又用力连了敲了数下,车速又快了起来。一种不好的兆头一下子涌了上来,使我的大脑"嗡嗡"直响,而我的心好似不住地往下坠,越坠心越沉,沉得几乎喘不上气来。

我知道，司机不想给我停车。我想，他不停车也罢了，只要把我拉到有人的地方也罢，万一，这小子把我拉到一个前不着村后不着店的荒郊野岭的地方，再把我赶下车，那麻烦可就大啦！

他不仁，也别怪我不义。我脱下外衣，取出三脚架，用外衣的两袖子捆绑在三脚架上，然后，我抓着三脚架的一端，把有衣服的一端伸向驾驶舱挡风玻璃的前面，挡住司机的视线，迫使其停下车来。我的目的就是让车停下来，但又要避免车毁人亡的悲剧，于是，我先在挡风玻璃前，绕了两下，告诉司机我准备要干什么。这一招可真灵，还没等我实施下一步挡其视线的时候，这小子一脚刹车，汽车在一阵刺耳的刹车声中停了下来，我也险些从车上摔了下来。

车停下后，我慌忙拿上东西跳下车来。

我跳下车后的第一反应就做好了最坏的打算。这小子很有可能狗急跳墙，与我较量一番。我担心自己不是他的对手，万一不是他的对手，那么好汉不吃眼前亏，跑为上策。

当司机提着千斤顶的撬杠跳出驾驶室后，我的紧张情绪立刻有了缓解。这小子三十郎当，岁数和我差不多，又瘦又矬，比我矮一头，两条小短腿还罗圈。真要打起来，他也不一定是我的对手。

这小子手举铁撬杠，一步一步向我逼来，那架势有些滑稽，像戏剧舞台上的黑脸还带有点节奏感。我立刻端起三脚架，拉开架势对着他。让我没想到的是，这小子离我还有两步距离时，他扔掉撬杠，"哈哈"大笑了起来："你，你这臭小子，亏你想得出来，还，还给我来这一套，挡，挡我的视线……"他说着蹲在地上不停地笑，笑够之后继续说道："哥们，上车，我把你送过去。"

我说"不用了，反正也不远。"

"不行，咱们不打不成交，我要送你。"

我说"真的不用，我看这地方的景色不错，可以拍两张片子。"

"那好，明天上午我返回时，你坐我的车回。"

我说："谢谢了，我们搞摄影的时间没个准，明天也许完不了事。"

"没关系,我给我的哥们都交代一下,你的模样很特别,只要见到你,他们就会停车。"

汽车拖着一道浓浓的烟雾向远处驶去。

我背着摄影包向莫尔塔村走去。这时,太阳开始西斜。路两边的景色还不错,我一边走一边拍摄着,等我离莫尔塔村还有一里路的时候,我看见了暮色中的莫尔塔村。

暮色里,莫尔塔村亮起了灯光,它的四周在暮色的余晖下,泛着冷色的幽蓝,而那冷色的幽蓝,又把一户户人家的暖色灯光烘托出一种说不出的温暖。我有一种到家的感觉。

我选择了一处较高的地形,拍下了这幅暮色里的莫尔塔村。

张筱灈

永不言爱

　　黄勇，我们班的二郎神，一个小眼睛，特忧郁还特痴情的那种，是我高中时的同学，就坐在我后排，平时看他做什么都是漫不经心的，可考起试来回回都是第一。我就纳闷了，他不会是考试作弊吧。但不论怎么说，人家黄勇的学习成绩就是好，就是那么让人捉摸不透，直到现在他依然让人捉摸不透。

　　他很有女人缘，就说他现在的女友吧，爱他爱得死去活来，恨不能把他塞进肚子里去。她叫喻凯，是我们班的大嗓门儿，人称哮天犬，人见人爱的活宝儿，就是有点儿爱吃醋。她爱黄勇的时候,掏心掏肺地,黄勇还不领情。我们这群朋友也经常被她骂,她不仅吃黄勇的醋,也吃我们的醋,连她的父母亲戚的醋她也吃。一句话,她就是一个醋罐子。

据说有一次,黄勇打算和她分手,第二天起来,他就发现枕头底下多了一把菜刀,吓得他够呛,再也不敢说分手这种话了。

黄勇现在是开酒楼的,卖天下第一奇酒"三碗不过冈",现已是天津卫第一风味酒楼的老板,那酒楼被人戏称为"黄花楼",只因这里的服务生全是清一色的面若桃花的黄花闺女。黄勇如今确实也不小了,拿他妈妈的话来说,也应该考虑考虑自己的事情了。他也确实考虑过,只是还未找到答案。他感觉和喻凯在一起太压抑了,可又不敢表明,心下暗暗盘算着如何是好。

这天晚上,喻凯头上顶着粉红色的卷发器,穿一件桃红睡裙,一手叉腰站在二郎神面前。

"我手里拿的是什么?"

"菜刀。"

"小样的,算你聪明,那你说爱不爱我?"

"嗯。"

"嗯是什么意思?"

"爱。"

"爱谁呀?"

"你!"

"不行,你说全了。"

"好。"

"你快说呀! 今天不说完,就别想睡觉。"

"我爱你!"

"这可是你自愿说的哦,我可没有逼你!"

其实,这二郎神并不是不想和她一起生活。只是他考虑了八百四十遍之后得出个结论,也就是说,他不想得到除了他以外所有人都渴望的爱情,或者,说得更直接一些便是——他不想结婚。

原因很简单,就是他认为自己是完整的。

一个人之所以需要另外一个人,大约是因为一个人是不完整的。总之,结婚就是将不完整的两个人组成完整的,而他认为自己不需要如此麻烦。

喻凯对黄勇的看法十分反感,可又说不过他,就说他是得了一种比自恋情结更让人匪夷所思的精神病。黄勇听了总会笑,笑到上气不接下气为止。

不过,黄勇心里明白,这只是女人们的唠叨和无理取闹,不必理会,他自有主意。他打定主意不想结婚了,所以便总是答应着,却什么也不做,反正他也不是骗了喻凯一次两次了,再多骗一次也无所谓。何况对黄勇来说,骗人的技术是他最拿手的,因为他在撒谎时,从来都是脸不红,心不跳的,一幅泰然自若的神情。那大约是别人怎么学也学不会的!

其实,黄勇说的话,句句都是可信的。他有时候也会落寞地叹息一声,静静地一个人坐在沙发上,燃一根香烟,经常反问自己是否做错了? 然后在心里开始盘算,这场注定的爱情悲剧又该如何收场? 他很怕很怕,因为随着时间的流逝,他和喻凯这几年的耳鬓厮磨让他逐渐发现喻凯其实真是个很不错的女人,不仅仅长得漂亮,几乎一切女人应该具备的美德她都拥有,这样的女人,实在是不应该用来伤害,而是应该用细心来呵护、疼爱的呀……所以,他经常矛盾着。

二郎神开始有意无意地躲着哮天犬了,为了减少与她的相处时间,他开始找许多借口不回家了。冰雪聪明的喻凯很快便感觉到了黄勇的异样,每次好不容易遇见他的时候,眼睛里便多了几分询问,也添了几丝幽怨。但每一次二郎神都能冷漠地无视喻凯幽怨的眼神。

这一天,狂风夹裹着冰雨袭击了这座城市,哮天犬的心境也同这阴霾的天空一样低沉。她站在窗前看着急雨倾泻而下,傻傻地愣愣地望着窗外发呆。她很清楚自己和二郎神之间一定出现了什么问题,不然他不可能这样躲着她! 但她真的不知道自己哪里做错了?

她像一座雕像一样，怔怔地站在窗前，凝视着远处晦涩的天空，眼泪已经如同断了线的珍珠般滚落了下来。

她再也控制不住自己的难过情绪，掩面低泣起来。

哭了一会儿，喻凯忽然想起一个朋友说过，难过的时候就去酒吧，它会让你暂时忘却烦恼。

她便停止了哭泣，略略画了个淡妆便提着皮包出了门，径直开车去了城南的酒吧。

酒吧永远是属于暗夜一族的，当人们忙碌了一整天舒适地进入梦乡的时候，这里却是生意正隆，酒色正酣时。轻柔而迷醉的乐曲痴缠着人的脚步，让人暂时忘却了世间的烦恼。幽雅而昏暗的环境好像轻易地就能淡化掉人们的焦虑和不安似的。你可以独自一个人享受难得的安静，也可以端着酒杯随意地找人搭话。

柔柔的昏黄的灯光弥漫了整个酒吧，似真似幻的感觉充斥了所有的空间。哮天犬特意挑选了一个安静的角落坐下，点了她爱喝的黄花御酒慢慢啜饮起来。

音乐中响起了陈琳的《爱就爱了》：

算了吧，他装傻，惹你大声骂，别把自己弄得像笑话，死了心，也能全部都归零，当做什么什么都没发生，你是你，他是他，何必说狠话，何必要挣扎，别再计算代价，爱了就爱了，若失去感觉，算了就算了……

俞凯觉得这首歌倒好像是专门唱给自己听的一样。正在愣神之间忽然身后传来一声礼貌的男低音："我佛（说）你一个女娃子咋个人喝酒的嗫？"

循着声音望去，一张白净的脸，眼睛里盛着笑意，一身干净的奶油色的休闲装，正端着酒杯恭敬地站在喻凯面前。

一丝游戏人生的消极念头悄然浮上了喻凯的心头，是啊，还是那句话，世上万千事，由它自己去，一百年之后再不会有人记得你曾做过什么，曾错过什么……何必太认真，又何必太累人！

喻凯抬起眼睛偏着头，定睛打量着休闲装，觉得似乎在哪儿见过此人，但又实在想不起来,看他一头浓密的头发便不由得扑哧一笑,说:"我佛(说)朋友,你咋是个'勺料子'呢?这么热的天你还戴个皮帽子。"

原来喻凯还没忘了家乡话,依然可以有腔有调地俏皮几句。当她说完后俩人都大笑起来,一扫生分之感便攀谈起来。

休闲装将自己的一张名片递到了喻凯面前,有一搭没一搭地问道:"你可不像是个没人请的人呢,怎会独自啜饮?怕不是另有原因吧?"

哮天犬低头撩了撩秀发,又轻轻地啜了一口红酒,轻声说:"你也不像是个没人陪的人啊,喝酒要看人,就像恋爱要靠缘分一样。都是天涯沦落人,相逢何必曾相识。"

说完接过名片,仔细看来,上写——情天恨海委员会主席兼司机、解忧俱乐部董事长兼法人代表。姓李一个单字名明。

喻凯微微偏着头,望着李明的眸子里流露出浓浓的兴趣,休闲装的脸上也露出一丝得意来。

"要不我们换个地方聊天吧?"喻凯甩了甩秀发,淡淡的幽香便轻轻飘入李明的心肺。

汽车在灯红酒绿的街上行驶着,喧闹的城市和着清凉的微风连同忽明忽暗的街灯也都渐渐远去。喻凯的心中慢慢升起了一丝甜意。她微闭着双眼,长长地叹了一口气,任凭微风拂着她的面颊,吹乱她的长发。

"透过你的眼神我猜想你一定是为情所困,对吧?"李明关切地问。有多长时间没有人关心过自己了。喻凯的心里一热,眼里有点潮湿。她微微地点了点头。

"知道吗,在你身上有一种连你自己都不明白的吸引力和神秘感,它们使你显得与众不同。"李明的眼神和话语就像车窗外的灯光忽然罩在了她的身上。那一瞬间的温暖和光辉一闪即逝。

"我想我现在还不了解你,还不知道你最想要什么,但我想你最应该有一个能爱你的男人,让他可以用手蒙住你的眼睛,领着你走在海滩上,让你体会沙子在你脚下的温暖感觉。"

"吸引力是非常容易被人误解的,它常常使人们作出错误的判断。在平淡的生活中我们都容易迷失了自己,忘记了初衷。"喻凯有点幽怨地说。一丝无奈的笑意停留在她的嘴角。

被风吹乱的黑发衬托出她修长白皙的玉颈,如美丽的天鹅般高扬,音乐在她曼妙的身上款款地流淌,就像一件完美的艺术品,让人叹为观止。

刘　振

牧马人

　　巴尔库山犹如一座巨大的屏障,把哈密盆地和伊吾军马场劈成两半,使它们形成截然不同的两种自然风貌。1983年4月,山南的哈密,盈盈春风摇落了杏花,摇红了桃花,然而,山北的伊吾军马场,天色铁青,白雪皑皑。据当地气象站记载,每年的4月,这儿多西北风,风力最高可达十级以上。呼啸的北风从北山袭来,恨不得把巴里坤大草原来它个人仰马翻。

　　牧马人艾买提·莫明说,他满脸横七竖八的皱纹"就是被这儿的风划开的。"他今年大约五十岁,说实在的,他自己也说不清自己到底是哪年哪月来到人世的。三岁那年,他的母亲去世,听父亲说,他出生在一个风雪交加的夜晚。他个头不高,身体也不壮实,但是他的性格倔强、坚毅,喜欢斗风雪。暴风雪袭来的时候,他一定要骑上他最心爱的枣骝马,"嘟……嘟……"连吼带叫地疾驰在大草原上。谁也说不清他那"嘟……嘟……"的吼声是什么意思,但他放牧的二百来匹基础母马却格外顺从地按照主人的意图行事。

艾买提耷拉着脑袋,身上歪背着一支半自动步枪,右手紧紧地握着马鞭。他的身后,是匹英俊剽悍的枣骝马。这匹马1968年出生,是艾买提亲手接生下来的。它三岁时,被主人选中,成了主人心爱的乘骑。往常,每当见到主人,它总要跑过来,让主人给它捋捋鬃毛,挠挠痒痒。今天,它仿佛看出了主人沉痛的心情,显得格外温顺。

艾买提猛地抬起头来,一双充满血丝的眼睛燃烧着仇恨的怒火:"我要让你死!"他的牙齿咬得咯咯响。他翻身上马,朝巴尔库山奔去。

昨夜,乌云布满天空,大草原一片漆黑。一只饿狼偷偷地潜入马群。狼的突然到来,引起马惊群。顿时,二百多匹骒马带着新生的幼驹炸了锅似的互相拥挤践踏,以每小时五十多公里的速度从山坡上朝山坡下狂奔。马惊群对牧马人来说是件最可怕的事情,必须立即制止,否则,新生的幼驹有被踏死的危险,有孕的骒马会流产,倘若是在山区,还会造成马滚山的现象,后果不堪设想。艾买提大声吼叫,奋力地追赶。"嘟……嘟……"他极力想和惊骇的群马沟通感情。然而他的呼唤被呼啸的北风和狂乱的马蹄声湮没了。

半个钟头后,惊恐的群马稳定了下来。艾买提分开马群,提着汽灯,如数家珍似的一个一个地数着。他数了一遍,觉得不对头,开始数第二遍。当数了一半的时候,他停住了。一匹半月前出生的黑骝马在群马中慌乱地窜来窜去,它寻找着自己的母亲,当它发现自己的母亲确实不在时,便来到艾买提的身边,仰着小小的头颅,发出凄惨的悲鸣。艾买提打了个寒战,心紧紧地收缩了。他急忙掉转马头,朝来路拼命地奔去。

山坡下的一条深深的干河床里,那匹黑色的骝马已经奄奄一息了。这时,乌云渐渐离去,明月从这块云朵又钻进那块云朵,如水的月光洒在这条河床上。艾买提跳下马连滚带爬地扑了上去。他一边用手摸着马,一边颤颤地说:"我来了——不要紧的——会好的——一切会——"当他摸到马脖子上那湿漉漉的血时,立刻无力地瘫坐在地上,混浊的老泪大滴大滴地落在骝马鲜血淋淋的伤口上。骝马听到了主人的声音,鼻子一扇一翕,发出微微的喘息。这是多么熟悉的声音!十年前,当它来到这大草原的时候,首先听到的就是这亲切的声音。从此,这声音就一直伴随着它。它是多么希望这声音永远地伴随着它在大草原上奔驰啊!然而,它还是去了,告别了巴尔库山,告别了巴里坤大草原,告别了辛勤养育它成长的牧马人。

艾买提捶胸顿足,愤怒地用力撕自己的头发。然后他翻身上马,高举的马鞭狠狠地抽了下来,枣骝马四蹄腾空,飞奔在夜色之中。"我要让你死!我要让你死!"艾买提歇斯底里地吼着,他快疯了。

翌日清晨,艾买提背上枪上山了。

艾买提走后,他的老伴玛丽亚木跪在室内的中央,做着"乃玛孜"。她祈祷胡达保佑自己的丈夫和马群,惩罚可恶的狼,还有可恶的风雪。

这是一间干打垒的屋。屋里几乎没有什么摆设,要说有的话,只有窗台上的半块梳妆用的镜子和一盆从山区草原移来的玫瑰花。为了遮挡寒风,北墙壁上钉着毛毡。地铺的顶头摞着二十多条被子。玛丽亚木说:"被子多些有用处,人盖,马也盖。"

其实,艾买提有自己的住房,在队里。房子蛮不错,家具有几件,墙上挂满了奖状。马随水草而走,人随马群而居。牧马人在外牧马,老伴要照顾牧马人的生活。所以,二十年了,他们几乎没有住过自己的房子。一年前,队里的葫芦沟冬窝子为他们盖了一栋砖房,可是正赶上马产驹的大忙季节,只好先让那些需要照料的骝马和幼驹住上了。

艾买提卧在小马圈沟的一个雪窝窝里。卧久了,他的关节开始疼痛起来。

他的关节炎已有不少的年头了,疼起来那滋味真不好受,所以,一年四季他始终穿着那条老羊皮裤子。他在腿上捶了捶,搓了搓,然后端起枪,瞄着,自言自语地说:"三点成一线。咣! 多年不使用这玩意了,还行吗?"

六十年代末,七十年代初,艾买提曾是个打狼的能手。他打死过不少的狼。骒马下驹的时候,天上满是乌鸦,牧马人稍不注意,这些讨厌的家伙便俯冲下来,啄去新生幼驹的眼睛,那时,艾买提一枪一只,真是弹无虚发。

他一边回忆着过去,一边吃着那斯烟。突然,枣骝马发出了"突突"的鼻声,示意主人狼来了。艾买提定睛望去,怎么什么也没有? 他用力揉揉双眼,还是什么也没看见,眼前模模糊糊。"老了,眼花了!"他心里想。后来,他的眼睛一亮,发现六十米处有只狼。他迅速举起枪,心"咚咚"地跳得厉害。"以前从没有这样过啊!"他嘀咕着,用力保持镇静。他屏住呼吸,准星对准狼。枪声响了,子弹飞了出去。子弹不是从枪膛,而是从牧马人燃烧的胸膛带着呼啸射了出去。然而子弹并没有射中目标,而是在狼的脚下溅起了一股雪浪。狼吓得窜了一米多高,然后贼快地逃进了松林。

的确,他老了,他的眼睛花了。可是他自己也说不清这双眼睛到底是从哪年开始花的。

艾买提回到了房子,就在他跨进门槛的同时,玛丽亚木脸上的笑容倏然烟消云散了。她从丈夫沮丧的脸上知道了一切。此刻,她的心情比丈夫更难受。她最相信自己的丈夫。她不止一次地因为自己有这样的一位好丈夫而感到自豪。在玛丽亚木的心目中,丈夫不但是草原上最美的枣骝马,同时也是一只凶猛顽强的猎鹰。所以,她今天特地从小包袱里取出她出嫁时带来的餐巾。这餐巾,她平时不舍得用,只有在值得庆祝的日子里她才拿出来。丈夫外出打狼,妻子理所当然要为丈夫的凯旋庆祝一番。雪白的餐巾上,绣着朵朵盛开的玫瑰花。说实在的,绣工不算很好,但针针线线凝聚着玛丽亚木对艾买提的一片深情。

二十四年前,这位出身巴依的女儿在这块洁白的餐巾上飞针走线的时候,她不会忘记:她提着木桶来到小河边汲水,岸边嬉闹的姑娘们看见玛丽亚木来了，都悄悄地离去。玛丽亚木知道，姑娘们恨她，因为姑娘们父母的身上至今留有她父亲的鞭痕。善良的玛丽亚木只默默地祈祷胡达，希望自己的生活中有蓝天和白云，有流水和鲜花，有欢乐和爱情，凡是别的姑娘有的，她也应该有。小河的那边，艾买提下了马，把花儿放在马的嘴里，枣骝马衔着花儿趟过小河，来到玛丽亚木的身边。玛丽亚木含着热泪接受了这支来自巴里坤大草原上的玫瑰花。

玛丽亚木很快又在那冷下来的脸上泛起美丽的笑颜。她端来一盘"羊肉盘被子"放在丈夫的面前。"快吃吧，这是你最爱吃的。"她让丈夫先吃，自己在一旁看，她觉得看丈夫吃饭要比自己吃更香。她最喜欢看丈夫用刀背敲开羊骨头掏里面骨髓吃的劲头，可笑，又可爱。

艾买提望着眼前的情景，想着那死去的骒马和那溜走的狼，心里一阵绞痛，鼻子阵阵酸楚，好似一碗酸奶子灌进了鼻腔，泪花在眼窝窝里打转转。他慌忙抓起奶茶，一口气喝了进去，站起身来说："我去看看那匹小马。"他不敢正视妻子的目光，视线从她的肩膀上望过去。

丈夫出去了。妻子哭了。

夜里，玛丽亚木久久不能入睡，而丈夫疲倦的脸颊上却露出了一丝淡淡的微笑。妻子最了解自己的丈夫，她知道丈夫是在梦中见到了那匹死去的黑骒马。妻子的心碎了。她祈祷胡达，让今天的夜晚长一些。她知道，东方一亮，这微笑便会飞出天窗。

清晨，玛丽亚木醒来了，艾买提却不见了。

风雪中，艾买提背着枪，骑着枣骝马朝巴尔库山走去，"我要让你死！我要让你死！"他的牙齿咬得咯咯响。

四月的太阳太年轻，嫩嫩的阳光还无力驱走大地的寒气，冰雪依旧顽固地封锁着大草原，然而小草还是闻到了春天的气息。饥饿的群马用前蹄敲开雪层，贪婪地咀嚼着雪层下的枯草。经过一冬的摧残，马大都骨瘦如柴，然而它们的前蹄个个坚实有力。

一匹骒马分娩了。骒马在风雪中战栗,是分娩的痛苦,也是分娩的喜悦。新生的幼驹在雪地上挣扎,它要站起来。如果它站不起来,就吃不上奶,站不起来,就排泄不出胎粪,以至肠道梗阻而死亡。无论天气多么恶劣,它必须站起来,这是马的天性。

风越刮越猛,雪越下越大。没有风暴便显示不出蒲类海的雄伟,没有乌云便显示不出月亮的飞驰,正是这呼啸的寒风,给伊吾军马场的北国风光增添了几分悲壮。风雪固然残酷无情,但它赋予大草原特有的个性,它会使弱者变为强者,强者更加坚强。

当艾买提带着一张老狼皮和两张狼娃皮下山时,他的脸上并没有多少喜悦的神色。他一路激动地喃喃自语:我给你报了仇! 可是你——我的好伙伴,你却永远地离开了我,我心爱的黑骒马!

艾买提生在伊吾县的沙沟公社,这地方地处巴里坤草原的边缘地带。他的父辈务农,父亲省吃俭用供儿子上了四年学,好让儿子成人后帮助父亲改变家里的穷困状况。然而艾买提却辜负了父亲的期望,偏偏爱上了牧马这个行当。他常常放下地里的农活,偷偷地跑到草原上看马。为了这事,他不知挨了父亲多少的骂。

草原上有许多关于成年人的美丽传说,这些都使艾买提对马产生了感情。相传很久以前,在一个风雪交加的夜晚,从蒲类海走出来一匹枣骝马,这是匹神马。神马和草原上的马交配后产生了今天的巴里坤马。牧人说,这匹马的寿命很长,现在还活着,只是神马天性不喜欢表现自己,所以至今不为世人所知。

多美的传说啊,艾买提梦见自己就是那匹神马。他不止一次地做着这种童年的梦。

1954年,新疆军区在松树塘建立军马场,艾买提幸运地当上了名牧工。打那往后,他手提马鞭,骑着枣骝马,见人总是乐呵呵的,嘴巴咧到了耳后根。怪不得人们都说艾买提的嘴巴"大了一圈"。

说真格的,艾买提的嘴巴是"大了一圈",可他的脸盘却小了一圈。他自从来到马场后，真是够累的。那时，从阿勒泰军分区来了一千二百多匹哈萨克马，从伊犁、石河子地区来了二千一百多匹伊犁马。伊犁马粗壮结实，体形正，四肢关节坚实，前、中胸发育好，背腰平直，骑乘速度快，但驮载力不大，山区行走能力不及哈萨克马。这两股马合为一股，以哈萨克马和伊犁马为亲本，要在巴里坤草原上培育出新的马种。

当时，艾买提激动得几天睡不着，这下他可真的认为自己也是那匹从蒲类海出来的神马了。当时，他一连几个昼夜守在马群里。那时，马从阿勒泰、伊犁长途跋涉来到这儿，个个骨瘦如柴，面临着淘汰的命运。有的马疲乏地卧在地上，艾买提及时把它们唤起来，有的起不来，他就用肩膀把它们顶起来。饥饿的马见了料就没命地吃，他就分几次给，少添，勤添。每次添料，他总要细心地拣去料里的铁钉、碎玻璃、石头子。哪儿的草好，他就把马朝哪儿赶。马吃草是很刁的，前面的马踏过的草，后面的马就不吃，他就让马与马之间拉开一定的距离。早晨外出，马慢悠悠地走，晚上回来，马就拼命地跑，马出汗多了再喝水就会肚子痛，他就走在马群的前面，稳住马行进的速度。艾买提牧放的群马一天天膘肥体壮，而牧马人却因食无定时，居无定处而一天天地瘦了下来。

辛勤的汗水，浇灌出丰硕的果实。艾买提牧马以来，年年都是先进。他光荣地加入了党组织，他出席了在北京召开的牧马经验交流会，他的马群繁殖成活率达到94%，这在大马群的牧马史上是罕见的。从此，每当牧民们拨动琴弦总要唱道："草原上的马儿千万匹，最美要数枣骝马，草原上的牧马人千万个，最幸福的要数艾买提。"

这年，艾买提的马群里有十几匹骒马因那夜的马惊群而早产或流产。这对把马看得比命都重要的老牧工来说，无疑是重重的一击，艾买提几乎承受不住这样的打击，他病了，但他没有躺倒的习惯。他歪坐在地铺上，剧烈的咳嗽使他胸口疼痛难忍，脸涨得通红。

玛丽亚木给丈夫挤了马奶子。照说，牧工是不能喝马奶子的，场里有明文规定。可是玛丽亚木觉得丈夫辛苦了一辈子，如今有病了，喝碗马奶子补补身子顺顺气也是应该的,再说那两百多匹基础母马也不能没有牧马人啊!

艾买提喝了一口,顿时像电流经过周身,他腾地一下跳起来,不知哪来的这么大的劲,如受了惊的儿马,他大声吼叫着:"你……你敢挤马奶子! 你……"艾买提牧马二十八年,从来没有喝过一碗不该喝的马奶子。如今快到了退休的年纪,却……他举起粗壮的大手,狠狠地落在玛丽亚木的脸上。他大步朝外走去,当他刚要跨出门槛时,脚步停住了。

玛丽亚木呆呆地伫立在那里,被突如其来的一掌打蒙了。当她看见丈夫转过身来时,脸上的表情像初次揭开面纱的少妇一般,显得十分坦然。

艾买提内疚地走到玛丽亚木身边,抚摸着妻子的脸颊,声音哽咽地喃喃地叫着:"玛丽亚木!"

玛丽亚木如大梦初醒,"哇!"的一声扑到丈夫的怀里号啕起来:"我错了,我不该……"玛丽亚木哭了,她不是哭自己,而是哭她的丈夫。

"玛丽亚木,别哭了,你的心情我理解,枣骝马也有失前蹄的时候,但枣骝马不会因为失前蹄而不奔跑,何况我们牧马人呢? 我已是五十岁的人了,身体又不好,干不了几年了,在我退休前,我们再加一把劲,让咱们的群马繁殖成活率超过以往的任何一年。就是退休了,我也要办个草库伦,你说对吗,玛丽亚木。"

第二年7月,经乌鲁木齐军区后勤部邀请,全国有关院校、科研生产单位以及自治区、县行政业务部门和军代表共十个单位的二十多名专家、教授和科技人员组成的鉴定验收委员会,对伊吾马场的军马进行鉴定,确认为是新品种,并正式命名为伊吾马。同年,伊吾马获国家农牧业部重大科技成果一等奖。这一年,艾买提牧放的群马系列成活率超额完成了队里交给的任务,在军马验收会上,他的一匹枣骝马和一匹黑骏马获得九点五分的好成绩。

7月,是草原最美的季节。山区的夏牧场毡房点点,满坡满沟的山花,有黄的、红的、白的、蓝的。花儿在晚风中摇曳,散发着令人神清气爽的幽香。傍晚,逆光望去,草原,畜群,毡房,炊烟都溶在夕阳里,真是美极了。说来也怪,人们总是向往着草原,可当有人问起草原究竟什么最美,你却一时难以回答。有人说,草原上的草儿最美,她哺育了草原上的一切;也有人说,草原上的畜群最美,它使草原流动,奔腾,草原才有了粗犷的线条和奔放的旋律;可当你走进大草原的深处,真诚地伸开双臂拥抱着她时,你会觉得草原上最美的是毡房,毡布是草原上牲畜的毛制成的,墙围是草原上的芨芨草编织起来的,它是草原美的精华,它是牧马人居住的地方。

陈思青

十七个骆驼头

1.县医院的外科病房,日,内

　　29岁的素兰,头上绑着纱布,脸上有些青紫,标准的农村打扮,躺在病床上。邻床是一个戴眼镜的中年妇女,腿上打着石膏,一看梳妆打扮就是县城人。

　　一个戴眼镜的中年男子提着饭盒进来。

　　中年妇女幸福地看着男子故意说:你怎么才来!

　　男子也不生气,满脸堆笑:看,我给你做了当归炖鸡汤!

　　一直蹲在素兰床边玩的小女儿燕燕突然站起来:

妈,我饿!我要吃饭!

素兰不耐烦:不是还有一个馕没吃完吗?

燕燕:我早吃掉了!

邻床妇女:来,到阿姨这来,我给你分点,你先去把小手洗洗!

素兰一把拽住燕燕:大姐你快些吃,孩子胡闹呢,你伯(土话发音:不要的意思)管她!

中年妇女一边把汤倒出一碗,一边给她丈夫说:你看这小媳妇,硬是给她老公打成这样!前几天都爬不起来,我一直劝她,干脆离婚!简直不是人嘛!

中年男人:宁拆十座庙,不毁一桩婚!你出的什么馊主意!

中年男人把那碗鸡汤端到素兰的床头柜上。

素兰:大姐是好心,这我知道,我们农村可不像你们县城,我们那里的男人都野蛮着呢,打老婆家常便饭,要是因为这个离婚,那我们村上就没有囫囵的家了!再说,我一下生了3个都是女娃,现在计划生育特别凶,想再生个男娃都不行了,你说他能不吵吵嘛?

中年妇女:封建脑瓜!生男生女都一样嘛!什么思想!

2.县医院病房,日,外

素兰领着燕燕一瘸一拐地走过来,手里提着几个馕。

她的邻床拄着拐杖正和几个病友站墙根晒太阳呢,看到素兰过来,邻床拼命招手。

素兰走过去,邻床悄悄说:妇产科有个弃婴,你知不知道?

素兰:不知道啊!

邻床:听说是个外地的大姑娘生的!孩子一生下来那姑娘就悄悄跑了!

素兰:那是个男孩女孩呀?

邻床特别神秘:是个男孩!

素兰突然有点走神。

3.素兰在村里的家,日,外

院门虚掩,素兰抱着一个花布襁褓,手里还提着一个人造革包,燕燕提着一个包裹跟在后面。

素兰推开院门,院里十分凌乱,鸡窝里一地鸡毛。

燕燕:外婆! 大姐! 二姐!

燕燕把房门推开,房里空空的,地上一片狼藉。

燕燕:妈! 我们家被贼娃子偷了!

"什么贼娃子! 那个贼娃子就是你爹!"从邻居家院子墙上伸出素兰妈的脑袋。

素兰:这是怎么一回事? 妈!

素兰妈:都是你那个牲口男人干的,他要和你离婚,说先分家产,就把所有的东西都拉走了,要不是当时黑头在我们家,我也差点被打!

素兰:大妞、二妞呢?

素兰妈:那你放心,女娃他可一个都不要!

素兰一阵头晕,一屁股坐到地上,怀里那个襁褓发出洪亮的哭声。

4.邻居黑头家,日,内

素兰躺在黑头家的炕上,黑头的媳妇忙着倒水。

襁褓里的婴儿哭声嘹亮,几个孩子(包括黑头家的两个孩子)围在襁褓周围。

几只小手忙乱地解开襁褓,几个孩子异口同声:哇! 带把的!

素兰突然从炕上坐起来披头散发:我不活了!

素兰妈一边抱起婴儿一边轻描淡写地说:看把你出息的! 为那么个怂货! 当初我怎么说来着,一看就不是什么好东西! 我看离了好!

黑头媳妇:就是,我说素兰嫂子,你看我也是一下生了两个女娃,黑头不高兴归不高兴,可是从来没有往死里打过我啊!

素兰:妈,你赶快把这个娃娃给我送走,越远越好!

素兰妈:你怎么东一榔头西一棒槌的说话,和娃娃有什么关系!

黑头媳妇:多好的男娃娃,进了一趟医院就能捡一个,我看你这次打是没有白挨,老天有眼,这孩子你不要我要!

素兰妈:瞧这孩子长得多结实啊! 要我就给他起名钢弹! 钢弹! 钢弹!

素兰:我,我的命怎么这么苦啊!

黑头媳妇:素兰嫂子你别哭了,你命多好啊,生不出来可以捡一个,我的命才苦呢,村上搞计划生育的盯我跟盯贼似的!

素兰妈:黑头他媳妇,这几天可把你折腾坏了哦!

黑头媳妇:大妈你怎么说这些个见外话,我还指着你给我看孩子呢! 黑头他表哥在县城当包工头,前些天叫我们去县城干活,我正发愁孩子怎么办呢!

素兰妈:这你就放心,多个人不就多双筷子嘛!

素兰:我的妈呀,连个能住的窝都没有了! 怎么叫人活啊!

素兰妈:别嚎了,你的妈还没死呢! 我去找你弟弟想想办法!

5.素兰弟弟家,日,外

这是一排比较新的土房,前面是一个木栅栏围的小院。

素兰她妈走到院门口,推门进去。

一个小伙子正在小院里拾掇鸡窝,看见素兰她妈,脸上抽搐了一下,挤出一脸苦笑,大声喊道:妈! 你来了!

由于声音太大,把素兰她妈吓了一大跳:你这是给谁打招呼呢!

房门"哐"的一声被踹开,先是一个瓦罐被抛出来,"啪啦"砸得粉碎。

接着一个半大的女孩子被强行推出来,女孩子由于突然被打,哭得很委屈。

一个剽悍的女人抱着一个更小的冲出来:妈,你来得正好! 过不下去了! 我要去离婚!

女人一边说一边把小孩塞进素兰她妈的怀里,一溜烟就出了院门。

素兰她妈被这一连串的动作弄傻了,抱着孩子不知所措。

小伙子一边搓着手上的泥一边提上鞋:妈,你看,这阵子又跟我闹上离婚了,我得去追了,龙龙和红红你就帮我带上几天!

小伙子也一溜烟跑掉了!

红红抬头:奶奶,我饿!从早上我们就没吃饭!

素兰她妈:走,跟奶奶回家去!

6.黑头家,日,内

红红先进了门,素兰她妈有些难为情地抱着龙龙随后挤进门。

红红:大姑! 我妈不要我们了,他们天天就是打架!

素兰昏昏沉沉地坐起来:妈! 这就是你想来的办法?

素兰她妈:你不要着急,你弟弟不行我还有个弟弟呢,我找你舅去! 我就不相信了!

素兰连忙:妈,你快些算了吧! 咱家里现在的孩子已经够多了!

素兰她妈:孩子多怕啥,多个孩子多双筷子嘛!

素兰:可是咱家里连双筷子都没有啊!

黑头媳妇端盆汤饭出来:素兰嫂子说啥呢! 怎么连双筷子都没有,我家的东西就是你的! 明天我就和黑头去县里打工,我们想好了,孩子交给你们带,房子你们就住着,家里还有些粮食,往后每月让黑头给你200元作孩子们的生活费!

素兰她妈:带看两个孩子就跟多养两只鸡似的,还要什么钱啊,黑头他媳妇,你这个人就是见外!

黑头媳妇:应该的,应该的,等哪天黑头不要我了,我也到你们家去吃饭!

素兰立马坐起来:我不想活了啊!

黑头媳妇:你看我这嘴! 该打!

7.素兰家,日,内

素兰在额头上缠着一条白毛巾,蹲在家里光秃秃的炕上,眼神发愣。

村长坐在一边:人家把东西一卖,拿着钱跑了,你说我又没有三头六臂,你让我怎么找他去说理嘛!

素兰:可是我一大家子人也要吃饭啊,我一个女人家怎么办?

村长:我们正在想办法,村里都很同情你们母女,都在骂王金龙不是个好东西!

素兰:娃娃要上学呢! 家里除了我就没有劳动力了,可是我一个人就是累死也养不活这几张嘴啊!

村长:素兰,你看这样好不好,我们村上的别克在村外的大马路边给村里养骆驼好几年了,现在闹着要回村里,我在想,这个养骆驼倒是个清闲活,早上赶出去,晚上找回来就行,工分嘛,适当给你算高点,而且驼奶归你自己处理,喝了、送人我不管,可是不准买卖啊!

素兰:我一个女人家不会养骆驼啊,再说这村外多不安全啊,我一个女人家!

村长:也是,那我找村支书再合计合计吧!

8.黑头家,日,内

家里哭声一片,黑头的两个女儿腰上都扎着黑布。

素兰进门不知道发生了什么,素兰妈抱着孩子走过来:县公安局的人刚来过,黑头表哥的工地上出事了,楼房盖到一半塌了,黑头和他媳妇都被埋了,等挖出来人都硬了!

素兰:那黑头的表哥呢?

素兰妈:连夜跑了! 这个世道啊!

黑头的两个孩子叫着"婶子!"就哭着扑上来。

素兰:别哭,孩子们,有你婶子呢!

9.村外大马路边,日,外

　　马路边有一个简陋的窝棚,窝棚后面是一个由几根木头桩子绕着铁丝的骆驼圈,圈里有十几头骆驼。

　　素兰带着孩子们在收拾窝棚。

　　一个骑自行车的中年男子来到窝棚跟前。

　　中年男子:你好,我在县委上班,我孩子得了慢性支气管炎,有个偏方是每天喝鲜骆驼奶,我在别克这儿买了一年多鲜驼奶了,他前几天告诉我,要换个女同志来,就是你啊!

　　素兰:是啊,是啊,以后你每天来取奶就行了。

　　中年男人:我和别克定的是每公斤五毛钱,你看行吗?

　　素兰:村长规定不准买卖,你就每天来拿去给孩子喝,不收钱!

　　中年男子:那怎么行,你也别太认真了,谁家没个用钱的地方啊!

　　素兰:不收钱! 真的不收钱!

10.荒原,日,外

　　素兰走得浑身是汗,披头散发的,手里拿着一根树条子。

　　大荒原上一望无际,太阳正当午。

　　素兰自言自语:骆驼呢,明明看着往这走的!

11.村里别克家,日,内

　　素兰盘腿坐在别克家炕上,万般痛苦地抱着头。

　　别克的怀孕老婆同情地递上倒好的奶茶。

　　别克笑眯眯地:这些骆驼欺负你着呢! 你得好好收拾它们!

　　素兰:我还收拾呢,每天找都找不到它们!

别克:这个骆驼嘛,比人还聪明,它不想让你找到嘛,办法多,你早上放它们出去的时候,它们好像往东走了,可是在你看不到的时候,它们就跑到西边或南边玩去了!

素兰:谁知道它们会往哪个方向跑,这个骆驼我看不了了! 那些母骆驼根本就不让我靠近,驼奶都让小骆驼吃掉了!

别克和他老婆听着,特别开心的大笑。

别克:给村上看骆驼,就是特别苦,要不是在驼奶上有一点牌档子(好处)我早就闹得不干了!

素兰:你们就别安慰我了,真有牌档子你还让给我啊!

别克:有,真的有,可是嘛! 比起每天晚上陪着老婆睡觉的牌档子来,小!

别克的老婆害羞地扭过了头。

别克:努尔兰! 努尔兰!

一个虎头虎脑的五六岁的哈族男孩子跑进来。

别克:让我的儿子去教你怎么收拾骆驼,挤奶嘛,下午我把老婆送过去教你,现在让努尔兰带你去找骆驼吧!

别克老婆:不急,不急,再喝碗奶茶!

12.素兰的骆驼圈,下午,外

素兰提着一个木桶,试图接近母骆驼,母骆驼巧妙地用屁股对着她。

别克和他老婆在旁边快笑弯了腰。

只见别克的大肚子老婆蹒跚地牵着小骆驼走到母骆驼跟前,母骆驼很配合地让小骆驼吃奶,吃了几口,小骆驼被别克媳妇牵走,开始顺利地向木桶里挤奶。

努尔兰蹲在一边看着傻笑。

素兰:你的孩子也该上学了!

别克:上学有什么用,能数清楚骆驼就行了! 马上第四个孩子就要出生了,哪有供他上学的钱!

素兰:这怎么行呀,孩子还是要上学的! 让努尔兰和我的孩子一起上学吧,你就把他交给我吧,放学了好让他帮我赶骆驼!

13.马路边的骆驼圈,清晨,外

已经有几个人拿着塑料桶,在窝棚外等着素兰。

路边停着几辆自行车和摩托车。

素兰到了,连忙打开窝棚的门。

14.窝棚内,日,内

素兰从一个缸里舀出发酵好的骆驼奶通过漏斗倒进塑料壶里。

中年男人:我说素兰啊,总这么骑自行车来回村里也不是办法,你不如直接搬到这里来住!

素兰:家里还有一大家子人呢! 这个小窝棚根本住不下!等我有钱了,就在这盖几间房子!

另一个男子:素兰你还没有钱? 这要是在前几年,您早就被尊称为走资派了!

大伙哈哈大笑。

素兰:我要不是几个孩子上学,这些骆驼奶我才不卖呢,我们可是说好的,不要对外讲的!

中年男人:放心,放心,我们这些人买骆驼奶都是治病用的,感激你还来不及呢,怎么会告密呢!

15.村里的小马路上,日,外

素兰家的一大群孩子围着素兰学骑一辆崭新的三八加重自行车。

几个村里的媳妇、老太太也跟着看热闹。

老太太:素兰,这个自行车贵得很吧? 我听说县上的大干部人家才骑自行车!

素兰:不贵,不贵!

老太太:我看还是素兰有本事,一个人拉扯那么多娃娃,人家还买得起自行车!

小媳妇:你看看素兰嫂子的脸,晒得比别克的还黑,这样的辛苦钱我挣不起!

老太太:你站着说话不腰疼,素兰要是有男人,女人家谁去放骆驼!

16.大马路上,清晨,外

素兰一个人在空旷的大马路上歪七扭八地骑着自行车,几次都差点摔倒。

17.素兰村上的家,清晨,外

天蒙蒙亮,素兰就穿戴整齐开门准备出门,突然她愣住了。

院墙下的自行车变得面目全非,车身油亮漆黑的油漆被刮得一道道,车把上还被什么涂得黑黑的。

素兰昂着脖子,气得义愤填膺:挨千刀的! 这是哪个生了孩子没屁眼的把我的车子弄成这样!

素兰刚骂起来,素兰她妈连忙冲出来:别骂那么难听,你还不知道是谁干的呢!

素兰:不管是谁干的我都要骂! 王八羔子,哪个恨人穷的!

素兰她妈正色:别骂了,是我干的!

素兰差点没噎过去:是你? 你这是?

素兰她妈:你懂个屁,全村就你能,骑个新新的自行车招摇,生怕别人不知道你倒卖公家的骆驼奶挣了些钱! 小心把你当成投机倒把的抓起来!

素兰:这怎么是倒卖公家的,当初说好骆驼奶归个人的!

素兰她妈:反正我都是为你好! 听人劝,吃饱饭,你以后就给我悄悄地!

素兰:买个自行车就把你吓成这样,改明我要是买个大汽车,你还不放把火给我烧了!

18.素兰村上的家,内,日

素兰家里有了一个黑白电视,电视上正在播邓小平南巡讲话。

素兰她妈忙着一边在炕上擀面,一边看电视。

努尔兰带领着几个大胆的女孩子偷偷从另一间房顺着炕沿下爬到电视机前看。

素兰她妈看见几个晃动的小头顶,用擀面棍敲着桌子:都给我回那屋写作业去! 不成器的东西!

几个小头顶消失了。

院子里响起汽车的轰鸣。

素兰风尘仆仆地推门进来:妈,我买了一个二手车! 外观挺破的,不劳你费心打扮了!

素兰她妈:胡大啊,你可要张狂过头了,说了多少次,家里没有个男人,不要买车。

素兰一屁股坐在炕上:买车和男人有什么关系! 现在大妞、二妞和黑头的两个孩子都要送到县上上初中,就现在的条件,都住校我还真供不起,我都想好了,我们把骆驼圈的窝棚推了,盖3间砖房,这个二手车便宜,一来盖房要拉沙拉砖的,用得上,二来等我们全搬过去后,距离县上也不远,就用这个车送孩子们上学!

素兰她妈:为了这帮屁孩你还真舍得啊!

素兰:妈,现在政策好了,我要把骆驼全部承包,很快我就有钱了!

素兰她妈:说你胖你还就肿了,你的钱再多,也架不住这一帮小祖宗花的!

素兰:那也总比村上那些酒鬼、赌鬼糟蹋钱好!

19.荒原,日,外

　　一条崭新的公路从这一片荒原中间一穿而过。

　　距离公路左边不远处有一处孤零零的院子。

　　院子是一圈低矮、破旧的土夯墙围成,整个荒原上唯一的一颗茂盛的大树就在院子里,对面是一排土夯的房屋,房屋后面是一个能圈养20多头骆驼的牲口棚。

　　不远处,20多头骆驼正不紧不慢地走过来,里面还有几头活蹦乱跳的小骆驼。

　　骆驼后面,已经快40岁的素兰,朴实、干练,正低头捡地上的土块打那些不听话的骆驼。

　　素兰身后跟着一个5、6岁的男孩子,收拾的挺干净利索,也拿土块胡乱地打着骆驼。

20.后院,日,外

　　素兰提着水桶来给骆驼挤奶。

　　几个母骆驼都舒服地卧在地上,小骆驼被关在木栅栏另一边。

　　素兰冲母骆驼喊道:大妞子! 你今天先来!

　　叫大妞子的骆驼从地上自个站起来,走向素兰,其他的母骆驼都卧着不动。

　　大妞子的孩子也在栅栏那头激动地跳跃着。

　　素兰放下桶,去把关小骆驼的栅栏开一条缝。

　　大妞子的孩子蹦出来,窜到大妞子身下吃奶。

　　刚才跟着素兰的小孩子跑进来:妈! 妈!

　　素兰慌乱地纠正:别胡求嚷,谁是你妈! 别人听到了,还真以为你是我的野种呢! 不许乱喊!

　　钢弹:妈! 妈!

素兰指着大妞子:给奶吃的才是妈,懂吗?

钢弹继续:妈! 妈!

素兰气得拉起钢弹就往外走。

21.前院,日,外

一个奶子鼓胀的母山羊被拴在房门边悠闲地吃着草。

素兰拽着钢弹指着母山羊:记住,这才是你妈! 自从你抱进家门,就一直吃它的奶,现在才能长这么大,叫,叫它妈!

钢弹认真地对着母山羊:妈! 妈!

素兰松了一口气:这就对了! 糟了,大妞子的奶可别被它孩子吃完了!

素兰转身跑走了。

钢弹一边叫着妈一边把母山羊的绳子给解开了。

22.厨房里,日,内

一双女人结实有力的手,在案板上揉着一大块面。

那双手又麻利地菜板上开始切皮牙子、辣子、土豆和西红柿还有羊肉。

素兰直起腰来,用手背擦擦额头的汗,转身在灶上开始架锅、倒油、炒肉。

素兰把锅里倒上水后,立刻开始在案板上把刚才揉好的面搓成长条,抹上清油,切成一条一条的。

一锅滚烫的、有红有绿的汤水在翻滚着,素兰胳膊上绕着一长条面,不停地向锅里揪着。

23.院子里,日,外

一辆破旧的解放车开进了院子。

龙龙和一个开车的汉族小伙坐在解放车的驾驶室里,后面车厢里站着、坐着5、6个背书包的男女娃娃,这些娃娃里还有2、3个哈萨克族孩子。

院子里传来孩子们吵吵闹闹的声音。

素兰推开厨房门端着一大盆揪片子出来,对司机说:强娃,你也和娃娃们一起进屋吃饭!

正在收拾车门的小伙:好! 这就来!

钢弹从正屋里窜出来喊道:我妈上房顶了! 我妈上房顶了!

母山羊在正屋房顶上啃吃着长出的青草。

孩子们哄笑着帮钢弹抬来梯子,在墙边支好。

钢弹一边往上爬,一边说:妈,你别害怕! 妈,你别害怕!

24.素兰家附近,外,晚上

荒原的晚上,悠远、静谧。

有两个黑影摇摇晃晃地转到了素兰的院子外面。

一个黑影灵活地翻进院墙,不一会儿院门开了,另一个黑影也溜了进去。

25. 素兰家厨房,内,晚上

两个黑影在厨房里摸索着。

他们不注意碰上了火钳、炒勺、菜刀之类,叮当作响。

其中一个摸黑靠嗅觉找到了一点剩饭,他忘情地吃出了声音。

26.正屋里,夜,内

一个大炕上并排睡了一溜人。

小孩子们睡得很死。

奶奶和素兰分别睡在孩子们的两边。

奶奶突然起身,悄声道:素兰,素兰,外面有贼!

素兰:就你耳朵好,一定是山羊偷吃东西了,睡吧!

奶奶:不对,这声音好像从厨房那边来的!

27.院子里,夜,外

素兰一个人拿着一个大手电筒来到厨房外。

厨房里果然有声音,素兰从门缝往里看。

28.厨房里,夜,内

一个黑影在翻东西,稀里哗啦的声音。

另一个嘴里发出咀嚼东西的巨大而陶醉的响声。

29.院子里,夜,外

素兰看了会儿,悄悄地把厨房门从外面给锁上了。

30.厨房里,大清早,内

一缕阳光照射进厨房。

大案板上躺着一个十三四岁的男孩子,衣衫褴褛,满脸污垢,睡得很香。

锅灶边还趴着一个,也在熟睡中,从衣着上看,像是个姑娘。

31.院子里,大清早,外

孩子们都起来了,吵吵嚷嚷地围在厨房外面。

一个40多岁的男人和素兰撅着屁股从厨房门缝往里看。

素兰:村长,这好像是黄老虎的两个崽子嘛! 你看咋处置?

村长:这两个活宝,自从黄老虎的老婆死后,就没有一天给我安生过!

素兰:黄老虎呢? 他就不能管管自己的孩子吗?

村长:黄老虎是什么人? 你又不是不知道!

一个孩子扒在门边看了看:是黄大丫和黄二虎!

龙龙:黄二虎是我们学校的老大! 他可厉害了,连我们的体育老师都敢打!

一个哈族女孩子:什么老大,他就是地头蛇!学校都把他开除两次了!

龙龙:大丫也是女生的老大,我亲眼见她扇她们班的女生,真酷!

素兰:龙龙!你胡说撒!白让你上学了!

村长:这学校也是图省事,你说开除他们有什么用?最后还不是找到我这了!

素兰:这两个娃也可怜,怎么摊上这么个爹!

村长:学校不管,我又不是三头六臂,素兰,这两个孩子你能不能先替我管一两天,等把春耕的事忙过去了,我一定把他们安置好!

素兰:村长,村里那么多人呢,你就不能放过我?

村长:这两个货把村里都祸害完了,现在谁家都不管了,防他们跟防狼似的,要不能大老远跑到你这来偷吃的?

素兰:我怕管不了这两个孩子!

村长:别人说这话,我信。素兰,你可是村里年年表扬的模范啊,你的素质我是一万个放心!再说,村里马上要开表彰会了,你可是宁当鸡头,不做凤尾的!

32.正屋里,日,内

素兰和她妈坐在小炕桌两边。

奶奶:村长就夸你上两句,看把你癫狂的,黄家的孩子谁敢收留!

素兰:村长不是看我这方面有经验嘛!

奶奶:狗屁经验!你可别把贼娃子往家里招了!

素兰:妈!你小声点,别让孩子听到了,再淘,那也是孩子!

奶奶:石蛋蛋不会软,冰块块不会暖,我把话撂在这,养虎为患的事我不干!

素兰:前脚死了妈,后脚就被学校开除,这要是没人管,那还不真成黄老虎了!

奶奶:上有政府,有派出所,再说还有村长呢,你逞什么能?

素兰:就是村长安顿我照顾嘛!你先帮我看着这俩孩子,我还要赶骆驼去呢!

　　奶奶:你就把我往火坑里推吧!

33.院子里,日,外

　　素兰出门,黄二虎和他姐姐坐在院子里充满敌意地看着她。

　　素兰满脸堆笑:你们今天可别乱跑了,中午我给你们做拉面吃!

　　黄二虎:谁稀罕你的拉面,我们要到县上找我爹去!

　　素兰:你爹? 县上那么大,你们怎么找?

　　黄大丫:二虎,别和她说,我们的事你管不着!

　　素兰:村长交代我这两天照顾你们,你们就听话给我呆着,没饭吃的日子也不是那么好过的,别给我敬酒不吃吃罚酒!

　　素兰说完走了。

34. 正屋里,日,内

　　一进门,半间房子是炕,炕下支着一张大圆桌子。

　　炕上一个小桌,坐着一个70来岁的老太太,几年前就瘫了,牙口不好,细细地嚼着汤饭。

　　大圆桌子正中放着一个空盆,围坐的孩子们捧着大海碗狼吞虎咽地吃着。

　　黄二虎和他姐单独一边吃饭,他们吃法精致,要与这些孩子不一样。

　　素兰已经吃完了:过会儿村里要搞活动,我要马上走,红红,你负责把碗洗了,你们吃完了就赶紧写作业,别等半夜了还写不完!

　　龙龙把头从碗里拔出来:姑,我也要去玩!

　　素兰:姑姑有正事! 谁都不许跟!

　　龙龙:奶奶,我要去!

　　奶奶:什么正事啊?

　　素兰:村里要颁发去年的荣誉证书呢!

奶奶:我当是什么正事呢,你那些红纸片片还少吗? 现如今,谁稀罕那个! 就你当真!

素兰:那可是荣誉,妈,你咋这么说!

奶奶:荣誉,你把村里在镇上上学的孩子都包圆了,管吃管住,每年就只给你个荣誉? 半大小子,吃死老子! 你去给这些个猫啊、狗啊的娘老子们说,每月给咱家里抗袋面来!

素兰:你不要在孩子们面前胡扯这些,我走了!

奶奶:你把龙龙给我带上!

素兰:我没空! 我忙正经事呢!

奶奶:你那叫正经事! 家里一群女的,连个当家男人也不找! 就像你那一群骆驼,不是母的就是骟过的,连个顶事的公驼都没有!

素兰:越说越远了,现在世上还有信得过的男人吗?

奶奶:就是,你看得上的男人啊,都在中央当官的呢!

龙龙:姑,我要到村上玩!

其他孩子:我们也要去!

奶奶:你把龙龙带上走! 其他的都给我呆着!

35. 荒原边,日,外

素兰骑着自行车风风火火地从路基冲上了公路。

龙龙坐在后面高兴地吼叫着。

36. 村委会前,日,外

村里的小广场上格外热闹,人们三个五个地围在一起。

一个媳妇看见素兰来了,连忙迎上去:素兰嫂子,你怎么才来,快! 你们的自行车比赛快开始了!

素兰车都没停,顺着小媳妇指的方向就骑过去。

人群散开一条道,里面有七八个妇女都准备开赛了,赛手里还有哈萨克族和维族妇女,她们把裙子撩起来扎在腰上。

素兰的车子一到,就有人吹哨了,大家争先恐后地冲出去。

素兰还冲到了最前面,龙龙在后座得意地蹬着小腿。

37.领奖台,日,外

村民们围在台前,个个都流露出羡慕的眼神。

素兰站在台上,一手抓了一个红色证书。

村长:素兰又是致富能手,又拿到了和睦家庭奖,我们让她说道,说道?

村民拍手叫好。

素兰:有什么好说的,这为了养骆驼,我从村里搬出去快10年了,现在靠卖驼奶的钱把房盖了,把车买了,把闺女也供进了大学,都是自己得利了,政府还给咱发个荣誉,真是担待不起!

素兰举起右手:这和睦家庭奖给我,我就不明白了,人家都说懒人自有懒人爱,破锅还有个破锅盖呢,我家老少都是女的,怎么就和睦了呢? 敢情是没有男人,然(土话,对打的意思)不成架了?

台下笑成一片。

38. 村委会门前,日,外

锣鼓喧天,村里自己的迷糊剧团(新疆地方剧种,在当地很流行,人人会哼)开始演出了。

舞台前围坐了一大群老太太和小媳妇,其中就有素兰。

演员们都是自己画的妆,服装也是大红大绿的。

演员演唱的是曲子戏《张良卖布》,围着演员还有几个吹拉弹唱的。

扮演张良妻四姐娃的女演员唱的非常卖力,声嘶力竭。

大伙显然被这一出苦情戏打动了,表情随着剧情凝重起来。

素兰十分专注地盯着舞台,而龙龙已经趴在她腿上睡着了。

一场演出结束,大家散开,素兰抱着龙龙四处张望。

素兰叫住一个刚要上马的哈萨克族小伙子,让他帮忙把龙龙带回去。

天色渐晚,驮着龙龙和小伙子的骏马消失在山坡下。

一阵锣鼓声又把四散的大伙召集回来。

一个年纪偏大的男演员在舞台中央说:走的走,散的散,能留下的都是给我们面子! 谢谢,谢谢,下面大伙想听啥,说!

"小寡妇上坟!"人群里有个小伙子坏笑着喊道。

"谁家吃奶的孩子还没有抱走? 赶紧抱走!"

大伙笑。

"看看村长在不在?"老演员问道。

"早走了!"

一阵锣响,好戏上场,由于女演员想活跃气氛,唱得嗲声嗲气,大伙爆笑连连。

素兰也在人群里放声笑着。

一句唱词"整一年又过新年,人家老少都团圆,小寡妇咋过这个年"不知怎么触动了素兰的哪根神经,她在爆笑的人群中突然流下了眼泪。

39. 荒原上,傍晚,外

一弯皎洁的月亮挂在了蔚蓝的夜空。

半截沟起伏的原野上阡陌纵横。

素兰大声哼着戏曲唱词,骑着自行车在山坡中穿行。

一个大下坡,素兰并没有减速,直冲下去。

车速越来越快,看来素兰也控制不了了。

自行车在冲到坡底时拐到了路边的一个土包上。

素兰连人带车扎到土包上,半天没有了动静。

40.院子外,夜,外

　　素兰一瘸一拐地推着车子回到自己的院子门口。

　　进了院门,素兰停妥了车子,悄悄溜到自己的房门前。

41. 素兰的房间里,清晨,内

　　一阵激烈的敲窗户、敲门声传来。

　　"大姐! 大姐! 收驼奶了!"

　　素兰一下从自己的炕上坐起来,她抓过旁边的闹钟一看,连忙溜下炕。

　　一面小圆镜子进画,镜子里素兰的额头上擦掉了一层皮。

42. 素兰的房间外,清晨,外

　　素兰顶着一个红头巾开门出来,很不自然。

　　收驼奶的甘肃小伙李奎有奇怪地看着素兰。

　　素兰:奎娃,你昨天下午咋不来?

　　奎娃:昨天下午玩了一会,就把时间耽误下了,没来成。

　　素兰:玩了一会? 你又去斗鸡了吧? 我说奎娃,那个东西可不能沾啊! 沾了要人命呢!

　　奎娃:知道了,大姐,这么早,你的骆驼咋不见了?

　　素兰:不见了? 这些个牲口,又不知道跑到哪里玩去了,没事,下午就回来了。

43. 正屋里,日,内

　　孩子们围着大桌子吃馕、喝奶茶,强娃也挤在孩子们中间喝茶。

　　奶奶:素兰,大清早你顶上个红头巾卒撒(干啥)呢?

　　素兰:我早上洗了头,包上干得快!

奶奶：大清早洗个撒头发，出精捣怪的。

素兰：妈，你说今天骆驼咋那么怪，一大早就自己跑出去了！

奶奶：该不是叫贼娃子偷去了吧！我怎么说这两天我右眼跳得厉害！

素兰：妈你咋说这么不吉利的话，本来我上午都不想去找了，你这一说，我还得赶紧出去找找！反正我的骆驼好认，每个骆驼头上我都烙了一个月亮！

44.荒原，外，日

素兰骑着自行车在荒原上歪歪扭扭地走着。

她碰到一个骑着马的哈族小伙子，两人用哈语攀谈起来，小伙子表示没有见到她家的骆驼。

45.荒原，外，日

素兰的20多头骆驼在山沟里悠闲地吃着草。

马哥拿着一个军事望远镜坐在高高的坡上观望着。

奎娃开着他收驼奶的破三轮摩托出现在望远镜中，渐近。

奎娃：马哥，咱们快转移吧，素兰快找到这了！

马哥：我一直在看着呢，还早吧？

奎娃：不早，素兰的腿脚麻利着呢！快走吧？

马哥：走啊，你快下车赶骆驼啊！还等我呢？我从不干粗活，我是智力投资，懂吗？

奎娃：懂！懂！

马哥：我们在这躲两天，等没人找我们了！再走两三天，到了米泉的地界，这20头骆驼就近市场一卖，差不多十来万呢！

奎娃：那么多呢！

马哥：也不多！但可以把你我的债都还上！等素兰再跑两天，等她没劲跑了，我们就出发，你这几天可要把她盯紧！

奎娃:当然,素兰嫂子还托我帮她找呢!

46.后院,外,日

素兰有些失神地立在骆驼圈前面。

龙龙和钢弹跑进来。

钢弹指着房顶:我妈又上房了! 我妈又上房了!

龙龙:你别捣蛋! 姑,是黄二虎偷的骆驼! 他和她姐姐已经跑了!

素兰:谁说的?

龙龙:奶奶!

47.正屋,日,内

素兰进屋问:怎么回事?

奶奶有些心虚:人不大脾气不小! 我就是问问他们,也没说是他们偷的,两个就像猴把蒜吃上了,气哼哼地走了。

素兰:去哪了?

奶奶:说是去找他爹了,太好了! 我们就清闲了!

素兰:妈! 你知道不,黄老虎早死了!

48.荒原,日,外

素兰骑着自行车飞驰着。

黄二虎和他姐在前面晃晃悠悠地走着。

素兰骑到他们前面把车横着停下来。

素兰:跟我回去!

黄大丫:你冤枉我们,我们不回去!

素兰:你们误会了,我怎么可能怀疑是你们两个孩子呢!

黄二虎:你妈一直把我们当贼娃子,别以为我们不知道,我们去找爹,你就别管我们了!

素兰:人老了,难免糊涂,你们就别和她一般见识,你们这样去县城怎么行? 就是走到天黑也到不了啊!

黄二虎:那也比让人当贼看好!

素兰:做没做贼,只要问心无愧就好!

黄大丫:你这话什么意思?

素兰:你们要是现在匆匆走了,怎么不让人怀疑呢?

黄二虎:你! 你什么意思!

黄大丫:二虎! 别胡闹! 好! 我们跟你回去!

49.正屋,夜,内

孩子们在大圆桌子上写作业,一个个你挤我、我挤你的。

炕上围着小炕桌坐着素兰、她妈和一个白胡子没牙老汉。

没牙老汉:把我从村里叫来就是这个事啊!

素兰:我本来想没跑远,今天都找了三天了,还是没影! 舅,你说咋办?

没牙老汉:骆驼是个贼精的家伙,它就不想让你管! 跑上个三五天的是常有的事!

素兰:我的骆驼我知道,一般产奶的骆驼还是每天准点回来的,那些个没怀仔的母骆驼有可能被别人家的公驼勾引几天。

奶奶:还是那句话,家里没有个男人,驼群里没有个公驼,迟早要出事!

素兰:我说妈,我和我舅在谈正事呢!

奶奶:我看你连什么是正事都不清楚!

素兰:妈,男人能干的事,我们女人也能干的了! 你就别再阴阳怪气了!

没牙老汉:我看不像被人偷了,这盗骆驼不像偷只羊、摸只鸡那么简单,要选好日子,挑好时辰的,必在风雪暴雨之前方可动手! 你的情况不符!

奶奶:狗屁! 我估摸骆驼都被卖到屠宰场了!

素兰:那可合了你的心意了! 你不是早想回到村里住了嘛!

50.院子,夜,外

素兰走出房子,发现黄二虎和他姐坐在黑乎乎的院子里。

素兰:你们在外面干撒呢! 晒嗦子也没有太阳!

黄二虎:你管不着!

素兰:也不去看看书! 村长已经给你们办好了,明天就去上学!

二虎:我们不上学! 我们要去找我爹!

素兰:你爹? 他认不认你们还是一回事呢! 走,进屋准备睡觉!

51.正屋,内,夜

一个巨大的木盆里盛满冒着热气的水,几双大小不一的光脚试探地伸一下,又烫的缩回去了。

一群孩子围坐在大木盆边,都卷着裤脚准备洗脚。

素兰肩上搭着一条毛巾,挽着袖子:二虎、大丫,脱鞋子洗脚!

二虎和大丫直往后缩,大丫:那么多人一起洗脚,恶心死了!

素兰:恶心什么! 不洗脚的不让上炕睡觉!

二虎:那我们就睡地上!

一个小的木盆啪地甩在二虎和大丫面前。

一股热腾腾的水注入小木盆。

(模仿《太阳照常升起》刚开始的镜头)一双脏兮兮的脚,交叉着、扭捏着伸到木盆里。

一盆水瞬间都黑了,还冒出青烟!

又一双脏脚出现了。

洗好脚的孩子们围在二虎姐弟旁边,发出惊呼声。

素兰用毛巾像赶苍蝇一样拍打着孩子们:都给我上炕睡觉去!

52. 县屠宰场,内,日

屠宰场里热闹非凡,人们出出进进,伙计们扛着大块的牛羊肉横冲直撞。

素兰蹲在市场进门处的角落,目不转睛地盯着所有的摊位。

一个哈族中年人看到素兰,特别吃惊地跑过来,这是在素兰那吃住上学的孩子努尔兰的爸爸别克。

53. 屠宰场对面的小饭馆,内,日

素兰被别克领着来到一个吃饭人的桌前。

伙计正好过来问:侯爷,今天吃什么? 过油肉还是辣皮子拌面?

侯爷:别跟我提肉,我一听这个字就想吐,来个韭菜鸡蛋拌面,快点!

别克:侯主任,我们屠宰场管委会的主任,这里都是归侯主任管!

侯爷:什么事啊?

别克:我们村养骆驼的,20多头骆驼不见了,她已经在这蹲了3天了!

侯爷:骆驼丢了在我们这蹲3天干嘛? 我这又不是派出所!

别克:她就是怀疑有人把她的骆驼卖到这里了!

侯爷:可笑! 把我这当贼窝了?

别克:不是这个意思,她也是没有办法了,她离婚好几年了,家里就一个老妈妈!

素兰:别克你说这些干嘛!

侯爷:是这样啊!

侯爷的拌面上来了,侯爷埋头吃起来,稀里哗啦地特别香地嚼着面。

素兰转身要走,别克偷偷拦住她。

侯爷的拌面盘子空了,他抹抹嘴,看着别克。

别克连忙递上一根烟,侯爷不屑地摆手:面汤!

别克连忙冲进后堂:面汤一碗,要尖尖的!(尖就是烫的意思)

侯爷非常满意,缓缓地说:就算是在这发现她的骆驼又怎么样? 我们这只是委托加工,不管哪里来的骆驼,有人给钱就给宰!

别克:那我们找那个送骆驼来的人嘛!

侯爷:你还真日能,那人家也是买的骆驼,谁听说过卖肉的自己去偷肉的?

别克:我们怎么办?

侯爷喝口面汤:长个脑袋也不转转,去牲口交易市场啊!

54. 小院,内,傍晚

龙龙和其他几个孩子轮流往厕所跑!

素兰:你们这是干什么? 厕所里有什么好玩的?

龙龙:红红姐中午给我们做的啥球饭撒,我们都拉了一下午肚子了!

55.正屋,内,夜

素兰进门问炕上的奶奶:妈,你没有闹肚子吧?

奶奶:你以为我傻啊! 我就没吃! 我给红红说了几遍,面条没煮熟,她就是不听!

素兰:多做几次就好了,我像红红那么大时,早就给家里做饭了!

奶奶:胡说,你像红红那么大时,连个开水都烧不好!

素兰:你把我都说成娇小姐了,我哪有那个命啊!

奶奶:你们几个当年放了学就去放羊了,饭还不都是我做的!

素兰:你是功臣,我们都是混饭的,你晚上想吃撒?

奶奶:不吃了!我喝点风就行了! 这骆驼一丢,以后家里靠什么啊! 村里的地也没有了! 像我这样吃白食的,就只有喝风吸露了!

素兰:你再别瞎操心了,我自己有办法!

56.公路边,外,日

素兰在路边候车。

一辆中巴车开过来,素兰跳了上去。

57. 县郊的牲口交易市场,外,日

　　市场上到处是三五成群的羊啊、牛啊、骆驼啊什么的。

　　牲口贩子和货主之间把手都伸到衣袖里讨价还价。

　　素兰戴着红头巾在驼群里转来转去,显得很扎眼。

58.县牲口交易市场,内,日

　　马哥在市场里东张西望,突然他停住。

　　骆驼交易市场那块,素兰正在用流利地哈萨克语和骆驼贩子们交谈着。

　　素兰正在向他们比划着自己骆驼的外形特点。

　　马哥悄悄挪过去,想听听他们说什么。

　　马哥刚走过去,素兰就说完走了。

59. 县牲口交易市场,外,日

　　马哥走出市场,他发现素兰就坐在市场对面的奶茶摊子上,目不斜视。

60.荒原上,日,外

　　马哥出现在山沟中。

　　饥饿的奎娃连忙迎了上去,接过马哥手里的挂面和一包咸菜。

　　远处骆驼们安静地低头啃着草根,有的三三两两在散步。

　　奎娃连忙在两块砖架起的小钢精锅里煮面。

　　马哥在一边沉思一边卷莫合烟。

61. 荒原公路上,外,日

素兰坐在一辆小四轮的车斗里。

荒原里有几只骆驼在游荡。

素兰连忙拍打着司机的肩膀，司机停下来。

素兰跳下四轮，窜下路基，跑到骆驼跟前，发现不是自己的骆驼。

小四轮发动着，司机感兴趣地看着素兰的行为。

62.牲口交易市场，外，日

大老远马哥就看到了素兰在市场门口转。

马哥面部扭曲。

63. 荒原，日，外

马哥蹲在地上抽烟。

这里什么都没了，只有一地粪便。

远远地奎娃一瘸一拐地赶着骆驼出现。

64.荒原，日，外

马哥：我从早上回来就一直等，去哪里了？

奎娃瘫倒在地上：早上一醒来发现骆驼都跑了，我就赶紧往回追，中午才追上，赶了一下午才回来！累死人了！

马哥：蠢货，早告诉你了，要把小骆驼看住，那样大骆驼就不会跑了！

奎娃：就那个小骆驼最不听话了，几次都是它往回跑，这些个就跟着跑！气死人了！

马哥：不打不成才的东西，奎娃，找个木头棍子来！

奎娃找了根木棒来。

老韩：去把那个小骆驼给我往死里打！

奎娃拿着棒子迟疑地走到大妞子跟前，小骆驼躲在大妞子后面。

大妞子平静地注视着奎娃。

奎娃一时不知道该干什么了。

"给我!"马哥冲了过来,抢过木棒劈头盖脸地把大妞子和她的孩子一通打。

马哥:要打腿! 打腿! 勺料子,打骆驼都不会!

马哥开始追打围着大妞子转的小骆驼的腿,小骆驼一下跌倒发出凄惨的叫声。

奎娃:算了算了,叫声太大别把人招来了!

马哥:面要揉呢,媳妇要捶呢,何况畜生! 好了! 这次叫它记住了!

奎娃:马哥,我们还要在这呆多久啊?

马哥:不呆了,石河子那边有消息了,叫我们赶快过去。

奎娃:石河子? 太远了吧!

马哥:你懂个屁,再这么和素兰耗下去,我们和骆驼都得完蛋,这老娘们,也太能然了,我们赶紧跑吧,这周围是脱不了手了!

65. 荒原,外,傍晚

马哥裹上了大皮袄。

奎娃站在大妞子和小骆驼身边,它们骆驼都站立着没有一个卧下。

奎娃拉扯着大妞子的鼻绳,想让它卧下,大妞子就是不动。

奎娃还在努力,大妞子看了他一会,突然从嘴里吐了一大口口水溅在奎娃的头脸上。

奎娃边擦脸边骂:你妈了个吧子,又不是我打了你的孩子!

马哥躲在大皮袄里吃吃地笑!

夕阳西下,奎娃还在和骆驼们对峙着!

66. 牲口交易市场内,内,日

素兰蹲在市场的墙角,明显憔悴多了。

侯爷带着几个人来市场,看到素兰,愣了一下,连忙绕道过去。

侯爷问市场的人：这个女人在这呆多久了？

市场的人：有十天了吧！说她骆驼丢了，非说在我们市场里！死脑筋！

侯爷掏出十块钱给旁边的人，悄悄说了几句话，那个人一溜烟跑到市场对面的一个算命老汉那儿，说了几句话，把十块钱给他。

67. 牲口交易市场门外，外，日

素兰买了一个馕，边走边吃。

一个算命的老头叫住素兰：这位女同志，你好像有心事？

素兰：算了吧，你还是找别人算命吧，我不信这个！再说我也没带钱！

老汉：不勉强，不勉强，但是我说一句话，听不听，对不对，都看你自己了！

素兰：什么啊？

老汉：你要找的东西啊，很有可能在西面，你一直找到石河子，估计就水落石出了！你就不要再在这里转了！

素兰愣在了那里不动了。

68.正屋，夜，内

孩子们围在大圆桌子上吃饭，一片你夺我抢的场面。

素兰和她妈在炕上围着小炕桌坐着，素兰突然盯着自己的饭碗发愣。

奶奶：想男人了？女大五赛老母！你还是想想骆驼吧！

素兰：妈你说今天怪不怪，一个算命的，不要钱非给我算，还算得有点意思！

奶奶：一个算命的？老了一点，再说你那点直肠子也斗不过个算命的啊？看上去有多大？

素兰：这我倒没有注意。

奶奶：长得咋样，别看上去跟你爹一样老！

素兰：我说妈，我说啥，你说啥呢？

奶奶：我们不是在谈你的新姑爷吗？

素兰:妈,我求你了! 你怎么一天到晚把我想的像发情的鸡似的,说正经的! 一个算命的说我家的骆驼被卖到石河子了,你说能信吗?

奶奶:要我啊,我就信! 你? 不可能! 你是一辈子不信命啊,落得现在这个好光景!

素兰:奇了怪了,他怎么就猜到我丢骆驼了呢?

69. 小院里,内,日

龙龙和几个男孩争着要骑素兰的自行车。

龙龙刚蹬上去,就连人带车摔倒在院子里。

素兰:龙龙,你准备把你姑的车子摔坏吗?

龙龙:姑,强哥下午就没有去学校接我们,我们自己走回来的!

红红也冲出房子说:就是,素兰阿姨,强哥有好几次都把我们放到半路上,让我们自己走到学校,他说他有急事!

素兰扶起摔倒的车子,骑上就走。

70. 村口强娃家,外,日

素兰把车骑进强娃家的院子。

接送孩子的解放车停在院子里,车厢里装满了高高的秸秆。

素兰:强娃! 强娃!

强娃慌乱地从屋里出来,他爹也跟了出来。

素兰:强娃,我雇你开车就是为了送娃娃们上个学! 这几天我上县城找骆驼,那么紧张都没有用你的车! 你倒好,直接就让孩子走路上学了! 车上这拉的是啥?

强娃他爹:强娃他不是你家的长工,你想骂就骂,还找到房子来了!

素兰:我骂他了吗? 我就是问问情况?

强娃他爹:什么情况,我们强娃会开车,现在找他开车的人特别多,要不是看在你们家孤儿寡母的,谁还帮你呢!

素兰:那就谢谢你的好意了! 从明天起,强娃就不用来开车了!

强娃他爹:好,好,好! 有车不会开,我看你日能撒!

素兰立好自行车,跳上车厢开始卸车上的秸秆。

强娃想过去帮忙,强娃他爹:你给我滚回去!

素兰把秸秆都扔下了车,自己也跳了下来。

素兰:不就是个车嘛,谁不会开!

素兰打开车门,跳上驾驶室。

汽车发动了,车猛地向前冲了一下,熄火了。

汽车又发动了,一个后挫,把一对公鸡母鸡吓得飞出老高。

汽车在小院里打转,好像老牛钻进了瓷器店,威胁到了院子里的花圃和菜地。

强娃他爹连忙跑到驾驶室外,示意素兰停下。

素兰下来,强娃他爹上了车,把车缓缓开出院子。

车刚一出院子,就停了下来,强娃他爹跳下车,拍拍手回到院子。

素兰推着自己的自行车出来,看着门口的汽车咬咬牙,先把自行车甩上车厢,自己又上了驾驶室。

汽车摇摇晃晃地上路了!

71.院子,日,外

素兰好不容易把车开到院子前,浑身都没有劲了,放在方向盘上的双手抖得挪不动。

素兰好不容易下了车,走进院子。

孩子们端着盘子从厨房到正屋忙个不亦乐乎。

屋里传出来男人高声大气的猜拳声。

素兰疑惑地迈进屋。

72.正屋里,日,内

三四个喝得面红耳赤的老爷们正挥汗如雨地划拳喝酒呢。

奶奶坐在炕上,特别欣赏地看着眼前的一幕。

孩子们佣人似的送菜、倒酒。

素兰气得脸都绿了:王金龙! 你给我滚出去!

王金龙舌头都大了:老婆,你别急啊,是咱妈请我回来喝,喝,喝酒的!

素兰:闭上你的臭嘴,谁是你老婆! 我们离婚都快10年了!

王金龙:还是那个脾气,我们的丫头都快20了,还是改不了!

素兰:你还知道你有个20岁的丫头,她在内地上学你寄过一分钱吗?

王金龙:你就给我消停会吧,家里遭殃了,想起我来了,我是个男人,不和你们计较,我这不是叫朋友来给你找骆驼了!

素兰:请你来帮忙? 谁一个脑子进水了?

奶奶不满地:就是你妈我!

素兰:你们马上给我走,不然,别怪我不客气。

奶奶:我也是为你好,一日夫妻百日恩! 家里遭此大难,怎么能没有男人撑场面呢! 你就将就点吧!

素兰:要我将就,好,我就将就一会!

素兰一把把桌子掀翻了,东西泼洒了几个男人一身。

黄二虎带着几个孩子拿着铁锨、锅铲之类冲进屋。

王金龙拍拍身上的汤水:好男不和女斗,你的骆驼马上就快找到了! 现在别指望了! 我们走! 妈! 我们走了!

奶奶:金龙,那对不住哦,你们走啊? 金龙! 走好!

73.正屋里,内,夜

几个孩子挤坐在大桌上写作业。

素兰在炕桌上计算着什么。

奶奶坐在炕桌另一头鸡啄米似的打着瞌睡。

黄大丫：婶,明天我和二虎帮你到山里再找找!

素兰若有所思：这可不行! 山里是没戏了,我真得自己出去一趟。

二虎：我能帮你找到,婶,你就让我去吧!

素兰：不行,你们要上学呢,耽误半天都不行! 这山要绿化,人要文化! 老人说的好,不懂装懂,终是饭桶!

奶奶：素兰,你这个月给秀秀寄生活费没有?

素兰：哎哟,我还没有想起来这事呢! 不过秀秀上次来信说她找到一个不错的家教工作,挣得比我给的生活费还高呢!

奶奶：那不是长事,学生还是要学习为重!

74.荒原,外,日

马哥看奎娃回来,贼贼地端出一饭盆蘑菇。

马哥：你尝尝。

奎娃：哪来的?

马哥：我捡来的!

奎娃：为什么我尝,万一有毒呢?

马哥：所以你先尝啊!

奎娃：那怎么行,可以让个骆驼先尝嘛!

马哥：狗屁! 说什么呢! 骆驼比你值钱!

奎娃：那——我就试试?

奎娃嚼了两口,突然怪叫着到旁边呕吐。

马哥若有所思：怪不得放到骆驼鼻子下面人家都不吃呢!

75.荒原上,日,外

素兰驾驶着汽车在大荒原上时快时慢、七扭八拐的。

日头西落,汽车还在扭着麻花。

76. 小院里,夜,内

素兰在教黄二虎骑自行车。

黄二虎一遍遍地骑着,其他的孩子在一边扶着。

77. 小院子,外,清晨

一辆五六个孩子骑着的自行车驶出了小院,旁边还跟着两个奔跑的男孩,书包在屁股上拍打着。

素兰跟在后头不放心地看着。

78.正屋里,内,夜

炕上的孩子们都睡着了,奶奶在一边打瞌睡。

素兰在炕桌上用孩子们的铅笔、纸算着什么。

素兰看着一炕的孩子,轻轻地叹了口气。

奶奶突然清醒地说道:你一个女人家,辛辛苦苦地这么拼命,你以为这些崽子长大了,翅膀硬了,还能记你的好? 亲不亲,要血亲!

素兰:要是没有这帮孩子和你,我活着有什么意思啊!

奶奶:你要是这么说,我明天就去死!

素兰:那你自个想办法,别叫我们帮忙!

79. 荒原,中午,外

奎娃一个人守着驼群。

骆驼们悠闲地四散啃草。

奎娃饿得跪在地上,用手顶着胃部。

大妞子正在给孩子喂奶,她同情地看着奎娃。

80. 大公路边的饭馆里,日,外

马哥狼吞虎咽地吃着羊肉汤泡馍。

素兰的车缓缓地从老韩前面驶过,老韩嘴里的馍掉到了汤里。

81. 荒原上,日,外

马哥:骆驼不能饿死,要不我们这趟白跑了,虽然每天吃草,但没有精饲料喂,这些骆驼都掉膘了,你今天的任务是找到精饲料。

奎娃:为什么是我? 我都两天没有吃东西了!

马哥:我也两天都没有吃东西了,你还好一直在这呆着,我可是为了找买家跑了几十公里的路啊!

82. 小院,外,日

小院外边的马路上车辆穿梭。

素兰开着解放车摇晃着加入到门前的车流里。

83. 荒原上,外,日

素兰的车在平坦的大路上缓慢行走着。

马路边上有两个人拦车。

素兰把车停下,一个年轻的孕妇带着一个小姑娘提着一捆红辣椒。

孕妇打开门,艰难地往上爬。

84. 车里,日,内

素兰:这是去哪? 走亲戚?

孕妇:到县城告状。

素兰:咋回事?

孕妇:俺男人叫人踢了!

85. 加油站,外,日

素兰一边加油一边问路。

86.荒原桥,日,外

素兰的汽车缓慢地在一座干枯河道上的大桥中间行驶着。

桥下有人赶着20多峰骆驼前进,骆驼中有几个小骆驼,仔细辨认骆驼头的话,脸上有烙的月亮印,就是素兰丢的骆驼。

87.公路上,日,外

素兰的解放车在路上走着,车上站着两匹马,马上还骑着一个大人、一个小孩。

驾驶室里挤着三个哈萨克妇女。

88.石河子,傍晚,外

一群骆驼正在被赶进石河子。

素兰连忙驱车到赶驼人跟前,问骆驼往哪里送?

对方告诉她,送到石河子一家罐头加工厂。

89. 石河子罐头加工厂外,外,日

素兰从驾驶室里出来伸了伸懒腰。

有两个汉族小伙赶了一群骆驼走过来。

素兰连忙走过去,一个小伙先进了加工厂。

素兰装作不经意地询问:你这几头骆驼不错嘛,是从哪里运来的?

小伙子甲：你是干什么的?

素兰：我也是来卖骆驼的,第一次来,先探探行情。

小伙子甲：我们的骆驼是从富康那边贩来的!

素兰一边听一边注意看这些骆驼。

另一个小伙子出来了,他们躲在骆驼后面商量着什么。

小伙子甲到远处墙边撒尿,素兰连忙和小伙子乙搭讪。

素兰：你的骆驼从哪里赶来的? 掉膘了! 我也是收骆驼的,我开饭馆的!

小伙子乙：我们从吉木萨尔来的!

90.马路边,外,夜

天色已晚,素兰的车停在一个关门的商场门前。

一个穿着保安服装的小伙子摇摇晃晃地走过来,围着汽车转了两圈。

小伙子透过车窗玻璃往里看。

素兰靠在座位上睡着了。

保安用手拍车窗玻璃。

91.车里,内,夜

素兰从睡梦中惊醒,往外看,一个保安示意她摇下车窗。

素兰揉了揉眼睛,摇下车窗。

保安：你这是在干嘛?

素兰：睡觉啊,怎么了?

保安：不能在车里过夜,你知不知道?

素兰：这是我自己的车!

保安：不管谁的车,都不准在车里过夜,你这样很危险!

素兰：这有什么危险的?

保安：万一有人打劫怎么办! 你是外地的? 怎么不去住店?

素兰:我觉得太麻烦!

保安:不行,你必须要去住店! 立刻从这里开走!

素兰只好点点头,开始发动车。

素兰:我说大兄弟,这周围有便宜一点的旅社吗?

保安:你顺着这条街走到头左拐第一个路口,路口就有一家小旅社,挺划算的。

素兰:谢谢你啊,大兄弟。

92.石河子某旅社,夜,外

素兰的车停在旅社门口。

93.旅社内,夜,内

服务员趴在服务台后面睡觉。

素兰轻轻地敲了敲台面。

服务员抬起头,擦了擦口水,把一个大本子翻开。

服务员:住店? 身份证!

素兰:你们这住一晚多少钱?

服务员:标准间还是普通间?

素兰:最便宜的?

服务员:有五人间,一晚上50!

素兰:一个床位呢?

服务员:我们这不单独卖床,只给开一个房间!

素兰:那还有便宜一点的房间吗?

服务员:没有了!

素兰:那,那你们周围还有便宜一点的旅社吗?

服务员:我们旅社算全市最便宜的了! 再没有比我们便宜的了!

素兰只好扭头出了旅社。

94.旅社外,外,夜

素兰刚出旅社,一个打着哈欠的保安走过来。

保安:把车开到后院!

素兰:停车多少钱?

保安:你不是住店吗? 住店的不收停车费!

素兰:好,好。

95.后院停车场,外,夜

素兰的车开进了后院,停到了墙边。

96.车内,内,夜

素兰把车熄了火,把座位向后调调,拿过一件衣服披在身上,睡了。

97. 罐头厂外,日,外

素兰开着车经过一个臭气熏天的大垃圾堆。

垃圾堆上有三个骆驼头。

素兰下车走近看,骆驼头上有烙的月亮印记!

素兰面露难言的苦楚,无语。

素兰左右观望,连忙又跳上汽车。

汽车绝尘而去。

98.石河子某派出所,外,日

素兰的解放车停在门口。

99.石河子某派出所内,内,日

　　警察问素兰:你们家男人怎么不出来找? 让你一个女人跑这么远!

　　素兰犹豫了一下:男人在外头做生意,赶不回来!

100.罐头厂外,日,外

　　素兰的解放车停在了垃圾堆旁边,下来了素兰和那位警察。

　　垃圾堆上的三个骆驼头不见了!

　　素兰:刚才还在着呢! 三个骆驼头! 都是我丢的骆驼,我有证据的,我的骆驼脸上烙的月亮!

　　警察:在哪里?

　　素兰:不可能啊,刚才还在呢!

　　警察:不要乱报案,小心自己惹上麻烦,我要回去了!

　　素兰:我没有乱报案,警察同志,起码那两个小伙子是偷的骆驼,我敢保证!

　　警察:那我们也要先调查别人才能下结论呢!

　　素兰:警察同志,他们真的宰了我丢的骆驼! 要不你带我进工厂去找找,里面肯定有我的骆驼头。警察同志,我大老远从奇台赶到这里,就是为了找到骆驼,家里一大家子人就靠我养骆驼、卖舒巴特(骆驼奶)过活呢!

　　警察:这位大姐,你别太着急,我给你想想办法!

101. 罐头厂的仓库,内,日

　　一个房子里满墙都挂着骆驼头。

　　素兰顿时就觉得浑身瘆的慌。

　　一个个骆驼头闪过,就是没有面颊上烙有月亮的。

　　素兰:我的骆驼头上有月亮的烙印,这些都不是我的骆驼头!

102.公路上,日,外

素兰的解放车在平稳地行驶中。

103. 素兰的院子,外,日

素兰家来了一大群村里的人。

大家拿着新鲜的蔬菜、自己烤的馕饼、鸡蛋什么的,都堆在房间门口。

素兰提着一大壶茶,给每个村民都倒上一碗热茶。

别克:骆驼找到了吗?

素兰一边倒茶:还没有,但是肯定被卖到石河子了,石河子的警察叫我回来听信!

一位老汉:素兰一个女人家,车车子开上,追贼都追到石河子了,你是个女福尔摩斯嘛!

中年妇女:我们就是赶不上素兰,当年我们还骑驴上街的时候,素兰就第一个买自行车了,现在我老汉才学会开摩托车,素兰都快把汽车开出新疆了!

大伙笑。

素兰:都是逼得没办法嘛,我要是有个顶事的男人就不用自个抛头露面了!

中年妇女:金龙上次说你请他回家喝酒,求他复婚嘛!

素兰:听他吹吧,我就是嫁个公鸡也不会再找他!

大伙再笑。

素兰:我出去这些天,给大伙添麻烦了,我和我妈都说要好好感谢大家!

别克:你太见外了,我的孩子天天你们家住,我们占了你多少年的便宜了!

素兰:你好好说话,我可没让你占过便宜!

中年妇女:别克,你把心里话说出来了吧! 小心你的洋岗子(老婆)打断你的腿!

别克脸红了:我汉话不好,你们就胡说了!

104. 镇上的学校,清晨,外

素兰开车先把孩子们送到学校。

105. 镇上的派出所,日,外

素兰的解放停在派出所门口。

106. 赵警官的办公室,日,内

素兰坐在赵警察对面,认真地说着什么。

赵警官认真地做着笔录。

107.正屋里,日,内

村长带着两个穿着蓝色西服的男女走进屋。

村长:素兰啊,我介绍一下,这两位是县农业银行信贷部的同志。

素兰:你们好,快请坐,村长,这是?

村长:我也闹不明白,听人家讲吧!

银行男:李素兰同志,你两年前以房屋做抵押在我们行按揭贷款10万元购买骆驼,按揭贷款期限10年?

素兰:是啊!

银行男:你已经有两个月没有按期缴按揭款了!本着对客户负责的真诚态度,我们走访了村长和村上的部分储户,也了解了你家的情况。

素兰:我家情况?红火着呢,是不是村长?哈哈哈!

村长:我牙疼!

银行女:按照我行规定,两个月不缴按揭,就视为终止合同,我们要按照……

素兰:别,别,我说银行同志,家里一点小困难,马上就解决了,能不能宽限几日?

银行女:20多头骆驼丢了,好像不是小困难吧?

素兰:20多头骆驼算什么! 我妈随便从手上撸下来个金镏子,就值好几万呢! 是不是妈?

炕上的老太太连忙把双手揣在怀里:丫头胡喧着呢,可不敢露富!

村长:我先用村里的款帮你把上个月的垫上了,这个月你看?

素兰:没问题,尕尕的事情,你们先坐,我给你们做饭去!

银行男:谢谢了,我们不在客户家吃饭。

108. 村里的沙石场,外,日

素兰的解放车熟练地停在了沙石方前。

跳下车的素兰与沙场的工人聊天。

不一会儿解放车就装满了沙石。

109. 镇小学的建筑工地,外,日

解放车停在了工地上,与各种送砂料的车挤在一起。

孩子们都放学了,在工地远处等着素兰的解放车卸沙子。

110. 荒原,外,日

素兰低头捡土块,嘴里吆喝着。

素兰的前面跑动着三四只羊。

羊渐渐消失在前方的荒原里。

111.村里,外,傍晚

村里又在搞迷糊戏演出。

村民们把戏台围成一圈。

素兰带着孩子们一起观看。

嘹亮的曲子戏传出去很远。

112.戏台外,外,傍晚

赵警官骑着摩托车来到村里找素兰。

赵警官:素兰,石河子那边来电话了,说你的骆驼好像找到了! 让你过去辨认一下!

素兰脸上抑制不住的喜悦:好,我明天就上路!

113.加油站,外,日

素兰的解放车欢快地停到加油站。

素兰:猴娃,快,柴油30公斤,先记上!

一个又高又胖的小伙苦着脸出来:素兰嫂子,你今天恐怕加不上油了!

素兰:我要到石河子去! 骆驼找见了!

猴娃:你恐怕也不能开这个车去石河子了!

素兰:猴娃,咋了?

猴娃:你欠的油钱比你这个破车的价钱还多了,老板说,再不把你这个破车扣下,就让我一辈子在这里白干活,还不管饭!

114. 素兰家院子,外,日

孩子们的情绪特别高涨!

9个孩子骑着一辆自行车,大家还一边扯着嗓子唱曲子戏。

115.大公路,外,下午

素兰提着一个小包,站在公路边搭车。

116.高等级公路,外,下午

载着素兰的大油罐车已经快到石河子境内了。

117. 罐头厂仓库里, 日

　　素兰和上次在石河子报案时认识的那个警察在厂方的陪同下来到仓库。

　　满屋挂的骆驼头显得阴森森的, 素兰从满墙的骆驼头中认出了自己家的17个骆驼头!

118. 罐头厂仓库外, 外, 日

　　警察:你还得在这住几天, 等我们最后的消息。

119.食品厂的车间, 日, 内

　　素兰一个人在车间溜溜达达的, 两边是轰鸣的流水线。

　　流水线上正在灌装罐头、密封、贴商标、装箱。

　　素兰都快看傻了, 她细细地浏览着流水线上的每一个步骤。

120.车间外面, 日, 外

　　成箱的罐头被装上一个大型的运输汽车, 汽车缓缓地开出去。

　　素兰感兴趣地在厂区左顾右盼。

121.食品厂厂长办公室, 日, 内

　　一个苦瓜脸的中年男人皱着眉头:我们厂眼看就要倒闭了, 真的没有钱, 那套罐头包装线是我们厂刚买的, 价值好几万呢, 我们厂只能拿这个抵罚款了!

　　素兰和警察顺着厂长指的方向看去。

　　窗户外面有一台破旧甚至已经生锈的包装流水操作台。

　　警察:什么刚买的? 我看是一堆废铁!

　　厂长:不, 不, 能用, 能用! 就是卖废铁也能卖不少钱!

122.厂区,日,内

素兰在那台破机器前和一个汽车司机谈价:这个东西运到富康,多少钱?

司机:这东西在哪个收购站不能卖? 非要送到富康?

素兰:我不卖废铁,我要用!

司机:你给500吧,这都是最少的!

素兰:好!

123. 素兰家正屋,内,日

大圆桌上摆了七个碟子八个碗的一桌好酒席。

孩子们在屋里屋外乱窜,大一点的孩子在帮忙摆桌子、支凳子。

奶奶的头发梳得光光亮亮的,穿着簇新的对襟新衣服。

炕头还堆了很多礼物。

村长匆匆走进来:素兰,你胡球整啥,眼看银行的按揭就要断肚了,你不赶快想办法,摆什么寿席啊!

素兰:我这些天不在家,村上可是帮了我大忙了,这吃的米、菜、还有清油都是大伙送的,春耕那么忙,大伙还抽空来给孩子们做饭,这也得多谢村长你呢,你晚上一定得来啊!

村长:我都替你想好了,明天发动村里给你募捐,不行就到乡里募捐,你这里还大摆宴席,你不是为难我吗?

素兰:村长,你的好意我们全家都心领了,这骆驼全给宰了,我一分钱也没有得到,这几年想翻身怕是没那么容易了,银行的钱摆明还不上了!

村长:我这不是在给你想办法嘛!

素兰:你别难为自己了,我素兰不能靠大家的血汗钱发家致富啊! 只要全家都健康,没有新房子住也没啥!

村长:你要把这院房子交给银行?

素兰:对,但我在县城又学么上了一个好生意,准备全家都搬过去!

村长:你这个硬女子啊!

124. 院子外,外,日

解放车拉着一群穿着花红柳绿的村民开进院子。

素兰跳下驾驶室,帮着车上的人卸乐器。

陆续有村民赶着马车、牛车,骑着摩托、还有开着小四轮的到院子外。

125. 院子内,内,日

迷糊剧演员开始调音、布置舞台。

素兰热情地邀请大伙先进屋吃饭。

这时赵警官带着两个人来到院子里。

素兰连忙迎上去,发现两个人里还有奎娃。

马哥和奎娃都戴着手铐呢,原来赵警官带他们来是核实犯罪现场的!

126. 正屋里,内,日

素兰还是坚持让赵警官带两个人进了正屋。

奶奶特别高兴:这不是收舒巴特的奎娃吗? 好些天没见了,你能来吃我的寿酒太好了!

奶奶把两人叫到跟前,抓了两大把奶糖塞进两人的口袋。

素兰:今天是我妈76岁大寿,到家里来的都是贵宾,你们两个也不例外,虽然找骆驼来来回回就花光了我所有的钱,但我不会记恨你们,希望你们呢,在里面能改好! 也希望你们能祝我妈高寿!

两个人羞愧极了,特别是奎娃,简直不知道把头放哪里好了,听素兰这么一说,双双跪倒给老太太磕头。

素兰连忙把他们扶起来,外面锣鼓响起来。

素兰:奎娃啊,奎娃,我每次都劝你不要去斗鸡,不要去赌博,你把你姐的话算是甩到茅坑里去了!

　　奎娃:素兰嫂子,我心里悔的啊,死的心都有呢!

　　素兰:你还年轻着呢,死啥呢,进去了就要好好地改造呢!

　　奎娃:我良心坏掉了,我不该偷你们家的骆驼啊!

　　素兰:赵警官,我要招呼我妈看戏去了,你和你的人在这好好吃个饭!

　　素兰和一帮孩子把奶奶从炕上抬下来,素兰背着就出去了。

127. 院子里,外,夜晚

　　大家围在一起欣赏着迷糊戏。

　　后院的三四头骆驼也好像在听戏。

128.县食品厂,日,外

　　素兰在和门卫说话,门卫:我们厂长说了,你赶快把那堆破烂拉走,现在生意不景气,我们厂还想把自己的机器卖给别人呢!

129.县城某小区平房,日,内

　　素兰穿着蓝布做的大褂,还戴了个蓝布帽子。

　　一大盆被开水烫掉皮的西红柿,被素兰装入一个个空罐头瓶子。

　　装了西红柿的罐头瓶子上了那台破旧的包装台,被盖上了铁皮盖子。

　　素兰再把上了盖子的罐头抱走。

　　一个大蒸笼冒着热气,笼盖被掀起,里面是几十个装着西红柿的罐头。

130.县城的集市上,日,外

　　素兰在卖副食品的那条街上摆了一个小摊位,立着一块牌子:保鲜西红柿罐头。

　　很快围上了很多人,一个老太太:这个能保鲜多久?

素兰:一个冬天没问题,而且不用冷冻,不用放冰箱!这可比自家晒的西红柿干卫生,还方便!

老太太:怎么卖啊?

素兰:便宜,才一块钱一瓶。

众人:真便宜啊,这么干净!

素兰:我现货不多,你们要多少先在我这登记,我随后送货上门!

老太太:这不错啊,我要20瓶。

另一位:我来40瓶,我把我们家的位置告诉你!

131.县邮电局,内,日

素兰坐在汇款台前,填着好几个单子。

素兰又在长途电话台前交钱打长途。

素兰:你要好好学习,别的什么都不要考虑了,告诉你一个好消息:你妈要把县食品厂收购了!

132.县农贸市场,日,内

素兰跳下一辆小货车,指挥着司机把成箱的西红柿酱罐头扛进好几家批发部。

素兰负责到每家登记、收账。

司机:李厂长,我们还要送到哪?

素兰从一家出来:先去城东的批发市场。

133.素兰在县城的平房,日,外

素兰和一个穿着时尚的姑娘走在小区里。

素兰:你不就是全疆日报的那个大记者嘛,这么年轻!

姑娘:李厂长,真不好意思,我在你办公室等了一天,还是你们厂的职工告诉我在这等你的!

素兰:我就是没有时间坐在办公室,库房那么多西红柿酱,我得想办法卖出去啊!

姑娘:你们厂的西红柿酱现在全疆都闻名,怎么还愁销路啊!

素兰:生产西红柿酱的工厂我们县就有好几家呢,全疆有几百家,竞争激烈啊!

两人不知不觉地到了家门口。

134.平房内,日,内

家里的摆设和家具还是跟几年前一样。

素兰的妈正坐在床上边打瞌睡边看那台黑白电视。

素兰:妈,家里来客人了,这个姑娘是全疆日报的大记者!

奶奶突然醒来:养上些鸡,下几个蛋,拾点柴火省点炭。日子红火着呢!

女记者环顾了一下房子,特别怀疑地看着素兰。

记者:李厂长,这真是你的家?

素兰:就是啊,从搬到县城到现在,一直没有换过!

记者:我们记者最讨厌写虚假新闻,现在都什么时代了,你还把我带到这么一个精心装饰的家,你让我怎么写?一个拥有年产百万吨的西红柿酱加工厂的厂长却住在这样的地方?写出来谁信啊?这采访我做不了,对不起,我先走了!

记者特别生气地扭头出了门。

素兰一头雾水:妈!你说我刚才说错什么了吗?

素兰妈:人家姑娘说的对!这么大一个厂长家里没有男人,绝对不对!

素兰:我的情况写出来怎么就没有人信呢?好歹我也供出了七八个大学生啊!可能有的人不相信!也不怪人家记者同志!妈,你今天想吃啥?我给你做去!

于文胜

新疆情愫(七篇)

昆仑的歌

几回回梦里上昆仑,到了昆仑心儿醉。一头扑进昆仑的怀抱,才发现,昆仑是天上人间。

昆仑的山是彩色的山。红色、黄色、白色、褐色……一层层叠加、一块块点缀、一笔笔勾勒,把昆仑山打扮得五彩斑斓。也许因为与天近,也许因为与土亲,上苍把它所有的色彩都恩赐给了昆仑,任意地挥洒。昆仑山就是天生丽质,无论它怎么涂抹,哪怕是随意地泼墨,都是那么自然,那么绚丽,那么俏美,那么和谐。

——你看,一条小河从它脚下流过,仿佛是为它的花裙绣上了裙边;

——你看,一片庄稼种在它脚下,仿佛是为它穿上了绣鞋;

——你看,一头牦牛悠闲在它雪峰下,仿佛是它在俏皮地玩耍……

昆仑山的色彩,是大自然最慷慨的赐予,是大自然最朴实的话语。

昆仑山刚柔并具。无论是峻峰,还是断坡,她的线条都是那么流畅:一笔勾出女人的眉,一笔勾出男人的肩。

尤其是雨后的昆仑,云雾从大山的每个角落升腾起来——这里的尖峰利岩,那里的刀脊斧崖,都有一团团云雾缠绕,若隐若现,好似泼墨山水画一般,人入其中,如进仙境。云雾中的山啊,一会儿是女人圆圆的脸蛋,一会儿是男人高挺的鼻梁……昆仑山啊,是女人的温柔,是男人的倔强;是男人的伟岸,是女人的娇美。

昆仑的山是坚强的山。在海拔5200米的红其拉甫口岸,一座座山相拥成难以跨越的城墙,它们肩靠着肩,手挽着手,高挺起胸,似一个个坚岩硬石筑就的战士,日夜守卫着祖国的草原、蓝天和炊烟下的每一个家园。

这里的山,四季顶着皑皑的白雪,阳光下,熠熠发光。寒风呼啸时,树枝冻得咔咔作响。你问它,冷吗?它耸耸肩,把胸挺得更直,把头昂得更高。大雪刷刷地下,把树枝压断,把房屋压塌。你问它,累吗?它抓一把积雪,挤出一溪浪花,把笑哈哈的回答,让溪水带给草地,让浪花捎带给河流……

这是勇敢者的身躯,这是无畏者的铁掌,这是王者头上的皇冠啊!

昆仑的山是欢乐的山。在海拔3400米的地方,有一个几千人口的小城,这个名叫塔什库尔干的县城,全县只有3万多人。但就在这个高原小城里,到处都洋溢着欢歌笑语。小城的集市上传来欢笑,小城的饭馆里传来欢笑,小城的花园里传来欢笑,小城人的脸上挂满欢笑……就连小城边的草甸里,草甸里的小溪边,到处都能听到歌声和笑声。

在雪山下的草地上,几个教师正带着一群孩子歌舞。天是那么的蓝,云是那么的白,雪山是那么的近,笛声是那么的脆……昆仑山上的塔吉克人,笑声是那么的甜。

——这是一个音乐的民族,他们用鹰骨制成笛子,用牦牛皮做成手鼓。悦耳的笛声在塔吉克男人的嘴边流淌,铿铿的鼓点在塔吉克女人手指间跳跃……这美妙的音乐啊,世世代代把一个民族传唱。

——这是一个舞蹈的民族,你看,老者的手脚是那么灵活,每一个动作都抖出生活的快乐;你看,孩子的腰肢是那么柔巧,每一步跳动都舞飞理想。

他们是昆仑山的儿女,他们是昆仑山的骄傲!

他们的心灵,像雪一样纯净;他们的胸怀,像草原一样宽广;他们的思想,像大山一样厚重;他们的欢乐,像笛声一样悠扬……

昆仑山啊——你就是天!你就是地!你就是天地间最美的风景!

走遍大山,别错过昆仑!

历经沧海,别忘了昆仑!

阅读大漠

沙漠,是一部天书。每一粒沙,都是一个字符。

我向往沙漠,我又惧怕沙漠。

我向往沙漠,是因为那一行从漠峰上走过的驼队,驼颈上传出的铃声。

我惧怕沙漠,是因为漫天飞舞的沙粒,让人看不清世界,读不懂人生。

我最终还是勇敢地走进了沙漠。沿一条穿越塔克拉玛干大漠的黑色之路,我去努力破译沙漠这部天书——

在第一页上，我读到了"生命"。你看，大河逝去的地方，绿色还在零散地生长。这绿色被糙裂的树干支撑着，迎着漠风，迎着烈日，倔强地把生命延续。它们把根深扎进沙里，哪怕一点点水的湿润，都要让叶子泛出绿色。就是没有一点生命的乳汁了，就是让漠风剥得只剩下躯干，它们也要傲然挺立千年；就是被烈日利剑般的光束砍断身躯，它们也躺下不朽千年。在它们身上，生命永远不会被泯灭，生命永远都延续。它们不为脚下有一片沃土而恳求上苍的恩赐，不为披一身新绿而祈求天降大雨，不为漠风的肆虐而弯下腰杆，更不为终究要倒下化为泥土而企盼时间倒流……就是化为灰土，它们也舞在沙漠上、舞在狂风里。这是一种怎样的生命啊——生命顽强到了极点，价值体现到了极限……这才是百岁、千岁、万岁的生命啊！

在第二页上，我读到了"勇敢"。你看，这看似不起眼的一条柏油路，勇敢地伸进沙漠，穿漠谷，越漠峰，一直伸向天边，一直穿出大漠。这是怎样一种力量的驱使，才能有这般无畏的勇气呢？

沙漠时刻想把它吞没，而它的两边却筑起芦草编织的垄墙；

烈日时刻想把它烤化，而它的两旁却生长出灌木，拉起一道绿色长廊；

狂风时刻想把它吓退，而它的身边却耸起一座座房屋，房屋里飘出饭香，屋旁的抽水机正隆隆作响……

从沙漠的北边走到南边，这一页我读了一千里，从日出读到日落，我终于找到了答案——

沙漠的那边，有我们的村庄；

沙漠的那边，有我们的亲人；

沙漠的那边，有我们肥壮的牛羊……

任何沙漠，都阻挡不住亲人的拥抱，再狂的漠风，都刮不散兄弟的思念，任凭烈日怎样下刀，都割不断家人的亲情！

这是祖国大家庭里各民族亲情的力量啊！

这种力量，使勇敢者更加坚强，使坚强者更加勇敢。

无畏催生勇气，亲情激发力量！

在第三页上，我读到了"追求"。你看，沙丘下那一座座井架，输油管像巨龙跃过沙梁。

沙漠是荒凉的，从来都没有人敢对沙漠有所企图；

沙漠是死寂的，任何生命的火花也只能在它上空一闪而过；

然而，沙漠又是富有的，只有敢于探索和勇于追求的人，才能闻到它的气息。

我尤为敬佩那些敢于在这浩瀚大漠中勇于追求的人。他们是这大漠的骄子，他们是财富的天使。

高高竖起的是钢铁的井架，而伸向天空的却是理想的大厦；向下钻进的是圆圆的钢管，而伸进泥土的是探索的双手；

管道里流淌的是追求者的热血，炼炉里沸腾的是梦想的实现……

别说贫瘠里没有财富，别说黄沙变不成黄金，别说瀚海没有彼岸，别说通天的路太遥远——勇于探索，不断追求，身后就是掌声一片。

欲上九天揽月——人类的脚步踏上了月球；

欲下五洋捉鳖——潜艇在大洋中游弋；

望长城内外——戈壁崛起新城，沙漠喷出火焰……

这，是追求的脚步；这，是追求的回报。

读到这些，我还有什么理由犹豫，有什么理由徘徊？无数追求者用生命闪耀的火花，正每天点燃初升的太阳，把未来照得通明……

放飞理想，放飞希望，加快追求的脚步吧！

……

大漠，是一部天书。

大漠，是一部有心人可以读懂的书。

大漠，是一部永远也读不完的书。

去吧，勇敢地走进大漠！

边陲的雪

叶儿飘下了树梢。

风儿吹响了口哨。

又一个飘雪的冬天如期而至了。

朋友打来电话：你们那里的冬天很冷吧？

我说：冷，滴水成冰啊！

在朋友的"嘘——嘘——"声中，我高兴地告诉她：

可是有雪，很多很多美丽的雪啊！

边陲的雪，无法形容地多。初雪如纱，中雪如毯，大雪如絮……

边陲的雪，无法形容地大。体如铜钱，密如机织，广至天际……

纷纷扬扬的雪中，山隆起胸，树伸展臂，河挺直腰，小城藏起笑……都在尽情接受雪的抚爱。

我爱这边陲的雪。

当一个早晨，你打开门，呵，满院的洁白，满野的洁白。空气清爽如琼浆，天气温静如熟睡的少女。你的双眼为之一亮：

世界其实那么纯洁，似出生的婴儿，在"哇——"的一声叫喊声中，一切都崭新地开始。

昨日的烦恼随风而去。伸展双臂，你迎接了又一个热烈的生活。

边陲的雪，是流动的歌。

纷纷扬扬的雪中，车在流动，人在流动，鲜艳的红围巾在飘动……

每一朵雪花,都是跳动的音符;万物都是歌者,都是琴手。

那弹奏的旋律,竟这么和谐。如古筝流韵,婉转而悠扬。

歌声中,你会发现,历史和今天是一支笔在抒写;过去和未来都是音符的组合。为古人叹息的泪,被明天感动的泪,都是一滴雪花融化的水珠……

我尤爱在刚刚停雪的大地上迈步。那又是另一番感受:

你听脚下的"吱——吱——"声,是对你迈出每一步的赞美,是大地兴奋的掌声。

但这赞美和掌声又是那么吝啬,只有在你又一脚迈出的时候,才会为你喝彩!

你倘若原地踏步,雪的吱吱声杂乱而无力;你果敢地一步步走出,脚下的声音就会铿锵而威武!

——这是多么公正的声音啊。坚定地走在雪地上,身后,就是一串美丽的诗行。

有一次,在河边的一个雪洞里,我惊讶地发现,一丛新绿正伸开了腰,一朵不知名的小花正揉着惺忪的眼睛。这是母亲的情怀啊!

雪把寒冷挡在外面,它的怀里,正拥抱着刚刚分娩的生命。

边陲的雪,是这样坚决。她在毫不犹豫地否定了一切之后,又在毫不犹豫地创造着一切。啊,这该多么伟大。其实,浓绿的春,火红的夏,金黄的秋,都是雪的杰作啊!

爱边陲的雪吧。

滚一身洁白,用那种深邃的意境将自己浸透。这时,你的内心纯净得就像白纸,随时等待着思想的浓墨,滴染出幽美的图影。

爱边陲的雪吧——

不要因为冬天的凛冽,

而忽视雪的存在;

不要因为色彩的单调,

而埋怨雪的冷漠。

待来年,你会看到——

哗哗流淌的溪水,

是雪对生活的放歌!

小城情愫

　　宽广、笔直的大道,像少女颈上闪闪发光的项链,一下把小城装扮得大气、洋气起来。小城人便洒脱了许多,自豪了许多。

　　夜晚,路灯闪耀着光华,三五成群的人们,漫步灯下的绿树丛中,阵阵凉风扑面……这时的小城,显得那么安详、温柔、可亲!

　　我爱小城。爱小城的天,爱小城的山,爱小城的水,爱小城的人……

　　小城的天是湛蓝湛蓝的,一尘不染,大海明镜一般。天上的云,更是水洗似的洁白,如一片片飘动的纱,一块块移动的玉。

　　小城的山不高,小城的山很土,但小城的山灵气十足。

　　俗话说"山不在高,有仙则灵",小城的山也许正应了此名句。"仙"为何人,小城人不说、不讲、不夸,但小城人却爱山爱得透彻。这也许是小城人的含蓄美吧! 每当有远方客人造访,小城人都喜欢把他领上这座山,与其说看山,不如说是看城。站立山顶,小城一览无余,这时看小城,绿树环抱,层次分明。小城虽不大,机敏的人,一眼就看出他的气魄,他的梦想。你看,学子在山上酝酿未来,情侣在山上勾画未来……这座山啊,为小城人带来了多少遐想,展开了多少画卷! 小城的河是风景画。小鸟儿叽叽喳喳,把春天衔给树梢,树梢儿伸了伸腰,春天便着上新装。河水嬉着浪花,吹着哨儿,赶着趟儿,把欢乐吻给了河滩,树儿草儿挺直了腰,夏天便涂上了阴凉。

河边是小城的天然公园,是小城的故事和童话。你看,垂竿的钓者,光着腚儿嬉闹的顽童,以及草丛中的牛……都是这故事和童话的主人。

依山傍水的小城,它是那样的年轻,又是那样的俊秀。因为山、因为水、更因为人,小城便有了山的气魄、山的力量、山的胸怀,便有了水的温柔、水的爱恋、水的情感。

因为山,小城的男人是山;

因为水,小城的女人是水;

山水孕育的小城,是男人和女人的爱。

有一次,在素有"人间天堂"美称的杭州,一位朋友问我:"我们杭州好吗?"我说:"好!""我们西湖美吗?"我说:"美!"但我告诉他:"大西北边上的那座小城北屯是我的家!"

小城是我的家。小城有我那么多那么多的亲人,那么多那么多的故事,那么多那么多紧随时代脚步的强音,怎能不让人爱恋。

当太阳从小城人左肩上滑下,他们又把新一轮的太阳扛在右肩。我想说——在小城的人:好好生活! 离开小城的人:常回家看看!

自然之喀纳斯

山水为景,草木作画。山水草木浑然一体,景中有画,画中有景——喀纳斯的美,正在于此。

"喀纳斯"蒙古语意为"美丽而神秘的地方"。特殊的气候条件,适宜的光热资源,使这里植被茂盛,森林草场交错,分布明显。这里是我国温带草原区域中植物种类最多的地区,以挺拔的落叶松、塔形的云杉、苍劲的五针松、秀丽的冷杉以及婆娑多姿的欧洲山杨、疣枝桦等构成了植被的主体。

6月中旬,喀纳斯自然风景保护区内,高耸青翠的落叶松林间,碧绿如毯的草原上,到处呈现一片片艳红、紫红,此时正是野生赤芍的盛花期。从湖边谷地的林间空地到3100米雪线以下,处处鲜花盛开,色彩缤纷:橙色或黄色的金莲花、郁金香、报春花、百合花;蓝色的龙胆、飞燕草、党参、鸢尾;紫色的鹿草、鸡爪参、翠雀花;粉色或红色的赤芍、蔷薇、柳兰、石竹;而白色的野胡萝卜的伞形花,像朵朵白云,常常淹没人们的身影。它们随季节和生态环境的变化而异,形成不同色彩的花坛,与蓝天、白云、雪峰、绿色的树林和碧绿的湖水融为一体,构成一幅幅异常瑰丽的图画。踩着厚厚的草毯,游人徜徉在鲜花丛中,任清风拂面,嗅百花芬芳,禁不住会心花怒放,润红了脸颊。人在其中,花团簇拥之下,也成为一朵移动的花,大有"你在丛中看花,我在花中看你,鲜花芳醉了你的心,你装饰了风景"的意境。

各色的野花,展现不同的娇容:粉嘟嘟的黄金莲,像一张张孩子可爱的笑脸,让人爱恋不已;吐着金灿灿花蕊的红艳艳的赤芍,像情人娇媚的眼睛;那伸展的人手掌形的叶儿,像少女伸开的臂膀,多情地召唤情人的拥抱。

有人说,喀纳斯的花草最通灵性:老者踱步其中,心境坦然,世间忧愁皆消;孩童游玩其中,越发天真烂漫、活泼可爱;少女飘逸其中,理想展开翅膀;小伙子徜徉其中,生活从此多彩。

如果说,喀纳斯的6月演奏着的是大自然最和谐的旋律,那么,各色的花儿是它跳动的音符,松树和桦树是它的琴弦,大山是这架竖琴的骨架。

喀纳斯植物是西伯利亚区系植物在我国分布的典型代表地区。据资料记载,这里植物种类丰富,珍稀特有种类多,是我国寒温带草原区植物种类最多的地区,共有植物83科,298属,798种。其中木本植物23属,66种,草本植物273

种,乔木12种,灌木54种。在66种木本植物中,国内仅阿尔泰山分布的就有30种,是我国同类地区植物物种最丰富的地段之一。尤以塔形的西伯利亚云杉、秀丽的西伯利亚冷杉、苍劲的西伯利亚红松、挺拔的西伯利亚落叶松为主,构成了喀纳斯林木复杂的个性特征。林中枯朽倒木层层叠叠,朽木及地表枯叶层上长满了各种草花和菌类。在各种树木中,当地图瓦人最偏爱红松,不是因为它高大挺拔,也不是因为它姿态俊秀,而是因为它有极强的生命力,千年生长,百年不朽。

喀纳斯的松树真可谓伟大。它把肥沃的土地留给了野草和鲜花,把湿润的河谷留给了桦树和杨树,而自己,沿山而上,把土壤贫瘠的山坡装扮得郁郁葱葱,一年四季都披着盛装。岩石之上,松树在迎空展姿;山坡之中,松树直仰蓝天。走入林中,松鼠在枝间跳跃,鸟雀在枝头鸣唱。大树粗壮强劲,小树顽强向上,处处充满生机活力,处处给人以奋进和力量。

有山有水,才会有草木。因为这一座座山,因为这一汪汪水,孕育了喀纳斯这天然百花植物园。

喀纳斯的山,高低起伏,连绵无尽。山巅终年不化的皑皑白雪,在阳光的照射下,放出耀眼的光芒,把蓝天衬托得更加晴朗,把大地装扮得越加苍翠。山是大地的个性。喀纳斯的山虽不挺峻,但却厚重;虽不伟岸,但却高大。岩石裸露,虽有万仞之利,刀削之险,但它却有宽厚的胸怀,包容万象的肚量,就像一个威严而又慈祥的父亲,可敬又可亲。山中翡翠般的湖,银练般飘动的河,更使它亲切感人,令人敬爱有加。

喀纳斯的水是山顶积雪融化而成,即使盛夏7月也冰凉透体,但欢呼跳跃的浪花,却不休止地绽放热情。喀纳斯湖可谓大自然最好的画纸,山水草木,蓝天白云,尽收其中,风吹湖面,倒影婆娑,更添仙境之美。

啊!6月的喀纳斯,百花盛开的植物园。我爱喀纳斯,我爱6月的喀纳斯。到喀纳斯来,到大山里来,浸一身花香,把大自然带回家;荡一湾清水,把好心情带回家……

喀纳斯的图瓦人

"什么地方好啊什么地方美？让我用歌声告诉你：喀纳斯啊有七个哈巴，白哈巴呀最好最美……"

当索伦格老人用图瓦语唱这首歌的时候，脸上抑不住自豪的神情。

"哈巴"是蒙语中的河名。白哈巴位于距喀纳斯湖18千米的中哈交界处，是哈巴河源头的重要支流之一。这里地处阿尔泰山西南麓，崇山峻岭环抱，松林如海，绿草如毡，鲜花烂漫，气候凉爽宜人。尤其是山谷间错落有致的一幢幢炊烟袅袅的木屋，构成了喀纳斯景区极富特色的风情画卷，因而有人称这里为"东方的日内瓦"。

索伦格老人是图瓦人的骄傲。

图瓦人历史悠久，《隋书》《新唐书》《蒙古秘史》等古代历史文献中，都把图瓦人当做我国境内的一个古老民族。根据历史文献记载，图瓦人在历史上先后被称为"都播、萨颜、索约特、土巴、乌梁海"等，而近代史上又被称为"德瓦、德巴、秃巴思和图瓦"。图瓦人当时聚居在贝加尔湖以南，游牧在叶尼塞河上游，萨颜岭以北、黠戛斯以东的广大区域。我国境内的图瓦人全部分布在阿尔泰山区，人口约2600人。

图瓦人多少世纪以来繁衍生息在阿勒泰的哈巴河、禾木河、喀纳斯湖的肥沃草原上，世代以放牧为生。由于历史上长期与蒙古族相处的原因，在宗教信仰与风俗习惯上受蒙古族影响很深，在经济生活与文化生活上经过多少世纪沧桑演变，也完全加入了蒙古族社会，因此，当地把他们称作信仰喇嘛教的、讲突厥语的蒙古族图瓦人。图瓦人虽至今仍保留自己的语言,但多数情况下他们使用蒙古语言和蒙古文字交流。

在白哈巴村,有一所木屋建造的中学,图瓦人教师正在用蒙古语教学,图瓦人的孩子正在用蒙古文课本学习。几个年龄大一些的孩子,正在排练蒙古族舞蹈,准备在村里"七·一"庆祝中国共产党成立八十周年的文艺晚会上演出。

当过校长、村长、副乡长、乡党委副书记、县教育局长的索伦格老人,虽然已经退休,但他几乎每天都要到村里这所学校来转转。他自豪地告诉我们,1975年是他亲自创办了这所蒙古语中学。漫步在校园的草地上,听着孩子们朗朗的读书声,看着当年亲手栽下,如今已二十多米高的松树和柳树,索伦格老人心中泛起多少波澜和向往。

小木屋的教舍勾起他多少回忆,小木屋的村落令他多么爱恋……

这个走出大山,当了局长住进了县城的楼房、去过北京进修、登上了八达岭长城、上过天安门城楼的图瓦人,如今又走回了大山,住进了木屋。

——他的老伴,还在村蒙语中学教书。

——他唯一的儿子,如今已是这儿的中学汉语老师。

像热爱家乡的人一样,索伦格老人永远都离舍不了这片世代生活的故土。

白哈巴村静静地坐落在这峻山丛林之中。有人才有村落,图瓦人与这村落一起,早已融进这大自然最美的画卷之中。他们是这大山的主人,他们是森林的儿子。

老人说,图瓦人热情好客……

老人说,图瓦人秉直……

老人说,图瓦人坚强、勇敢,自强不息……

卫星接收设备是自家购置的,发电机也是自家购置的。

每天晚上7点,索伦格老人无论多忙,都要放下手中的活计,打开电视机看《新闻联播》,然后,第二天再把全国的新闻讲给村民们听。他常常亲自指导师专毕业回村教学的儿子,让他把更多的知识传授给图瓦人的后代。

老人说,图瓦人有自己的历史和文化,这些东西应该继承和发扬!

每当夜幕降临,老人就伏案奋笔疾书。他要写一本厚厚的书,让山外的人,让更多的人认识和了解图瓦人。

山中多雨。雨后天晴,两条彩虹似当空舞起的两条彩练,一头系着山腰,一头牵着树梢,把这个图瓦人的村落紧紧拥抱。

啊!喀纳斯的图瓦人——大山是他的性格,松树是他的热情,草原是他的爱恋,当空舞起的七彩虹啊,是他无尽的情感……

每当有远方的客人造访,索伦格老人总喜欢穿上图瓦人的服装,用图瓦人特有的芒芦箫,为客人欢唱……

箫声像天上的白云,飘荡在广袤的空间,传出大山、传出草原……

小城里的擀毡人

太阳跳上树梢的时候,牙生开始了他一天的工作——擀制花毡。

从爷爷的爷爷,这门手艺传到牙生是第五代了。这种民族传统手工艺制作技术,在于田县有200年以上的历史。

一条花毡很平常,但制作花毡的工艺很复杂。牙生5岁开始跟爷爷学制花毡,15岁就独立制出了自己的第一条花毡。如今已是35岁的他,自己也记不清制出了多少条花毡,仅刻在他脑海里的各种图案,就有100多种。

选毛、弹毛、用染了色彩的羊毛编花纹,然后是铺上弹好的羊毛,用水淋湿后卷起来擀毡,一道道工艺牙生做得极认真仔细。他说:“手工擀毡是细致活,细致了才能做出好东西。”

牙生擀制的花毡远近闻名，方圆百里的百姓都来买他的花毡，就连几百公里外的喀什货商都来进他的花毡，出口到巴基斯坦等好几个国家。

牙生说，他的花毡没有商标，因为他独特的图案就是他的商标。他的图案别人学不来，就是被人模仿了他又有新的图案出来。他的图案别人不好学也学不像，因为他是用心在编织图案，每一幅图案都是他对生活的赞美和憧憬。所以，他的图案里跳跃着生命的火花，蹿动着理想的火焰。

牙生说，他不喜欢机器擀制的花毡，一千条毡子一个样，就像人没有个性，就像羊群里羊没有自己的名字。机器擀制的花毡是商品，他擀制的花毡是作品。

一种手工艺能流传百年，百年后的今天人们还对此高度评价，不仅仅是因为人们需要它，而是因为它绽放的是民族文化之花，是传统文化的瑰宝！

当初一起学徒的师兄弟们，除牙生外都去经商了，他们中的大部分都发了财，置起了很大的家业。牙生说，他不羡慕他们，他在祝福他们的同时也祝福自己，祝福自己的手艺越来越精，自己的花毡越做越好。有几个大老板找到牙生，他们投资帮他办厂，用他的技术生产更多的商品，而他说，在机器的轰鸣声中他会失去自我，祖上传下来的手艺他没法教会机器。作品是要人用心去完成的，他愿把手艺教给所有愿意学习的人——他的妹妹已成为他最好的徒弟。他还准备培养7岁的小儿子子承父业。

一条5千克羊毛擀制的花毡，在喀什集市上卖300多元，出口到巴基斯坦卖到800多元，而商贩们从牙生手里买走仅60元。

牙生对生活很满足，也很快乐，他最高兴的是每天能静下心来认认真真地擀制一条花毡。

李贵春

党校生活点滴

　　党校清晨的空气特别好，我想可能是得益于这里的绿化条件好的缘故吧。

　　校园里树木花草品种繁多，有高大挺拔的杨树，屈曲虬枝的五针松，修剪整齐的黄杨球，以及许许多多叫不出名字的常绿乔木。至于盛开的鲜花，到处都是。

　　清晨的校园弥漫着薄薄的氤氲之气，阳光穿过树林，在小路上投下了点点斑驳之影。为了搞好第八套广播体操的比赛，我们班早晨7点半就集合练习了（平时一般都是8点半才起床），当然还有党校表演太极拳的离退休老人们，他们也随着音乐和口号声练习得怡然自得。在这样的学习环境中，的确使人喜悦。

军训实际上是最早的，人武学校的教官负责我们的军训。动作不够协调的学员很多，有二十多年军旅生涯的我，不在其中。看着极不标准的我们，宽容而善良的教官在队列前却一再"表扬"，教官也难啊！第四列的学员们素质好，动作都很到位，这时教官就在一旁满意地看着，带着快乐的笑，最后把他们"提升"到了第一列。只见另一个班，那些平时缺少锻炼的人各自挺着个大肚子，队列歪歪斜斜，汗珠好似泉涌，顺着脸颊流下来，身上的衣服早已被汗水湿透，可怜可怜，赶快锻炼瘦身吧。

我们班的同学在军训中整体接受快，效果明显，在四个主体班汇操中夺得了第一，得了一分，大家都感到十分高兴。可就在此时班长带着一种沉重的语气又告诉了大家一个不好的消息，因一名同学未请假被查，扣了全班四分，为此全班同学虽然沉闷了一会儿，但并没有因此而埋怨那位同学，而是激发了大家一股锐气，把扣去的分争回来，有第一就夺！

我们班的同学来自全疆各地，多为宣传、文化单位的领导，有男有女，年龄有三十多岁的，也有五十多岁的，参差不齐，但精神气儿都很足。广播体操比赛，我们都穿着迷彩服。比赛前，大家欢快地在一起说笑、拍照，争着与"班花"合影。同学们期待着、快乐着。比赛时间越来越近，此时却还有一名同学未到，焦急的心情在班长、同学们中间传递着。快！电话号码，我从相机包里拿出我们班自制的"认知表"（班通信录），查到后几个人都在打着同一个电话（好笑）。不一会儿远处看到了迷彩服，这才松了一口气。"迷彩服"咚咚咚的一阵猛跑融进我们快乐的掌声和笑声里。

自治区党校、行政学院迎奥运启动仪式开始了，随着"现在开始入场"的声音响起，我们"迷彩方队"第一个迈着矫健的步伐，喊着"全民健身，迎接奥运，求真务实，开拓创新"的口号，通过了主席台。广播体操比赛我们第六队入场，当时真还有点紧张。大家都做得很认真,当宣布"参与奖"没有我们班时,大家那种心情比拿第一还高兴呢。最后取得了"优秀组织奖"(主体班第一),一种自豪感显露在一个个的脸上。呵呵,多大岁数的人了,对此还如此看重,真是!

白天上课,我们班主任可认真了。每天她早早地来到教室,把开水提好,教学准备工作做好,清查人数,严肃中带着可敬,于是我每天不得不从家里早早出发,唉,就怕迟到!因为我在此遇到了如此多的快乐、乐观而又认真遵守校纪的人们,这可能也是在党校"三个转变"快的缘故吧。

迎奥运的比赛项目还有很多,楚河争雄,健步强身,四球(蓝球、乒乓球、羽毛球、台球)对垒、拔河对决等等。

党校两个月的学习生活,使我们四十多人相逢。相逢是一首歌,相逢是一段回忆,相逢是一份友谊,我爱你们——我的朋友,传递友谊,创造奇迹,奇迹总有一天会出现——重逢!

刘　振

似曾相识燕归来

　　儿时,我养过燕子。所以,我对燕子情有独钟。在我心里,北方的春天就是燕子衔来的。燕子来了,水才绿,花才开。

　　燕子来的时候,我总去看望它们。最让我心醉的是在有水的地方看燕子。燕子掠过,池水泛着一朵涟漪。燕子衔了一口清凉,也衔着我的思念,飞向蓝天,飞过大漠,飞跃雪山,飞到1965年那片有马兰花的地方……

　　蓝天下的花丛里,一个和我岁数相仿的男孩,把两只没有羽毛,没有睁眼的嗷嗷待哺的雏燕递到我的手里。我不知道我为什么会接受它们,也许是姥姥讲的"小燕子的故事"感动着我。

我把燕子带回了家——学校的集体宿舍。

我担心同宿舍的同学不欢迎它们。于是,在那个月朗星稀的夜晚,我向同学们重复着姥姥的故事:

从前,有座山,山里有个不听大人话的男孩,非要上房去捅梁上的燕子窝。结果摔了下来。疼得那男孩从这个山坡滚到那个山坡,豆大的汗珠汇成了一条小河。后来,那只小燕子从很远的地方衔了口山泉,男孩喝了,就不疼了……

课堂上,我两眼望着黑板和老师,而我的心却惦记着它们。

放学了,同学们都在玩,我不得不去学校的菜地里捉蟋蟀。我比我的同学要多一份操劳,多一份责任。

一天,一只燕子死了,我把它埋在了那片长有马兰花的地方。

一天清晨,我像往常一样比其他同学早起。我打开床头柜,那只燕子睁开了眼。它张着带有黄边的嘴嗷嗷待哺。听说,燕子睁眼后第一眼看到谁,它就把谁看成自己的亲人。

燕子渐渐地长大,羽毛也丰满了许多。它不时地拍打着翅膀作出要飞的样子。几天后,燕子可以从这张床上飞到那张床上了。

一天下午,我和许刚带着它来到校园足球场上,我把它抛向空中,希望它能和它的同伴一样自由地飞翔。它在空中绕了一小圈,便落在了我的脚下。不知它是飞不起来,还是对我难分难舍,几次放飞,几次飞回。

有一次,我把它带到了课堂上。我把它放进书柜里。记得那是一节语文课。赵露菊老师在给我们读高玉宝的书。

我打开了书桌,那燕子突然飞了出来,飞出了窗外。我望着它飞去的方向,心里特别高兴,如释重负,它终于可以自由飞翔了。

突然,它又飞了回来。在教室里飞了一圈落在了我的课桌上。

我把它送出了窗外,关上了窗户。它在窗外来回的盘旋。最后,它飞向高空,和其他燕子一起,在蓝天白云下自由地飞翔。

……

燕子秋去春来,年复一年。每看到它们,我总想,那燕子中应该有我那燕子的后代。

燕子来了,春天来了。

燕子走了,冬天来了。

孙　敏

想起了沈园（外一篇）

想起了沈园，那个留着《钗头凤》让唐婉心碎的地方。

以前我认为，唐婉应该算是一个幸运的女人，她嫁了两个男人，都对她很好。如果唐婉在改嫁之后，斩断前缘，再也不回沈园，那就不会遇到陆游，她也不会忧郁而终。所谓眼不见心不烦，只需怜惜眼前人，期待未来的生活，又怎么能活不下去呢？

再游沈园，我才发现，唐婉的抑郁而终有着许多前因后果，不是三言两语就能为世人所道。

　　陆游与唐婉恩爱有加,志趣相投。他们不仅感情基础好,婚后,热爱诗词歌赋的两个人,琴棋书画无所不能,夫妻之间交流的语言是多种多样的,生活因此充满了乐趣。在那个父母之命、媒妁之言的年代,遇到这样脾性、志趣都相投的人成婚,一定非常不容易,放在现在也是难得。但是正因为这样,唐婉的婆婆认为是她拴住了陆游,让陆游丧失了考取功名的意志,沉溺在温柔乡里不能自拔。于是,迫于家庭的压力,唐婉被陆游休妻返回娘家,一年后重新嫁人。

　　换作现在,像唐婉这样才貌双全的女子,对自己重新面对婚姻,再次开始新的生活,一定在伤痛之后充满自信。现在的人们,面对太多浮躁与诱惑,不得不做出很多次的选择,处世的心态总是要不断调整的。但是,在一个封建保守的年代,女子的终生事业是要嫁一个好男人,好比百折不断的藤条,如果不能依附一棵高大挺立的树木,韧性再高也不能独自向上生长。因此,恩爱的过程换来了休妻的结果,这成为唐婉心中抹不去的痛。不需要睹物思人,不需要无心提起或者有意忘记,唐婉这个擅长诗词歌赋的女子,有着温柔内向的性格,她用了十年的时间,始终未能想得开、看得透,或许,唐婉心中的痛,在于自己的爱情不被理解,在于自己的名节不能完美。在千年以前的宋代,不事稼穑的爱情并不代表浪漫,从一而终的贞洁就是最高的幸福,家庭与社会道德价值取向对女子的压力,并不比现在职场中的女人小多少。

　　陆游虽说是个男人,后人称之为一代爱国诗人,在生活中却是一个违背本心、不能保护自己妻子的文弱秀才。他既无官职也无俸禄,那他就没有自己建立家庭的物质基础;既不能劝说母亲改变想法,又不能帮助妻子调解婆媳关系,那他就处于家庭的夹缝之中不能欢畅;如果为了唐婉而离开母亲,他无法背负不孝的名声和经济的压力。陆游,这个凭借诗词可以名留千古的人,却负担不了与唐婉之间三年的爱情。书生气十足的陆游,在之后的人生中有着悲天悯人的情怀,有着为底层百姓振臂一呼的冲动,或许有许多也是缘于自己不完美的家庭生活。母亲要求他考取功名,争取一个施展抱负的平台,可以光宗耀祖,而他,或许内心更加怀恋那个温柔的小家,只是,万事随风,人生又怎能再次踏入同一条河流。陆游的失败，在于他不能平衡并把握物质与情感，他在两者之间犹疑着，拿出大多中国文人在生活中的隐忍，只是在自己的诗词中间抒怀与感叹。换作我，恨不能如李逵一般砍他个三两斧子，方能了却心中的块垒。反过来想一想，生活中的事情只要掺杂了感情和利益，都不会如此简单和极端，人的要求多到连自己都无法理解的地步，如果生如李逵，唐婉又怎会靠近？想来，要自己或者他人做一个该决断时决断，该缠绵时缠绵的人，要求有点高吧？但是，面临选择的时候，虽然没有几个人可以幸运到简单地做二分法，我宁愿在自己认为该做的时候，坚决去做，做过了就不再后悔，不管他人说三道四。正是因为理解了唐婉的伤心，才要永远记住那句名言：做人可，做文亦可，做文人不可。

　　唐婉停留在情感与名节的漩涡中无法自拔。她无法忘记与陆游的琴瑟和谐，也不能忽略与陆游生活的无奈与被动。或许，名节之事更大，被休妻的原因，无论对错，都让唐婉难以启齿。当这一切都成为过去的时候，善良的唐婉，内心只有对爱的怀念，这使得已经失去的过去变得更加可贵，并且令人难以忘怀。重游沈园，再遇陆游，失去的那些，一定是更加痛彻心扉。就算唐婉挡住了内心的怀想与不甘，挡住了自己走向沈园，其实是走回过去的脚步，失去的名节，失去的爱人，失去的知音，失去的那段无人能懂、难以珍惜的幸福时光，足以让唐婉心中梗塞一生。缺了的那一块，不仅仅是生命中的一段时光，更是终生难以寻回的幸福的感觉以及由此而造成的内心的缺憾。

　　人们都说，这是封建社会的压迫，都是陆游的母亲拆散了一对鸳鸯。其实，美丽的鸳鸯，原本就是要散的，人们只是看到了些许的表面。内心的压力以及不能把握的现实生活，转变了陆游和唐婉生命的轨迹，他们都想不开，生与死，只想要一个说法和结果，于是，生命的过程被忽略了，也因此成就了千古绝唱。

　　若干年后，七十五岁的陆游，依然活在世上。又一次重游沈园，还是那样的无奈，是否，也一样充满了深深的自责和无限的追忆。陆游在沈园留下了这样的诗句：

城上斜阳画角哀,沈园非复旧池台。

伤心桥下春波绿,曾是惊鸿照影来。

梦断香消四十年,沈园柳老不吹绵,

此身行作稽山土,犹吊遗踪一泫然。

　　现在的沈园比几年前大了许多,因为有太多的游人,在参观之后,抱怨劳顿千里来到沈园,却在十分钟之内就可以转完一圈,没有什么可以看的。人们以为,自己跨越了千里,就可以跨越千年,而千年以前的那个世界,仅仅一座题写了《钗头凤》的墙壁,是说明不了什么的。所以,为了现在人们的心理满足,也为了多挖掘一些旅游卖点,沈园被扩大了,增加了许多留有后人粉饰痕迹的假山或者房屋。比较有意思的是颇具绍兴特色的纸扇题字,折扇可以自己选,题写的内容因人而异,毛笔字或纤细或遒劲,虽然不是名家手笔,但毕竟是原创作品,颇具国学韵味,游人买回家去放着,不像流水线上的产物那样毫无价值。看似不起眼的一个老者,毛笔字不仅很有个性,而且间架结构非常美观,与人攀谈时,吴侬软语音韵绵软,让人感叹《钗头凤》能够产生,不仅在于它的故事,还有着人文环境的基础。

　　因为岁月的变迁,沈园已经不是当初的沈园了,园林的风格也不是那样具有代表性,沈园只是因为《钗头凤》而更具游览的意义。

　　只有当年的那个墙壁,跨越世纪,还留在那里,掩映在绿树丛中,独自怀念,真心地追忆。

　　红酥手,黄藤酒,满城春色宫墙柳。东风恶,欢情薄,一杯愁绪,几年离索。错!错!错!

　　春如旧,人空瘦,泪痕红悒鲛绡透。桃花落,闲池阁,山盟虽在,锦书难托。莫!莫!莫!

钗头凤（陆游）

世情薄,人情恶,雨送黄昏花易落。晓风干,泪痕残,欲笺心事,独语斜阑。难! 难! 难!

人成各,今非昨,病魂常似秋千索。角声寒,夜阑珊,怕人寻问,咽泪装欢。瞒! 瞒! 瞒!

钗头凤（唐婉）

喜爱文字,也喜爱身边的人们

儿子今年十三岁,个子长得比我高,看起来像个小大人。望着他那张还是孩子的脸,看见他被书包压得无法挺直的背,伴随他被功课填满的生活,翻看那些被他翻来覆去读过的书,还有他努力构想却只是写了少许的童话,我知道他的心理也在迅速成长。儿子经常告诉我:学校就是个小社会。当他重复这句话的时候,我认为他是遇到了人际交往的问题,他本能地感觉到自己不像在家里那样随意,人际空间变得多元化之后,把握起来并不容易。儿子如我,喜爱文字,却不喜活动,做妈妈的,心中有太多的话要告诉他,最后简单到只有一句:喜爱文字,也喜爱身边的人们。总结为:简单做自己,看淡身边事,沟通最重要。

每个人都有自己与生俱来的性格以及现实的生存需要,虽然我们性别和年龄不同,但我们一生都在与自己和他人的性格与需要做着游戏,你总得参与,总得接招。比如性格的不同方面:勤奋或懒惰、热情或冷淡、活跃或安静、冲动或沉稳、敢爱敢恨或唯唯诺诺、以自我为中心或过于在意他人的感受、自我约束或总想挑战任何束缚,等等,大多数人都具备,但是表现时机和方式却不同。不能说这些是优点或者是缺点,在人生的道路上,在利益与人情纠葛的人际关系中,这些性格对事物的影响都有正反面。因此,在这个时代,人们总是活得非常纠结,因为好多事情不能掌控也不能如愿,不是陷进过渡关注自我的圈子,成为情绪的奴隶;就是走入另一个极端,因为不能如愿而开始怨天尤人,过渡关注和传播外界零零碎碎、与己无关的事情,没有管好自己,同时给别人制造一些小麻烦,他们以为自己可以知道内幕很了不起,其实真正了不起的不是知道,而是做到。

我们喜爱文字,一方面是因为这是我们文明表达的方式,另一方面,文字成为我们独自倾诉的工具,如果引起了共鸣,那就可以美言为文字是另一种沟通的桥梁。不过,只要不沉溺于文字而忽略了活生生的人就好,他们才是文字产生的本质。

我有一个中学同学,高中时期极为喜爱唐诗宋词,现在的工作却是外企白领,没有太多时间说国语。我问她是否还在看书,她说那是肯定,除了挣钱,她还希望以后能写自己小时候的故事,现在真的忙得没有时间。对于生活,她将文字和身边的人结合得很好,文字是工具,而身边的人是伙伴。我想这应该都是喜爱文字和周围世界的人的一种态度。早在十几年前,她就告诉我一个爬梯子的故事:你很努力在爬梯子,因为梯子顶端是你和你领导的工作目标。这时候有你认识的人在下面招呼你:快下来吧,上面危险。或者是:你看我这下面的花儿多么漂亮,你帮我摘一朵吧。结果是你一时分心,不是从上面掉下来,就是降低了爬升的速度。当时我理解她的处境,但是并没有将这些与自己的环境比照着观察。这是我这个喜爱文字的同学的表达方式,现在想来,也还是受用的。文字来源于生活,又在读它的人那里回到了生活,这可真是喜爱文字的根本。

一个读书的人总比一个制造闲言碎语的人更加能够净化环境。看过柏杨《丑陋的中国人》都知道他说的不无道理,但是比之于现在的社会,还不够深刻。现在的人们都很物质化,本能是趋利避害的,当人们面对自己的时候,总是渴望得到他人的认同和帮助,但是当人们面对他人的时候,却少有人赞赏并援助,很多人认为赞赏有拍马之嫌,缄默又表示与己无关或不屑一顾;更有竞争者为了一己之利,夸大其词,无中生有,或者用自己的长处去比别人的短处。其实,真诚地赞美他人有什么不好? 我们自己也不需要将他人的议论作为负担,坦诚面对身边的人和事,做一个可以解决问题的人,那样才能好好做自己。管理好自己,读书学习不失为一个良好的渠道。如果你认为自己吃了亏,却还抱怨别人有缺点,那只是因为你自己没有留心观察和分析。说到底,读书与写字应该成为一种对生活的学习方式,人的表现,就像是活的文字。我们不喜欢办公室政治,可是我们无法逃避,除了直面它,这是人的需求引发的自然现象。留心外界的评价,做回自己,正常地展现自己,而不是过于倚重外界的看法而变得患得患失。事实上,人的欲望总是在发展变化着,永远没有头儿,所以,对永远都会存在的事情应该坦然接受。

喜爱文字的人容易走入一个误区,就是对鲜活的外界反应迟钝。不过,如果你努力,他人总会知道和看到,在你求助的时候也会愿意向你提供力所能及的帮助。比如,在马路上问路,欺骗你的总是少数人,大多数人还是替你珍惜脚力的,因为帮助你不需要他们花钱出力,只需要他们抬手指方向而已。总之,世上还是好人多,不必目空一切,固守文字,生活中大家总是在各取所需,而爱文字的人,只要沿着"要想得到,先要付出"的简单交换原则,文字加实践的努力,总会有收获。

早些时候的我不敢表示自己喜爱文字,因为这样会被人看扁,喜爱文字被认为是一件清高的事情,或者是一件眼高手低的事情,厚黑学会比这个更加有用,可是我根本不愿学,做人未必要那样极端,除非你对任何事都有着强烈的控制欲。鄙视文字应该是个误区。读书本身就是一件功利的事情,因为读书是为了在生活中更好地实践,少走弯路。试想你没有基本知识,怎样上手操作? 除非有人手把手教你,可是,谁会有时间和意愿手把手教你? 再者,所有被记住和流传的,历史、音乐、思想、传统,甚至是报告、文件、新闻报道,等等,那些前人做过的,后人可以明确了解的,哪些不是以文字的形式而得到保留? 喜爱文字的人,可以借此梳理自己的想法,学习他人,知道自己的不足,如果不涉及人品问题,这样很好。在被简单地二分之后,我们和身边的人因为文字而被分为做事的和写事的,有点哭笑不得,不知是该骂现在的教育体制,还是该骂那些愚人的书本教育所形成的迂腐观念。其实,是否喜爱文字只是个人兴趣的不同,并不能说明更多的东西。这个时代倡导积极有效的沟通方式,文字使人们多了一种沟通的语言,身边的人,虽然远比文字鲜活,但许多又远比文字复杂和散乱,没有得到提炼和总结。我们喜爱的文字,可以帮助我们提炼和总结身边的人和事。如果世界发展到文字的形式就是电子视屏,或者全息影像,那推而广之,我们也要接受那种文字的沟通方式。

生活总是当局者迷,指点迷津的人也不会随时都出现,人生要不停止奔跑,尽管我们经常悲观,但是在悲观之后还要生活,所以不如乐观一点。总要过去的,总会长大的,不要太在意,不要太委屈。人不是最真实的,因为你还没有机会看到他的全部,文字也不是最真实的,因为你选择读的那一本或许是误导了你的理解力,或者写的人没有脚踏实地。所以,还是要在喜爱文字的同时,也喜爱身边的人们,理解他们的需要之后,周围的一切都变得简单了。

做一个积极、大度的人,这是那些读书多、写字多的人,通过后天的学习而习得的结论,而且如果你想这样,那一定就不是很难做到。成长会有一个痛苦的过程,让文字帮你反思,在物质与繁华的世界里,书中没有颜如玉,书中却有聆听人,等我们都将文字念到无声胜有声的时候,所有的道理都会变成自觉的行动。

当然,大方向是不能错的,就是说,你首先还是应该做一个正直、善良的人,而不是一个人利益唯上、颠倒黑白的人。那样,人们之间的沟通就会顺畅许多。

简单做自己,看淡身边事,也使周围的环境变得简单,这与文字无关,与人的精神和原则有关,但是,说到这些虚幻的、无法握在手中的东西,精神、原则之类的,又都与读书学习有着无法分割的联系。人生需要不断的学习,尽量保持乐观积极的心态,需要不断的自省和调适,简单说,就是要想得开,郁闷不能解决任何问题,故步自封、难以自拔是自我毁灭的开始。生活总是这样:虽然付出了,未必能得到;如果没付出,永远得不到。良好的学习能力和吃苦耐劳的精神是生存的基础。我赞成高考的唯一理由,就是它在年轻人一生中第一次考验了他的学习能力和以考试为自己转变环境的吃苦精神。至于素质教育,并不是取消高考就可以解决的简单事情。

　　人活着多好,可以有很多希望和梦想,可以和身边的人一起,脚踏实地一步一步去实现大家认同的那个目标,古人说"读万卷书,行万里路",是为真理。每个人都希望成长的过程可以是快乐的,童年可以无忧无虑。其实,人的成长是终生的,而且成长一定是在经历了痛苦与困惑以及再一次的探究和学习之后。无论如何,保持着喜爱文字、也喜爱身边人们的心态,文字的传播和工作的实践,这几乎就是我们生活的全部。

王　族

花儿为什么这样红

1.一个人和羊

　　神说,在新疆一定要爱羊。其实,这是我替神说的,我觉得神应该对新疆的羊说这样一句话。在新疆,羊到底是怎样的一种动物,这似乎是一个说不清道不明的问题,也许只有神知道答案。我在新疆生活这么多年,接触和听说的有关羊的故事已数不胜数,但印象最深的还是吐尔逊的那只羊。1993年8月,我第一次踏上帕米尔高原，高山反应让我在昏晕之中度过了十多天的高原生活，下山翻越达坂时，我突然看到达坂半腰有几条明净的线条，那是几条被羊长期来回走动踩出的路，在明亮的阳光中变得像缠绕在山上的一条条丝带。羊一天一天用四蹄在石山上走动，时间长了，便在不可能有路的地方走出了一条路，我觉得羊真是伟大。

后来，我知道放牧这群羊的人叫吐尔逊，于是便去找他。他住在一个小山洼里，养了两千多只羊，当我问他一头羊值多少钱时，他略带自豪地说，二百。我一算，很是吃惊，原来这个民族的有钱人就是这种穿陈旧衣服，家住高原深山中，靠烧柴取暖的人，但他却拥有四十多万元呀。在1993年，这可不是一个小数字。

我问他这么多羊怎么来的。他嗨嗨一笑说："大羊嘛下小羊，小羊长大了嘛再下小羊，小羊再长大嘛再下小羊，就是这个样子，快得很！"呵，如此发财之道，足以让那些想发财却摸不着门道的人悲哀！我不敢小看他，但他似乎对我不感兴趣，扔下欲言又止的我，唱着歌赶着他的羊走了。我不知道这个牧人在内心想些什么，他与我告别后，与羊混在一起，变得也像一只羊，让人难以分辨。

一年多以后，朋友约好了吐尔逊，叫我去他家做客。刚一进门，吐尔逊说，他为我们准备了大块手抓羊肉。在新疆吃大块手抓羊肉总是让人兴奋，所以我们立刻激动起来，急忙在四周寻找煮肉的大锅，但是什么也没有。"大块羊肉在哪儿，开始煮了吗？"有人已迫不及待。

"在那个地方——"吐尔逊用手向院子里指了一下，我们向院子里望去，一棵树上拴着一只羊，浑身肥嘟嘟的，让人觉得是一只不错的羊。刚才进门时，我无意间看到了这只羊，它可怜巴巴的样子并没引起我对它的关注。我知道，在维吾尔族老乡家做客，更吸引人的是他们别具民族特色的食品和独特的待客方式，还有热情而又美丽的少女，至于一只羊是如何被宰杀的，做客者几乎无人问津。看来，今天这只羊将结束它可怜的生命。它睁着一双纯洁的眼睛，打量着我们这些来登门做客的人。我在心里说，羊啊，你不知道，我们可是来消灭你的，上天注定你长得越好，便越会被人吃掉，多少年了，人吃羊历来都心安理得，而要是让羊吃人,那就乱套了,是万万使不得的,这是造物主早已给我们界定的生命关系,谁也不能改变。

大家一致提出要亲手宰羊。吐尔逊笑了笑说,"那就看你们的。"三个小伙子于是挽起袖子,高举着刀步伐坚定地向羊走过去。羊仰起头咩咩叫了两声,洪亮而又坦然,像是对他们三人不屑一顾。他们没有搭理羊的叫声,同时向羊扑去。但是,杀羊的情景完全不是大家想的那样简单,羊与他们展开了较量,说是较量,过多暴露杀性的完全是他们,羊被一条粗硬的大绳绑着,没有多少施展本领的余地,它只是灵巧地躲避着他们,他们一个个全扑空了,有一个人居然一下子栽倒在地。另外的几个人在扑向羊时有些畏怯,怕它的一对尖利的角刺进自己的身子。几个回合下来,他们徒劳地退开了。

吐尔逊笑了笑说,"大块羊肉嘛,不容易吃!"他走到羊跟前,伸出手抚摸羊的头,并开始在喉咙里发出一种奇异的声音。羊很乖顺地向吐尔逊靠了过来,并闭上了眼睛。吐尔逊轻吟漫唱的曲调是一种古老的旋律,让人感觉到歌声中有掠过高原的白云,草原上悠闲吃草的羊群,或者是从深山汩汩流出的雪水,美丽的少女们正在掬水洗着头发……羊有了一种沉醉的样子。吐尔逊继续哼出对羊颇具吸引力的声音,羊缓缓卧倒,将喉咙的部位呈现给吐尔逊。吐尔逊的刀轻轻地刺了进去,羊没有挣扎,连颤动也没有,如注的血喷了出来,洒在吐尔逊的脚下。

我们惊呆了! 顷刻间,维吾尔族汉子吐尔逊和一只充满灵性的羊彻底将我们震撼了。眼前完全是幻象一样的世界:神秘、宁静、从容而又安详……坐在吐尔逊的土房子里吃手抓肉的时候,我想起那天是 1994 年 2 月 10 日,透过小窗户,我看见帕米尔的雪峰正在闪闪发光。

2. 颤动的寂寥

冬季的帕米尔高原是冷清的,像一个昏睡的老人一样在这时一动不动,周围的一切也似乎都丧失了生机——山峰就那么孤独地裸露在紫外线强烈的照射中,一天又一天,一年又一年,变得像淤结的血块。满山的石头散散乱乱,大的、小的、圆的、畸形的、裂缝的,都一一沉睡在天空下,似乎永远都不会再现生机……

后来,雪下得略微稀疏了一些,风也变得庄重了,不再粗鲁地乱撞乱碰。有东西开始在雪地里动了。生命是善于运动的,哪怕是不可预知的探寻,或者已不知不觉临近了灾难,但它仍会向前走动……

是几只旱獭。

领头的一只先是蹿上一块石头,朝四下里细细观察一番,确定没有异常情况后,返身对伙伴支支吾吾地唤了几声。于是从石缝里,草丛中,还有积雪中倏然间像变魔术似的涌出了三五成群的旱獭。它们亲热地聚在一起,有的头碰着头,有的互相打闹嬉戏,显得非常亲密。不一会儿,山坡上便满是旱獭,它们对石头和雪不屑一顾,顽皮地蹿上蹿下,小爪的足迹清晰地印在雪地上,如果有雪沾在身上了,便甩开四只小蹄狂奔,似乎不把雪抖掉便誓不罢休……太阳已经升到中天了,阳光垂直照射下来,因为有了这些活泼的小家伙,高原显得祥和而又温馨。

旱獭着实是可爱的。而接近它们的是怎样的一些人?比如公元1994年10月13日,踏上帕米尔高原的一群人是复杂的,他们分别来自北京、新疆、安徽、河南,操着不同的口音,怀着不同的目的,东张西望,急不可待。看到可爱的旱獭,其中的一个人提议弄几条回去,另外几个人用不同的口音说出了相同的两个字——可以。他们从车上拿出食品,散布在沙梁上,然后脱掉衣服,在衣角缚上登山绳,拉开另一端,坐在车里耐心等候。

食品的香味被风刮开,旱獭们很快就闻到了这股香味。它们马上扭过头朝这边努力地嗅着,确实很香。它们高兴了,欢快腾跃,起起落落,向这边靠近。待走得近了,它们发现了趴在路上的几个铁家伙(汽车),有黑的,有白的,闪闪发光;它们似乎有了一种不祥的预感,于是便停住脚步,将身子掩藏在石头后面,然后慢慢地探出头张望。它们很快发现那几个铁家伙是死的,趴在路上不动,所以不必害怕。但是它们还是谨慎的,几个像头目似的旱獭在一块儿碰头,商议必须打探清楚之后方可动身,于是便选出一名肥壮的"敢死队员",让它向那些铁家伙靠近。"敢死队员"猫着腰,一步一停地爬到汽车跟前细细观察一番,飞速返回向首领报告,那几个铁家伙就是死的,因为平时见的都是四个轮子不停地转动,在路上跑上跑下,而这几个纹丝不动,可以不理它们。

它们开始欢呼,从石头后面纷纷跳了出来。扑鼻的香味又弥漫了过来,于是它们上当了,一只,两只,三只……迅速扑向食物。车中的人盯得很稳,等它们吞食食品忘乎所以时,便用力一拉绳子,衣服便如大网般罩下来,它们被蒙在了里面。意识到灾难降临时,它们一定非常后悔,在黑暗中乱撞乱碰,但那软绵绵的什物却怎么也冲不破,几番努力后,它们害怕了,缩着身子伤心地哭了。

那些人飞蹿上前,捂住衣服,然后伸进手去就将旱獭捉住了。他们高兴极了,举起一只只乱蹬四爪的旱獭,俨然获得了什么宝贝。然而没等他们再高兴,顷刻间的变化便让他们惊骇不已——不知怎么的,旱獭们一个个在短短的时间内将身骨缩小,从他们手中脱出掉到了地上,再在瞬间还原,一跃而起飞奔向山谷深处去了。他们被惊吓得发愣,半天才缓过神来,满脸茫然地向四处张望。他们很沮丧,那双刚刚还拥握着"成绩"的双手变得麻木,举在半空中好一阵子收不回来。

"走吧"。还是提议的那位有气无力地说了句话。他们从地上拾起衣服,无可奈何地回到车上,向另一个地方去了。旱獭会缩骨术,这发生在眼前的事实让他们似信非信,他们不能接受这样的事实,很明显,他们有一种被戏弄的感觉。

　　"旱獭太伟大了,简直是神话"。那天,我坐在另一面山坡上,目睹了这番酷似天方夜谭的情景。我为那几个人并没有被感动而觉得惋惜,似乎他们目睹到了神话却麻木不仁地转过了身去。我扭过头,看见旱獭们仍在雪地上嬉闹,尽情玩耍,而那几辆车已不知开往何处。

　　我坐着不动,心里漾起了涟漪。经由刚才的一幕,我发现了帕米尔在寒冬之中蕴藏着的热烈,抑或是帕米尔这个庞大的身躯内长久以来不曾活动过的骨节在今天终于活动了一下,它如此这般活动,让一丝颤动着的空旷寂寥在暗暗流动,在高原上演了一幕神奇之后,又复归平静。我又去看面前的雪地,旱獭们踩出的痕迹让整个山坡变得坑坑洼洼,像是有千军万马刚刚从这里奔腾了过去。但高原却很快又恢复了平静,像是什么都没发生过一样。

　　帕米尔高原又开始落雪了,旱獭们留下的痕迹一点一点变得模糊,很快就被落雪淹没了。不一会儿,雪下得更大了,高原的那种懒散,麻木的老人神态又出来了。就在这种寂静和苍茫中,眼前的这块刚刚上演过神话的雪地被淹没了,而且因为天已黄昏,一切变得越来越模糊了。我突然感到时间是个可怕的东西,它让生命在这里爆出火花之后,转瞬便变得寂静无声。如果不是我亲眼目睹,谁又会相信它是如此不珍惜自己,在这里爆出火花之后,又昏昏沉沉地睡着了。

　　雪下得更大了,雪峰变成了黑乎乎的一团。我不再四处张望,起身向石头城的方向走去。

　　天黑了。

3. 背　影

　　那天去干什么,至今已没有了印象,我只记得我在塔什库尔干县城的大街上随便走动着,完全是一幅东张西望的外地人的样子。关于帕米尔,我们习惯上指的实际上就是塔什库尔干县,由于交通便利,加之塔吉克人都居住在塔什库尔干县,所以我们上帕米尔接触的人便只有塔吉克人。

那天,看见那些用石头垒成的房子,我突然有了兴趣,决定进去看看。那时的心境不平静,心里刚有想法的同时脚步便已经迈开了。很快,我便由小巷中的光线感到一种神秘和诱惑,正是中午,高原的阳光明亮如刃,而小巷内却幽暗宁静,似乎是一个与世隔绝的世界。

突然,黑乎乎的小巷尽头出现了一位塔吉克老人,背对我向小巷深处走去。仅从他穿长袷袢的背影上看,就感受到一股庄重。而巷内明暗有致的光线在那一刻起到了更大的衬托作用,他被裹在里面,像被裹在阿拉伯神话中。我不知道他从家里出来要干什么,但他却镇静从容,缓缓迈着步子。小巷里别无他人,他一会儿进入光亮,一会儿又进入幽暗。在我眼里,他岂止只是走动在一条小巷中,我觉得他好像正在完成一种庄严的仪式。他的身影出入明暗,起起伏伏,似乎又是正被灵魂引领。我这样想着的时候,他已走出小巷,进入一个绿色图案的小门。这时我才发现,那是一个塔吉克人庄严肃穆的家。

七年时间过去了,我再次走在塔什库尔干的大街上,心陡然一惊,这些年世事繁杂,像我这个年龄的人都已经变化不少,而这座地处帕米尔高原上的县城却一成不变,还是原来的样子。想想第一次上帕米尔时,听人们说塔什库尔干县的监狱自建国后没有关过一个犯人,因为塔吉克人不犯罪。而整座县城是"一条街道,两个警察,三个饭馆"。那时候我是毛头小伙子,总是觉得有更大的世界在等着自己,对见到的东西,总是来不及细细消化就跑到别处去了。这么多年过,直到再次目睹到丝毫不曾发生变化的塔什库尔干县城时,我才发现自己疲惫而又两手空空,同时也经由塔什库尔干感觉到了"永恒"的真正意义。

一夜无眠,第二天一早几乎是下意识地就走到了这个小巷口。站在这儿,才明白自己是为了寻找什么而来。七年过去了,而这个我曾注视过一个老人背影的小巷依然如故。我细心寻找七年前我注意过的那块绿色砖头,它还留在这儿。七年了,它在原地一动不动,它是在等我吗?我向小巷尽头望去,几乎就在一瞬间,一个奇迹又在我面前出现了。我突然看见一位塔吉克老人正在小巷里走动,还是七年前那个老人的姿态。巷子里还是那种明明暗暗的光线,在很短的时间里,我又有了七年前的感觉。他的步子迈得很坚实,径直向我走来。走到我跟前时,他用一种深沉的目光盯着我,然后,把手放在胸前行了礼,我赶紧还礼,点了一下头。他很从容地做完这一切后,又保持着那种姿态向前走去。

我被一种难以名状的眩晕淹没了。我不敢相信,仅仅就是七年前和七年后相同的几分钟,终于让一件事有了结局。如果说,七年前的那个塔吉克老人留给我一个背影,一直向前走去,七年后,他与我终于面对面,似乎我们俩人行走的路途终于都有了归结。在这七年里,我并没有设想过这件事会如何延伸,只是在心间保持着怀念,而七年后,就突然有了这样的结果,让我在内心感受到了这特殊境遇的美。

我很庆幸有这样的境遇,在庆幸的同时,我在想,这七年来不论我的人生发生怎样的变化,我从没有产生过离开新疆的念头,是不是正因为这样,一个梦便一直持续了下来?

4. 花儿为什么这样红

太阳慢慢升起,帕米尔高原一片宁静。一条小河在大草滩中舒展成一条白色丝带,有一户人家在这条白丝带的旁边。走过去,见一个身材高挑的塔吉克少女正在河边提水,几头牛走到河边,意欲涉水而过,她提起一桶水走过去拦住它们,把水泼向它们的四蹄,那些沾在牛蹄子上的泥巴转瞬不见了,她这才把它们赶过了河。河水依然那么清洁,仿佛刚从雪峰上流下来似的。

河边有几片野草开着红色的花。那是一种什么花，我至今没有打听到它们的名字。那个少女走过草地，阳光从花朵上反射过去，把她的脸庞映红了。她走到黄泥小屋跟前，一只狗跑到她脚下，亲昵如同一股轻风。很快，她就和那股清风一起进入帐篷。第二天，我们去了她家，她有些害羞，不怎么与我们说话。由于离得近，看清了她的面容——她的眼眸又大又亮，恍若一潭泉水。

她家养了几匹马，我向她父亲提出了骑马的请求，她父亲爽快地答应了。但我没有想到，正是这次骑马让我尝到了做骑手的痛苦。之所以这样说，是因为当时的速度与感觉都是在瞬间达到的。那匹马骨架很瘦，但四条腿却很健壮，我骑上去后才忽然想起它是善于迅疾的那种马。这个念头刚一出现，它便跑了起来，四周的山峰和脚下的草地变得恍恍惚惚，我有了腾云驾雾般的感觉。正跑着，身后传来几声狗的嘶叫，马匹主人的黑狗蹿了上来。它的速度也很快，很快就超出了马。马当然不服气，它精瘦的骨架就是长期被坚韧锻造的，它嘶鸣几声，加快了向前奔跑的速度。

它们就这样较量着，而这种竞争具体到狗和马身上，都可以激发它们的身体迸发出超常的力量，乃至为这样的竞争拼全身的力量为之一搏。很快，我就感到马变得轻飘起来了。它在加快速度，一点点地超着狗。突然，呼呼作响的风中传出狗的一声惨叫，马骤然而停。我从马背上滑落下来，看见狗的一条后腿被马踩断了，狗的舌头掉在外面，口水和脸上的汗水一起在往下流。她赶了过来，我赔着不是，眼睛望着那只狗，有些心酸。她哈哈一笑说："没什么，马还是输了，在它停住的那一刻，它还是落在狗的后面了。"

她这么一说，我反而更迷惑了。我呢，在马背上驰骋了一回，我是一个骑手吗？

不久，我从别人的讲述中听到了爱情之花在她身上绝艳而孤独地开放了一回的故事。她家原先在木吉，是一年前搬到这里的。木吉是塔什库尔干县的一个乡，边防连是该乡的一部分，那些用草坯土筑成的高墙把一个乡和一个连队连成一个整体，战士们一边在连队的院子里喊着"一二一"的口号，一边走着齐步。这时候，塔吉克老乡的土坯房中飘过奶茶的香味，让战士们脸上有了一股甜蜜的神色。

那个战士姓张，姑且叫他小张吧。小张在木吉当了3年兵，与她相爱。3年的时间里天天有爱是很甜蜜的，也是很短暂的，转眼到了老兵复员的时候，小张与她难舍难分。大家被他们的爱情感动，一个军人与塔吉克少女相爱，电影《冰山上的来客》中的爱情故事再次在帕米尔上演。电影中，阿米尔在最后终于找到了自己喜欢的姑娘古兰丹姆，以欢喜而告终，到了今天，大家极力促成这个爱情故事的完美。于是部队领导出面，经过与县、乡两级部门协商，决定让小张复员留在帕米尔，成全他们的爱情。按塔吉克的习俗，男方向女方求婚，务必要送给女方几十头羊，羊在塔吉克人眼里是一种友好的象征。

但汉族小伙子小张却犯难了：一头羊按200元钱计算的话，几十头羊得一万多块钱。他只是一个当了3年兵的战士，没有那么多的钱。然而，爱情的力量足以克服一切，小张决定养羊，让爱情的希望就从羊群开始。然而不久，悲剧发生了，小张外出牧羊时遇上一场大风雪，那群羊一只不少地回来了，小张却长眠在一场大雪中，永远不能再与心上人见面。

爱情的花朵永开不谢，而真正拥有者又有几人？羊叫声咩咩，冰山上的第二个来客变成了一个悲剧。如果小张活到现在，那群羊已经繁殖到了求婚所需的数目。帕米尔不语，在另一个世界的小张，可知悲痛的姑娘有那么多泪水都在为他而流淌。

我为她感到伤心，但别人提醒我，"她母亲也在两年前去世了，小张死后，她很坚强，在人面前不哭不悲，两年多就这样撑下来了。"这句话抑制了我的情绪，接下来，我在她家歇息下来，喝着她双手递过来的酸奶子，说一些无关紧要的话，我觉得我慢慢地从她的生活态度中看到了她内心的执著和坚强。中午过后，我远远地看见她把羊赶到山坡上，羊变得像石头似的很长时间都不动一下。我背靠着咸碱土坯，感觉到有一股凉爽进入了体内。

不一会儿，她回来了，她家今天宰了羊，羊很肥，露出后腿上馋人的大块肉，她马上忙了起来,在家门口生了一堆火,不停地地往里添着柴火。几缕火焰升起,把她的身子裹在一种神秘之中。她不停地往里添着柴火,那堆火从中午一直烧到下午,不时腾起花朵似的火焰。傍晚来得很快,她的身影还在家里晃悠,我疑惑她为什么不去将羊赶回。她一笑说:"天还没有黑透,等天黑透了,它们自然就撵着火回来了!"说过话不一会儿,天终于黑透了,她往门口的火堆中加了几根木柴,更高的火焰立刻升腾了起来,而远处的山坡上响起了羊群往回奔跑的密集蹄声。她说:"天黑了,用火把羊引回来,这办法好用得很!"

火焰扑闪着,升腾起一些好看的波纹。是这样的火焰把羊引回来的。我觉得在高原的黑夜里燃烧的火焰,像一种灿烂绽开的花朵一样令人难以收回目光。她的脸上露出了笑容,双手颤抖着拿起一把铁钳,从火中掏出一个铁盒。待她把铁盒盖打开,里面有一个大烤饼,饼中夹了洋葱和羊油,在盖子揭开的一瞬,一股异香扑鼻而来。

盛宴马上要开始了。

5. 两个传说和一次亲身经历

远远地,几座山峰耸入云端。待云朵散开,这几座山峰便又换上另一幅面孔,透出一股阴冷之气。在帕米尔看山,看雪,看天,看得时间久了难免两眼茫然,于是便低下头听人们讲述帕米尔的传说。很庆幸,我先后听到了两个有意思的帕米尔传说,其一是公主堡,其二是鹰笛。听了这两个传说,感觉有一缕春风突然吹来,整个身心骤然变得愉悦起来:

传说中的塔吉克族公主堡在一座山岭上。据《大唐西域传》载:古代的波斯王派使臣到中国来求婚,当使臣带着一位汉族公主回国时,因中途逢战乱,随行人员皆被杀,使臣本人死里逃生,滞留于竭盘陀,而公主则藏于孤峰。据说不久有神从太阳中来,与公主相会,公主竟怀孕了。使臣为这事吓得不敢回国,只好在竭盘陀定居。后来,公主生下一子,立为国王,其后代子孙自称为"汉日天种",意为汉族和太阳的后代。他们为自己取族名为"塔吉克","塔吉克"一词为波斯语,意为"戴王冠者"。现在我们在塔什库尔干县城看到的石头城,即公主的儿子在后来建造的王宫——竭盘国国都。这是一个因苦难而产生的国家。

《大唐西域记》说:"竭盘陀国两千余里,国大都城基大石岭,背徒多河,周二十余里。山岭连属,川原陵狭,谷稼俭少,菽麦丰收。林树稀,花果少原隰丘墟,城邑空旷"。至此,太阳的后代已在帕米尔扎下了根;而太阳神的后代们则"貌同中国,首饰云冠,身衣胡服。后嗣陵夷,见迫强国。"由此可见,竭盘陀国自古以来就是华夏版图的一分子。

另一个是鹰笛的传说。很多年前,塔吉克族人为了狩猎,户户养鹰。猎人娃发被祖父带着,跟着那只百岁的兀鹰成天打猎。他们家是帕米尔有名的猎手,捕获甚丰,然而因为受奴隶主的压迫,他们没过过一天好日子。一天,娃发的祖父好不容易打到一只羚羊,这是他打猎四十年来第一次交好运。他把羚羊上交给奴隶主后,吝啬的奴隶主并没有履行给他几峰骆驼的诺言,反而暴打他一顿。老人忍受不了这口恶气,积郁成疾,不久就死了。娃发的父亲痛恨奴隶主,在一次打到一只野熊后,就逃到塔合曼去了。在那里,他用野熊换了些牛羊生存了下去。奴隶主对娃发父亲的行为很气愤,马上派人把娃发的父亲抓来,用蘸满酥油的羊毛把他活活烧死了。

父亲死后,娃发唯一的伙伴就是那只百岁兀鹰。这只鹰眼睛异常明亮,百里外的鸟兽躲不开它的眼睛。据说它的尖啄和利爪能撕碎一只黑熊。所以,周围的猎手都叫它"兀鹰之王"。这个消息很快传到了奴隶主耳朵里,他下令娃发把鹰王交出,否则就把他杀死。这时候,鹰王突然说话了:"娃发啊,你把我杀了吧。我翅膀上最大的一根空心骨头可以做一支笛。有了它,在灾难降临的时候,你就可以对付过去"。娃发于心不忍,坚决不下手。鹰王的眼里流出了泪水。娃发无奈,只好将它杀死,用它翅膀上的那根空心骨头做成了一支笛。这就是塔吉克的第一支鹰笛。

奴隶主很快就扑上门来要杀娃发,娃发掏出鹰笛一吹,像听到召唤似的兀鹰黑压压的一大片,直往奴隶主的头上扑去。奴隶主急忙向娃发求饶道:"快把鹰叫住,你要啥我给啥!"娃发随口说:"给达卜达尔的塔吉克人每家10只羊,10头牛,10峰骆驼!"奴隶主连忙点头应是,娃发收起鹰笛,鹰群才飞走了。奴隶主慑于鹰笛的厉害,不但如数交出了家禽,而且从此再也不敢欺负人了。

两个传说都因灾难而发,都以欢喜而终。

听传说,看你怎么听了,有时候听的是惊天动地的故事,这些故事大多生发得神奇,满足着现实生活无法满足的需要,但有时候却能从中听出某些事物,某些人物深层的一面,人性的特点是其中的根本所在。生命现象因而显得不再神秘,传递出来影响着我们的,是其中的意义。

很快,我有了一次颇为离奇的经历,目睹了传说中的雪鸡之战。是在明铁盖,雪降数日,我和边防连的战士去河中提水。我们踏着大雪从河中提了水返回,突然雪地里传来几声尖利的狞叫。那声音很突然,我们尚未听清,便又听见几声呻吟。大家好奇,赶过去一看,是一只乌鸦和一只雪鸡正在争夺什么。雪鸡很小,显然不是乌鸦的对手,因此,雪鸡颇为敏捷地躲避着。乌鸦似乎兴起,频频发起进攻。雪鸡退到巢边便无法再躲避了。忽然,雪鸡背靠着巢沿站了起来,双翅收拢,脖子伸得很直,似是要奋力一扑。乌鸦被眼前忽然出现的阵势吓得发愣,它收拢起自己扑打的双翅,立在那儿不动了。

雪野上出现了难耐的寂静。我们悄悄地观察,原来,乌鸦之攻是要取雪鸡巢中的食物。雪鸡一般都逐雪而居,所以,在它的雪窝子里有一些松子和干果,此时被阳光照亮,正泛起一屋黄金般的光亮。可恶的乌鸦,早的时候干什么去了,为什么不在入冬前备好食物?要是自己懒惰的话,就该在冬天被饿死。但它没有廉耻之心,所以便要掠夺雪鸡的食物。

过了一会儿,我注意到雪鸡的眼睛里有了一种光芒,很快,它向乌鸦发起了进攻。雪鸡之攻可谓独特无比——它用双翅把地上的雪卷起,不停地打向乌鸦。细看,雪鸡是在雪中翻滚着,就在一翻一滚之中用双翅把雪卷了起来。乌鸦遭此攻击,显然无应战能力,不一会儿浑身就变得黑白相间,一声声嘶哑的痛叫在旷野里响起。而雪鸡愈攻愈快,直打得乌鸦痛叫着,狼狈而逃。雪鸡很从容地进入巢中,雪地上平静下来。

传说中,雪鸡是战无不胜的战士。那天,我终于亲眼目睹了它的攻击能力。

很多年过去了,我有时候在新疆看到雪地,总觉得在其里层有一个神秘的巢,巢中的食物泛着黄金般的光芒。

6. 书写者

朋友无意间说到,帕米尔有一个人在羊皮上写塔吉克人的谚语,如果完成,便是一部真正的羊皮书。我听后内心为之震撼。我见过不同版本的塔吉克谚语,有很多都相当不错,比如:"未达目的地,别吃完干粮;冬天未过去,莫烧光柴火。""毛驴走过桥,自夸是骏马。""洪水若把骆驼淹了,山羊就会被冲上天。"等等,每一次读这些谚语,都有不同的感受。凭着一些谚语,一个民族找到了自己的精神,并经过长时间的苦思冥想与悟解,使生活变得完美起来。当然,也凭着这些谚语的寓意,他们创造了塔吉克族文化,让生命有了依靠。文化也有向前行走的脚步,当这些写在羊皮上的谚语在塔吉克族人的具体生活中像光芒一样闪烁时,他们于内心激起的,又将是何等的热切心潮。

朋友说,那个人写了多少年,倾注了多少心血,花费了多少财产,至今没有准确的说法,估计写完这些谚语后,他就老了。我忍不住叫好,还有什么能比得上这样有意义呢?

不久,朋友打来电话说,找到了,找到了!他住在县城东边的一个巷子里,还有电话号码,你是打电话呢,还是亲自去一趟?不打电话,亲自去一趟!我让朋友搞了一辆车,急忙去找那位老人。车子开过去,刚一停住,就有一群小孩子围了过来。我一问老人的名字,原来他们都知道,并乐意为我带路。

有两个腿快的孩子先去给老人报了信,远远地,就看见他站在门口迎接。我用手在胸前行了一个礼,这个动作几乎在一瞬间本能地就做了出来,我觉得他是一位长者,应该行此礼。他还了礼,将我们迎进了屋内。屋内有温暖的光亮,老人把水果,油馓子等一一摆好,然后大家一一落座,一场倾心的交谈开始了。老人是明白人,话题很快转到羊皮谚语上。

他之所以写羊皮谚语,原因出于他在少年时的一次人生变故。他十九岁时,随父亲住在阿克陶。阿克陶背依帕米尔,村庄的旁边就是从提斯拉甫流下的帕米尔雪水汇成的小河。父亲让他背谚语,他很快就倒背如流,父亲很高兴,便把从祖上传下来的那本手抄本谚语书传给了他。照此下去,他很有可能成为那一代的一位年轻有望的知识分子;塔吉克人中的知识分子有特殊的地位,因为他会将自己所学到的知识运用到调解别人事务,开导思想中去。但事情很快就发生了意想不到的变化,有一天帕米尔的雪水大面积涌下,阿克陶的村子被淹,人乱跑着,牛和羊在水中惊恐地嘶叫。后来雪水越来越大,他和父亲被冲入水中,父亲抓着他的手被水冲开,只喊了一句"保护好书",就没有了影子。那本谚语书就在他怀里,他奋力向岸边游去。与他一起游的人后来都没有了力气,被河水吞没,唯有他一口气爬上了岸。但他怀里的书已湿成一团,看不清文字了。从此,他便靠记忆手抄脑子里的谚语。后来他发现这是一项巨大的工程,便决定抄在羊皮上。由于几十年专心致志干这一件事,他几乎与世隔绝了,所以,到了现在他对外界所知甚少,外界也很少有人知道他在干这样一件事。

我已经按捺不住内心的激动了,一个人并没有使自己进入到某种责任或义务中去,但他所表现出的殉道精神,却使文化变得更加完美。我想文化是需要走一条咯血的道路的,如慕士塔格峰,因体现出了孤独和坚执的意义,所以赢得了"冰山之父"的美誉。但遗憾的是,我在他家里没有看到那些写在羊皮上的谚语。二十多天后我费尽周折,终于看到了那些羊皮谚语。谚语被作为某方面的成果展现在柜台中,那些谚语用毛笔写就,熠熠发光,显得很庄重。而从句子上看,整齐利索,一些笔画如刀剑一般泛着光芒,似乎能直透一个人的心底。羊皮的四周画上了一些图案,全是素雅、宁静的花叶,如果避开文字的内容不谈,这些图案原本就是很好的美术作品。羊皮都是上等的好货,薄而柔软,整个表面没有一点皱折。在这样的皮子上书写,自然流利舒畅,思路清晰。而写就之后,也容易收藏保护。

后来听说了这样的事情,每过一段时间就有人找到这里来,乞求用传统的熏香把柜中的羊皮熏一熏,防止它被虫蚀。他们的这一乞求谁也无法拒绝,总是默默地准许他们。熏完之后,他们又向管理人员讲解一番平时的注意事项后,才回去。

那么,我又能做些什么呢? 我只能坚信,那些人在回去的路上,一定一抬头就看见了慕士塔格峰,那是冰山之父,他们心中的神山,时间长了,他们在它晶莹的光芒映射下,也会拿起手中的笔书写。

7. 牧羊曲

第一次见到他的时候,他正在红其拉甫河边放羊。那条河不大,但在他面前的浅湾停滞成了一池水潭,雪峰的光芒反射下来,那潭水变得明净,远远地看上去像一面镜子。他从地上捡起几块方形的薄石头,在水面上打着水漂。薄石掠过,水面上漾起一圈圈涟漪,不停地扩散开,又聚拢来……他的动作与他的年龄极不相符,在他固执地要把这些动作做得完美一些的时候,因为手脚不灵便,便显得有些力不从心。实际上,他已经是60多岁的人了,牧羊姑且算作能勉强干的活儿,而要玩打水漂这样的游戏,就让人觉得有些太过于迟缓。过了一会儿,羊群走到了他跟前。那些羊大概已吃饱了草,都抬起头无可奈何地望着他。他发现了羊的神情,也无可奈何地看着它们。这种对望是不多见的,他和羊如同老朋友一样互相对望着,目光之间似乎有一些无声的话语。

朋友说,他放了一辈子羊,现在老了,估计放不了多长时间了。我们远远地看着他,觉得在帕米尔放一辈子羊真是幸福。我曾很多次观察过塔吉克人的眼睛,不论男女老少,他们的目光里都一种高傲的神情,那种神情不论在什么情况下都是不会改变的。我想,他们目光中的高傲,是不是因为长期注视雪山、河水、草地和羊群后一直保持下来的。

他赶着羊慢慢地走了。太阳已经落山,四周很快暗淡下来,只有雪峰还是那么明亮,像是要进入高原之夜的盏盏明灯。在雪峰的旁边,是一些低矮的山脉,不知道它们要长多少年,才能让圣洁的雪落在自己肩头,在白昼即将结束时反射出一道醒目的亮光。他和羊悄悄地在明亮的雪峰下消失。帕米尔是无言的,他和那些羊回到了怎样的一个归宿?

以后再上帕米尔,因为想着他,便不停地打听他的下落。大家几乎都给我提供了一致的信息;没有再看到他,不知道他到哪里去了。从此我对他有了一份牵挂,一想起他就想起他挪动着不太利索的身子,在那个水潭边打水漂,还有与羊群久久对视的情景。又过了一段时间,忽然在心里觉得他的那些动作很美;出于某种感觉,我倒认为他那样做的时候,才是一个真正的高原人。

一天下午,我又走到他打过水漂的红其拉甫河边。我怀着侥幸心理,希望能再次见到他。然而短短的一年多时间,不光世事多变,就连帕米尔高原也发生了让人无法理解的变化,红其拉甫河已改道,原先在十几米外就能听见的潺潺流水声,如今已悄无声息,那条河已经不能叫河了,只有很少的一点水,流到不远处就没有了踪影。那个他曾经打过水漂的水潭也没有了,四周一片荒芜,我无法再找到它原来所处的位置。地理位置的变化已经是这么大,一个年迈的牧羊人,一定是不可能再出现了。沉寂而密集的大雪每天都落着,岁月的脚步谁也无法阻挡。他呢,会走到哪里去?

消息很快就有了。朋友热心,发动全家人去找他,终于在后山的一个地窝子里找到了他。他在那儿已经住了一年多的时间,几乎与外界隔绝。

我们急忙赶过去。一个地窝子就是一个牧羊人的世界啊!他所有的家当都在那不足三平方米的地窝子里面。一根羊鞭斜挂在墙上,他坐在地窝子中央,表情麻木地望着我们。朋友用塔吉克语对他说着话,他依旧表情麻木,但却开口说话了。从他的神态上猜测,他在讲述他自己并不如意的生活。朋友把他讲的话用汉语翻译给我听,原来,他的羊已经被村里收回去了,原因是他已年迈,不宜再放牧,他无法接受这个事实,但他却没吵没闹,默默地把那群羊如数交回,握着那根羊鞭来到这个地窝子里,准备自己养羊。我想起他与羊对视的那种神情,我猜测不出当他把羊交出时,他的心有多痛?

四周只有沉寂和荒芜,不见一只羊的影子。我和朋友都默默无语。我不知道他是老了呢,还是没老。然而,他还在努力着。在帕米尔,他或许掌握的并不是命运,但却总显得很坚强。一个放牧那么多年的人忽然被罢黜后,他的依恋,他的希望,他的执拗,或许都与他早先的生命经历有关。他在不能把握命运的情况下仍在努力挣扎着。

去年又传来消息:人们去找他的时候,他已经不在了,那个地窝子里的东西一样不少,唯独没有了那根牧羊鞭。他是为了保持自己晚年的一份希望和尊严,隐遁到荒原深处,沿着红其拉甫河源走了吗?我想,帕米尔在落着一场又一场大雪,那些落雪的声音,那么寂静无声,而又那么绵长,他的脚步可否被那些声音带到远处?

帕米尔沉默无语,而年迈的他,脚下的路还仍然长远!

8. 目睹一个人的失败

他走到小河边的时候,表情怪异地看了一会儿河水,然后,又抬起头向着慕士塔格峰望了一会儿。天气颇好，天上空空如也，不见一丝云彩，慕士塔格峰因而显得更加明亮洁净，似乎积在上面的并非积雪，而是晶莹的碧玉。他久久盯着慕士塔格峰不动，表情越来越怪异，嘴角抽搐了几下，唇上的胡须也随之颤动。

我不知道他为什么要这样，在帕米尔经常能见到像他这样怪异的人，他们似乎对大自然中的一些物体情有独钟，常常对着一块石头，一棵小树，一只鸟儿，一条河，甚至自己的影子出神，而且表情会越来越严肃，像是在内心正痛苦地思考着什么严肃的问题。现在站在我面前的这个人就是这样。

我本无事可干，在草滩中乱转，看到别人能如此专心致志，而且像是在内心正痛苦地思考着什么严肃的问题，便为自己感到不好意思，与他相比，我似乎显得有些无聊。但他毕竟是此时出现在我面前的一个人，而且其怪异的表情又让我迷惑不解，所以，我决定细细观察他的举动。

他的目光已经完全被空旷的天空和晶莹的慕士塔格峰吸引住了吗？在我看来，天空真的是空洞的，慕士塔格峰的光芒太过于刺眼，但他为什么会仰望那么长时间呢？整整一上午，我的疑惑都没有被打消，他始终就那么张望着，连我的脖子都已经酸疼了，而他却似乎没有任何反应，仍保持着那种张望的姿势。

中午时分，乌云笼罩了慕士塔格峰，帕米尔高原一片幽暗。天气的变化让人的心情也随之消极起来，觉得一上午的时光付诸东流，空无一获。他也很沮丧地将头低下，不知该如何是好。我走到他跟前，问他："你在望什么？"

"鹰，今天没来！"他喃喃地说。我猜出了他的心思，他是在等一只鹰从公格尔峰方向飞过来，绕着慕士塔格峰旋转飞翔。我想起有人曾给我说过鹰绕慕士塔格峰飞翔的事，只要鹰一出现，就有塔吉克人盯着它看，塔吉克人是十分喜欢鹰的，吹鹰笛，跳鹰舞，有位摄影家曾拍出一幅塔吉克男子的头像，也许是光用得好的缘故，活脱脱地像一只鹰。而鹰与慕士塔格峰又有什么关系呢？慕士塔格峰是庞大的，要不怎么能被称为"冰山之父"呢？听人说，一只鹰在这座山峰跟前飞翔，便变成了一个小黑点，几近要被它强大而锐利的光芒淹没，但它却不气妥，始终保持着那种缓慢而沉稳的飞翔姿势。也许鹰的飞翔就是这样的，或者说,鹰喜欢在庞大而又有光芒的东西面前飞翔。这时候,发现鹰的人会变得兴奋起来,双手有一点颤抖,像是在努力抑制着自己的兴奋。他的头随着鹰的飞翔慢慢转动,过一会儿,那只鹰消失在了慕士塔格峰后面,他的头也低了下来。他脸上怪异的表情已一扫而光,代之而来的是迷醉的神情。

但这样的情景没有在今天的这个人眼前出现,他苦苦等了一上午,终无所获。他的表情之所以怪异,完全是因为等待之中的焦灼和不安所致。我能理解他的这种表现,对于长期生活在高原上的人来说,与一座雪山,一只鹰的关系,是神秘而又亲切的,是外人所不能理解的。观察他,我明白了一个道理,他的内心向往美,在等待和盼望着美,但美却没有出现。

我与他坐在小河边抽烟,随意聊起一些话题。他说,他这一段时间老觉得身体软软的,没有一点力气。我对他说,那你多吃羊肉。他说,吃了很多,但好像吃了草一样,身体还是软软的,听说看一看鹰绕着慕士塔格峰飞翔就可以获得力量,我就来了,但今天鹰没来……我不知道该怎样安慰他,也许他应该去医院找医生看一看,吃点药就好了,但他似乎很固执,是不会听我的话的。我们俩就这样无所事事地在小河边闲坐着,我突然觉得他很陌生,他的这种方式也许在塔吉克人中间是常见的,但对我来说似乎有些不可理喻,我隐隐约约担心他的身体出了一点问题,但他却固执地认为用他神往的办法可以医治,这让我觉得不可思议。对于我而言,不管头疼脑热,依赖药物的信心显然要比自行调理的信心强得多。

过了一会儿,两个塔吉克少女从我们身边走过,她们认识他,热情地给他打招呼。他像是找到了知音似的用塔吉克语向她们诉说开了,我虽然听不懂塔吉克语,但从他说话的神情和语态上可以感觉到他在向她们诉说自己今天的遭遇,一只鹰也没有出现,他很失落。这时候的两位少女俨然是两位天使,从言辞、语气、神态和举止上似乎都在安慰和鼓励着他,他似乎受到了鼓舞,脸上的神情也兴奋起来。他的这种表现用新疆话说就是"来劲了",要干点什么了。果然,他在两位少女美丽双眸的注视下,很冲动地站起身走到小河边,腰一猫便向对岸跳去。小河虽然不大,但河岸还是很宽,他没有成功,身子像一块石头一样落入河水中。他显然被这意外结局吓坏了,连滚带爬上了岸。他脸上有水,我疑心除了河水外,里面还有眼泪。他对两位天使嘟嘟囔囔地发火,似乎在埋怨她们误导了他,天使的脸上布满了不悦,气愤地转身走了。

他失败了。他想通过跳跃河面的举动证明他有力气,证明他的身体没问题,但现实和愿望的反差让他失败了。这是一种意志和愿望的失败。

我问他,刚才的两位天使从言辞、语气、神态和举止上是如何鼓舞他的,她们说了什么,顿时使你有了那么大的信心?他笑了一笑说,她们对我说,马跑向远处时,仍是用四蹄一步一步踏过草原的;他们让我试着跳一跳这条小河,从最容易做到的事情开始。但我还是不行,身体像吃了草一样软软的。听他这么一说,我觉得他的判断还是出了问题,他只注重目的,忽略了自己的身体。这样的情景用汉族人的话说,就是地基没打牢,怎么能盖楼呢?我扶他坐在一块石头上,以便让太阳把他身上的水晒干。他坐下后敏感地意识到我扶他是在怜悯他的身体,用一种复杂的眼神在看我,我怕他受到伤害,便坐在一边不说话了。

这时候,意想不到的一幕出现了———一只鹰从远处飞来,在绕着慕士塔格峰缓缓飞翔。阳光很明亮,把它映照得反射出一丝幽黑的光亮。不知为什么,我也为这只鹰的出现而感到兴奋,我已经受到了这个人的影响,似乎一只鹰就是一道光芒,它的出现呈示着一个神圣时刻的到来。但我又有些担心,对于我身边的这个人来说,这时候出现一只鹰是好事还是坏事呢?我紧张得扭过头去看他,他已经变得很兴奋,满脸喜悦的神情,从地上一跃而起,跑到河边腰一猫又跳了过去。然而事情仍然像刚才一样,他如同一块石头一般落入到河水中。他似乎不相信,也似乎不服输,瞪着眼在望着那只鹰。那只鹰不知道下面发生了什么事,仍缓缓飞翔,身上幽黑的光亮仍丝毫未减。他气呼呼爬上岸,一边指着那只鹰,一边用生硬的汉语对我说:"它,来了,我,怎么还过不去?"我不知道该怎样安慰他,他气呼呼地转身走了,再次失败已让他丧失了最后的信心。我注视着他的背影,他越走越远,那只鹰也慢慢消失在了慕士塔格峰后面。

　　我慢慢往回走,突然,我的心里一下子转换出了另一种感觉,我为今天目睹到一个人的失败而伤感,他屡屡失败,都是因为努力向美靠近和太相信力量的原因所致,他由于在心目中太坚信美,并义无反顾地追求,所以才失败得如此彻底。但这种失败只有在高原上才能见到———一只鹰绕着慕士塔格峰缓缓飞翔,一个人在内心获知了某种光芒,他变得像一匹只顾奔跑,而不知自己到底有多大力气的马。所以最终他仍然失败了。

　　风扑面而来,我感到有点冷。

9. 帕米尔鹰志

　　帕米尔是鹰的天堂。有人说,帕米尔的鹰比人多。这虽然是一个比较夸张的说法,但却由此证明,帕米尔的鹰确实不少,也许这座不高也不低的高原,很适合鹰的生存。

　　塔吉克族崇尚鹰,吹鹰笛,跳鹰舞,很多人还养鹰。也许是太过于喜欢鹰的原因,有不少塔吉克人长得很像鹰。这是人努力接近鹰的结果。有人说,如果鹰知道塔吉克人如此喜欢它们,主动接近人的话,那么鹰也会长得像人。

　　出塔什库尔干县城,随便选一个方向,走不了多远便就进山了。这时候,人的头顶会经常响起一声尖利的嘶鸣。是鹰看见了人,在人头顶上空盘旋鸣叫。四周悬崖峭壁林立,鹰的巢大概便在其上。人的出现,让它们对自己的家园产生了警觉,所以便盘旋鸣叫着,看人要干什么。

　　鹰很神秘,没有人知道鹰具体的生活。但时间长了,一代又一代塔吉克人还是将有关鹰的故事用口头方式流传了下来,一旦有新的发现,便赶紧补上,好让鹰的故事变得更完美一些。鹰的故事越来越多,越来越长,而且越来越动人,但却一直靠口头的方式流传着。我听人们给我讲着鹰的故事,觉得这些故事就是一部鹰志。

鹰出生时至少是双胞胎，多的可达三四胞胎。母鹰耐心把它们孵化成小鹰，细心照顾它们。但过不了多久，母鹰便减少它们的食物，驱使它们互相争食，直至其中的强者吃掉弱者。小鹰因饥饿难耐，便把兄弟姐妹撕得血淋淋的，然后囫囵吞入腹。母鹰和父鹰并不为丧子而伤心，反而在一旁鼓励强者。母鹰和父鹰这样做的目的有两个。其一，优胜劣汰，因为只有强者才可以在恶劣的大自然中生存下去；其二，让小鹰从小就明白弱肉强食的生存法则，若不心狠残忍，便无生存机会，而为了生存，可以不顾一切。

一只幼鹰出生六七天后，母鹰为了防止它学会爬行，就会对它进行残酷的训练，让它的生命第一反应就是飞翔，而不是爬行，因为爬行对于鹰来说是耻辱的，而飞翔则是高贵和勇敢的象征。等小鹰能飞起了，母鹰就会把它们翅膀中的大部分骨骼折断，然后从高处向下推去。小鹰虽然因折断了翅膀中的骨骼而浑身剧痛，但它必须挣扎着飞翔，否则就会被摔死。挣扎使它们的翅膀得到了供血，在短时间内便可痊愈，而痊愈后的翅膀将刚硬如铁，更具力量。原来，母鹰之所以折断幼鹰翅膀中的骨骼，是为了让幼鹰翅膀中的骨骼再生。有很多幼鹰就是在翅膀中的大部分骨骼被折断后没有挣扎着飞翔起来，坠落到山谷中摔成了一朵血淋淋的骇然之花。

大多数人以为，小鹰出生后应该由母鹰哺乳，但事实并非如此。它们刚出生没几天，母鹰就会给它们断食，不让它们在自己温暖的怀抱里睡觉。它们被饿晕了，脑袋耷拉着，浑身似乎没有一点力气，就连眼睛也好像睁不开了。但母鹰仍不可怜它们。它们的状态一天比一天差，嘴一张一合，如果再不进食，生命就会有危险。但母鹰仍不给它们吃的，似乎对小鹰濒危的生命毫无担忧。小鹰终于被饿得不行了，脑袋一点一点地低下，似乎低到低处便再也抬不起来了，要一命呜呼了。但就在低到半截时，它们突然"呼"的一声把脑袋抬了起来，睁大了布满血丝的双眼，发出一声声嘶鸣。

鹰在绝望中发出的嘶鸣极具震撼力，那种尖利、刚烈和脆烈之音，似乎是从它们喉咙中飞出的一把把利刃,闪着夺目之光刺向了目标。母鹰听到了小鹰的嘶鸣,从巢中一跃而起,马上给它们吃的东西。它知道,能在绝望中不倒下,而且愤怒,并发出这种声音,则说明它有在绝望中迸发力量的能力,由此也证明它们就是真正的鹰了。人们听了这个故事后,终于知道,鹰的精神是从苦难中被激发出来的。

　　还有的小鹰长到了可以爬行的时候,母鹰就把它推到巢边,让它向悬崖下张望。崖中的冷风和暗淡的光线使它浑身发抖,想缩回身子进入母鹰的怀抱。母鹰这时候突然从巢中飞出,在崖中上下起伏,让身躯划出漂亮的弧线。母鹰是为了让小鹰看看飞翔是怎样的,作为一只鹰,是不应该恐惧悬崖和黑暗的。母鹰盘飞一会儿后,会回到巢中,用身体将小鹰一点一点向巢外推去。小鹰吓得缩紧了身子,岩壁布满荆棘,有尖利棱角的岩石,还有深不见底的河流和尖叫着跑来跑去的土拨鼠。母鹰长鸣一声,用力将小鹰推了出去,小鹰哀叫着,身体在空中飘来飘去。天空虽未入秋,小鹰就像一片飘零的叶片,过早地要落到崖底去。母鹰将小鹰推向崖谷的同时,振翅起飞向山后面去了。小鹰在坠落中想攀住树枝和藤蔓,但都没有成功,眼看就要落地了,它突然在挣扎中展开了双翅,盘旋出一个漂亮的弧线向上飞起。这瞬间的动作,又是一片火花,将幽暗的崖谷照亮了。它缓缓地向上飞动,最后落在了山顶的一块石头上。崖谷依然幽暗而无声,小鹰看着深崖,好像第一次认识它似的,久久没有转动一下头颅。后来,小鹰发出一声鸣叫,从石头上向远处飞去。天空高远,太阳赤烈,它慢慢地变成了一个小黑点。

　　鹰的生存中充满很多游戏规则。鹰时常会对捕获的猎物抓而又放,放而又抓,一直到将它们折腾得筋疲力尽。鹰有时会毫无惧色地飞向比它大数倍的动物,追逐和吓唬它们,并由此验证自己的胆量;鹰有时还会从巢中兴奋地飞到空中追逐飞行的昆虫,学习这些飞行物发动进攻和逃避他者进攻的方法,以加大自己的捕食技巧。天气好的时候,鹰会在天空中展翅翱翔和翻飞,其速度疾快如箭,令人惊叹。

鹰经常会摆出一些恐怖的动作，以恐吓他者，捍卫自己的利益。一般情况下，它会竖起其头和颈部的羽毛，然后将头部凶猛地向前伸出，并张开双翼，做欲扑抓之状。鹰有时微微张开双翼，脚爪向前，似乎要马上扑向对手，让对方不得不对它们警觉。鹰的恐吓炫耀更多的是在飞行中进行，有同类入侵自己的领地时，它们便发出大声的嘶鸣，似乎在呼唤更多的鹰来围歼入侵者，直到入侵者被吓得飞离自己的领空为止。

鹰除了在天空中飞翔时可以被人目睹外，人是看不到它的具体生活的。大多数鸟儿都喜欢阳光、草地、鲜花和河流，喜欢从中寻找快乐，享受幸福。但鹰却不，它们总是待在光线昏暗的山林里，或隐身于洞穴中，不管外面发生了什么，它们从来都不会伸出张望的头颅。

鹰对天气的要求颇高，但凡飞翔或外出捕食，必选阳光明媚的日子，在刮风下雨的天气里，你绝对不会看到天空中有鹰。鹰十分珍爱自己的羽毛，从不让其被雨淋湿或落上雪花。如果遇上下雨天和下雪天，它宁愿饿肚子，也不让自己的羽毛遭罪。外出捕食时，如果它发现自己掉了羽毛，就会放弃捕食，把自己的羽毛叼回巢中。鹰活着的时候，是绝对不容许自己的羽毛遗失的。

鹰对死亡决绝的态度同样令人惊叹。鹰不会等死，当它感到自己快不行了时，就会飞到悬崖中，一头在岩壁上把自己撞死。悬崖深不见底，所以谁也不会见到鹰的尸骨。一位牧民曾见到鹰自戕的一幕，它去抓一只猎物，没想到那只猎物死死咬住它不放。它向天空飞去，数次想把那只猎物甩开，但都未能遂愿。它嘶鸣一声，向悬崖一头撞去。随即，它和那只猎物双双坠入悬崖。

鹰的寿命与其他鸟类相比可谓最长，它可以活到70岁。而要维持如此长的寿命，它却必须在40岁时为自己的生命做出一个重要的决定。这个决定是无比痛苦的，但却可以让它的生命获得新生。原来，鹰在高空飞翔，在荒野中抓捕猎物到40岁左右时，它那双尖利的双爪便开始老化，不能像以前那样伸展自如地捕抓猎物；它的喙上也已经结了一层又长又弯的茧，一动便可碰到胸膛，对它的进食阻碍很大；最让它痛心的是，双翅上的羽毛厚厚的堆积在一起，使它不能再像以往一样在天空中轻盈地飞翔。

这时候,它面临着两个艰难的选择:要么等死,要么经过一个非常痛苦的过程让生命新生。鹰都会选择让生命新生。它经过细心观察,选择了一个除了自己之外,任何鸟兽都上不去的陡峭悬崖,然后用150天左右的时间让自己新生。首先,它会在飞翔中突然撞向悬崖,把结茧的喙狠狠地磕在岩石上。它会用很大的力气,一下子便把老化的喙和嘴巴连皮带肉磕掉了。它满嘴流着血飞回洞穴,忍着剧痛等待新的喙长出。新喙终于长了出来,它立刻进行生命更新的第二道工序,用新喙把双爪上的老趾甲一个个拔掉。那同样又是一次血淋淋的更新。不久,新的趾甲便会长出,它紧接着进行生命更新的第三道工序,用新的趾甲把旧的羽毛扯掉,再等5个月,新的羽毛又长出来了。经过这一系列疼痛的更新,鹰才可以再次在蓝天上飞翔,并得以再度30年的生命岁月。它的这一系列生命更新充满了危险,极有可能会被疼死和饿死,但它勇于向自己挑战,勇于让自己在死亡的边缘获得再生。

鹰可以为自己的生命去挑战,但同样也很珍惜自己的生活。当它在外飞翔、捕食一天后,于黄昏时分回到巢中,将头弯曲靠到肩上,用一只脚站立,而另一只脚则缩回羽毛中取暖。整整一夜,鹰用这种"金鸡独立"的姿势休息。清晨,鹰用嘴把羽毛梳理整齐,然后清扫巢中在一夜里留下的羽毛、粪便以及吐出的食丸等,它要把这些东西一一清除出去。忙完了这些,巢外已旭日东升,它活动了一下双翅,感到两翼在今天颇具活力,于是便振翅飞向蓝天。

鹰的一天又开始了。

10. 见 证

山脚下只有一户人家,房子是黄泥小屋,栅栏用石头垒就,显得孤独而又宁静。

我坐在离这户人家不远的地方抽烟,突然看见一只鹰从远处盘旋而来,落在了这户人家的屋顶上。我对同行的几位朋友说:"这家人的房顶上有鹰!"但他们因为没有看到刚才的一幕,都不相信鹰会落在房顶上,在他们观念中,鹰高傲,是不会接近人的。但我不怀疑自己的眼睛,我确实看到一只鹰落到了这户人家的屋顶上了。在这之前,我也和大多数人一样,不相信鹰会接近人,但今天无意间的一次目睹,却修正了我的看法。然而我又能如何让自己的这次目睹得到认可呢?大家的观点是从高原存在了多少年的事实中得来的,我说服不了他们。我感到孤独。

过了一会儿,我们准备离去。这时候,我看见从那个黄泥小屋里走出一个人,去屋后骑了一匹马向我们这边跑来。我们坐的是速度很快的越野车,很快便把他甩到了后面。我从倒车镜中看见他在车后的灰尘中慢慢变成了一个小黑点。我很想等他骑马近前后问问他,是不是有一只鹰落在了他家屋顶上,但我不敢肯定他要去的地方是否和我们处于同一方向,所以便一直观察着他,看他是否一直尾随在我们身后。后来,他不见了。我打消了向他询问的念头。

汽车在一个有平整积雪的大平滩上停下,大家下车赏雪。积雪很漂亮,将这个大平滩覆盖得像一面光滑的镜子。我想,大概从第一场雪开始,这里的雪便一直积了下来,以至于一场又一场的积着,把这个大平滩覆盖得犹如帕米尔高原上最具神韵的一面镜子。

这时候,我一扭头又看见了他。呵,他果然一直尾随在我们车后。他在大平滩边沿一下子勒住了马,似乎怕马踩脏了积雪似的。他跳下马向我们使劲挥手,似乎让我们等他。我按捺不住兴奋,对大家说:"看,那个人在向我们挥手!"大家看过去,但因为他已经上马,所以并没有发现他有挥手的迹象。但大家都看到了,他拨转马头沿大平滩外沿向我们这边跑来了。我断定他一直在追我们,只是我们的车子一脚油门下去很快就可以开到这里,而他骑马却要费一番工夫。我们耐心等待他。这是一个五十开外的塔吉克族男人,脸因为长期受高原紫外线照射而呈赤青色,但一双眼睛却炯炯有神,看人时目光似乎锐利得像刀子一样。他从马上跳下来,指着一位同行的塔吉克朋友说:"你,我的朋友嘛! 刚才,我房子门口你都到了,不进去,为啥?"

同行的塔吉克朋友一时想不起他,脸上有了窘迫之色。

他的目光更锐利了,紧盯着他说:"刚才,我看见你这骑马的腿了! 你忘了,十年前,你来这里,骑我的马,掉下来了,摔伤了。我的马,把你摔伤了,是我的事情嘛! 我,还没有,给你赔不是。"

同行的塔吉克朋友一时想起了往事,噢了一声,说:"没事,我已经好了。"

他忙说:"不,你的腿,好了,是你的事情,我,要不是不给你赔不是,那就是我的事情。"他总爱用"事情"二字来表达他心中想表达的东西,好在我们在新疆已经生活了好些年头了,知道他说的好是"事情",不好也是"事情"。

同行的塔吉克朋友被他还惦记着十年前的事感动了,而他也因为终于找到了十年前被自己的马摔伤的人而释然了。他和同行的塔吉克朋友握手,临了用手拍了一下他的腿,显得无比亲密。我想,这些帕米尔高原上的人,实际上在更多的时候就是因为这样的情景而成为朋友的。

我看他们之间的事情说得差不多了,便忍不住问他:"有一只鹰落在你家屋顶上了,你知道吗?"

他一下子用锐利的目光盯住我,问道:"是吗?"

我说:"我看见了,这些朋友没看见,他们不相信。"

他的目光变得更锐利了,而且由于他的个子很高,所以让我觉得有一种被什么从高处刺中的感觉。他说:"你,看见了,是你的事情;他们,不相信,是他们的事情。"他仍用他那好事坏事都是"事情"的理论回答了我,让我一时觉得如坠云雾,不知该如何再和他交流。他和同行的塔吉克朋友互道祝福,然后骑马走了。他用了十年时间,终于了却了一桩心事,而我只是在几小时前目睹到了一件意外的事情,时间这么短,我不可能得到答案。

他骑着马渐行渐远,在雪野里又变成了一个小黑点。

他的头顶,似乎又有一只鹰在盘旋飞翔。

11. 奔跑的羚羊

　　木吉是最遥远的。这种感觉是建立在塔什库尔干之上的,本来,塔什库尔干就已经够远了,而木吉却在它东面一百多公里处,那一百多公里路极其难走,往往要艰难跋涉四五个小时才能到达。

　　我在木吉曾得到一具羚羊头,它的双角是褐色的,面部已褪去了皮肉,裸露出了洁白的骨头。这具羚羊头得来没费什么工夫。那天,我们的车子在荒野中疾行,忽然,前面的山坡上出现一片白光。正是中午,太阳挂在湛蓝的天空中,那道白光起伏着划出一道又一道漂亮的弧线。我们下车走过去,发现是一具羚羊头。我惊喜地抱起它上来,其欣喜如获珍宝。羚羊在帕米尔是不多见的。因为珍贵,总觉得它们品行高洁,生存在一个无比神奇美丽的地方,人不能轻易接近它们。

　　上车再走,同行的朋友说,他曾见过羚羊极具悲壮的死亡,它们奔跑到极度兴奋的时候,会一头撞向石头或山壁,但奇怪的是,它们总是让脑部歪斜着撞上去,把自己撞死了,而那对漂亮的角却完好无损地保存了下来。听着这样动人的故事,我手抚羊角,体味着一种温暖的感觉。关于帕米尔,秦朝高僧法显说:"无论冬夏常年有雪,有时刮毒风,雨雪交加,吹得沙石飞动,遇见这种情况难以幸存。"我在西藏阿里和甘肃合作县都见过羚羊,它们大多是在法显描述的这种天气里奔跑,速度迅疾,身姿优美,如同要赴一场生命的盛会,抑或像是终于找到了高原这个适于舞蹈的舞台,醉心于舞蹈之中。同样,帕米尔的天气已被法显准确叙述出来,羚羊则必然在他所描述的那种环境中生存。也许,越是在恶劣的环境中,反而越是可以激发出生命的精神。

　　一个多小时后,车子在一段好路上迅疾起来。这时,让人叹为观止的一幕出现了，一只羚羊大概知道车中有它同类的头骨，便跑到车旁与车赛跑。车快它快，车慢它慢，一个影子始终印在车窗玻璃上。后来，我们放慢了车速，想多陪它一会儿，不料它却突然不见了，我们下车向四下里张望，不见一丝它的踪迹，似乎它从未出现过似的。

　　车到木吉，正赶上一家人操办婚事。塔吉克族人举行婚礼的独特方式让我们大开眼界——新郎的脸上抹了白面，人们用毡子抬着新娘踏过升腾的火焰，便算是让她出了门。很快，一位歌手引起了我的注意，他离我很近，但总感觉到那歌声是从很远的地方传过来似的。我慢慢喝着酒，听他就那么唱着。旁边的人告诉我，他叫沙依甫，是木吉一带有名的歌手。那个人还特别介绍说，他的名字与传说中的沙依甫是一样的。巧的是，我们经由他的名字又听到了一个传说中的沙依甫和羚羊的故事。传说中的沙依甫有一天吃了羚羊肉，很快，他的肚子就大了起来，有一个羚羊在他肚子里说话，每天让他去干好事，否则，他肚子就会被胀破，沙依甫从此变成了一个专做好事的人。一次，他救了一位公主，公主见他心地善良，做事勇敢，便爱上了他。在他们结婚的那天，沙依甫的肚子忽然变小了，从此，他再也听不到羚羊在他肚子里命令他了，而他直到死都以做好事为业。我惊异于这个故事的完美，羚羊在沙依甫肚子里变成了一个善良、唯美的指挥者。

　　现实中的沙依甫仍在边弹边唱。他的歌声像从他心中飞出的无数鸟儿，带着他的祈愿向四周弥漫开来。这是有厚度的歌，让人心颤的歌，同时这又是隐隐约约在帕米尔的每一个角落里能听到的歌。

　　沙依甫心中也有一只正在奔跑的羚羊吗？我听着他的歌，那种在车中曾听到过的羚羊的奔跑声又响于耳际。婚礼散去，我依旧不能平静。那具羚羊角就放在停在院子里的车中，我似乎闻到了它透过来的气息，我有一种沉入了某种场景不能自拔的感觉。此时，沙依甫已经停止歌唱，可能走在山道上。那是他回家的路，夜色很深，他可能像一只平静下来的羚羊。

　　再次见到沙依甫，他已经病倒在塔什库尔干县的医院里。疾病使他面容枯瘦,说话有气无力,但我仍发现了他那双眸子里的平静与清纯。阳光从窗外射进来,把他的眼睛照得更亮了。他眼中的那种平静再次让我感动。"那天他在唱歌,正好好地唱着哩,突然就不行了,一病倒就再也没有起来。"他家里人忍不住伤痛,边说边哭了起来。沙依甫把脸扭向一边,对着窗外的阳光,似乎在看一个很久远的地方。

几天后,沙依甫去世了。他去世的那天,我匆匆忙忙赶到医院,病床已经空了。我一惊,是时候了,沙依甫上路了。不知道那头羚羊将让他走向哪里? 我没有去给他送葬。真正的歌声太少了,当我行走在帕米尔,在一种空旷和辽远中听到我渴望听到的那一类歌声,作为一个倾听者,我应该把这些东西留存于记忆之中。我在想,像沙依甫"正唱着歌,一病倒就再也没有起来"一样,那个给我留下头角的羚羊,是不是在欢乐的奔跑之中忽然倒地而亡的呢?

12. 牦 牛

一个关于牦牛的故事把牦牛向我们拉近,让牦斗变得更加清晰了。一夜大雪,高原被涂抹得银装素裹。早晨,太阳刚刚出来,雪地上反射出一层刺眼的光芒,但一场大风突然刮了起来,所有低洼的地方在短短的时间内都变得平整了。大风是雪的一位好帮手,它可以让雪完成一次对大地更恣肆的占有。但有一些黑点却在雪地上显现了出来,是牦牛,它们在雪地里站了一夜,大雪在它们身上落了一层又一层,几乎将它们淹没了,现在大风吹走了它们身上的落雪,使它们显露了出来。牦牛被誉为"高原之舟",毫不畏惧冬天的大雪。

因为这场大雪太过于凶猛,高原的有些秩序被打乱了,有很多人还没有来得及转场,和牛羊一起被困在了山谷里,寒冷和饥饿困扰着他们,但他们却无法走动,只能苦苦等待着营救。牧区的人聚在一起,商议着如何解救人和牛羊出来。"这场雪来得太突然了,他们就是长再好的脑袋,恐怕也想不到?""就是,这雪就是刀子嘛,把人和牛羊要杀了呢!"大家议论纷纷,对这场大雪表示出了一种恐惧。一位上了年纪的牧民这时候把话切入了正题:"怕什么,这样的大雪杀人杀牛羊杀了多少年了,但我们的巴郎子(小伙子)都结婚生小巴郎子了,小巴郎子长大成了大巴郎子,又结婚生小巴郎子,快得很! 现在我们要赶紧给人送吃的东西。"一番争论,大家决定组成牦牛队去送东西。

第二天,牦牛队出发了。它们是人们用了一天时间从雪山脚下赶到村庄旁的,有二十多头,人们把人所需的东西绑在它们背上,浩浩荡荡向牧场出发。牦牛们很兴奋,一上路便哞叫着,四蹄把路上的石头踩得咣咣响。它们背上驮着救济人和牛羊的东西,一包的一包的显得很重,但它们却显得很轻松,边走边向四周张望。人跟在牦牛后面,因为路滑,便只能踩着牦牛踏出的雪路慢慢往前走。牦牛行进的速度比较慢,但这时候人也走不快,刚好和牦牛保持一样的速度。人和牦牛越往山谷深处走,雪越来越厚,牦牛懂得行进的策略,用四蹄把雪踢得飞溅开来,给人开辟了一条通畅的道路。

走出山谷,便又开始爬坡。山坡上的雪尽管不厚,但人踩上去却很难站稳身子。牦牛再次表现出了超凡的智慧,它们每向上走一步便把两只前蹄用力插入土中,插出两个深坑,以供跟在后面的人落脚。人踩着牦牛插出的深坑向上爬,顿时轻松了很多。高高的山坡上慢慢移动着牦牛和人组成的一个长队,鹰在他们上空盘旋,不时地向下发出一声鸣叫。

爬过山顶,便开始走下坡路了,但行之不远,一条悬崖出现了。窄小的路从悬崖半中腰通过,犹如一条起起伏伏的细线,人们把牦牛一只一只隔开,让它们缓缓通过。但危险还是出现了,一只牦牛一不小心一只蹄子踩空,身子向悬崖下歪斜着倒去,但它的思维很理智,用另一只蹄子蹬住一块石头稳住了身子,但它却因为用那只蹄子蹬着石头而不能用力把身躯挪到路上来。它显然也紧张和害怕了,呼吸变得粗重,用茫然的目光望着人们。一位牧民细细看过周围的环境后马上决定采取一个措施,他从腰间抽出皮夹克(刀子),狠狠地向牦牛的尾巴砍去。牦牛性情凶猛,人一般不敢轻易伤它,若伤了它,它会力量暴发,有时会疯狂地把汽车撞翻。果然,当刀子砍到那只牦牛的尾巴上时,它受到了疼痛的刺激,一跃跳到了路上。它的尾巴在流血,但它却似乎对砍它的人并不知恩似的怒叫了一声。队伍很快恢复了秩序,人和牦牛都顺利通过了悬崖。

两天后,被困在牧场上的人得到了解救。

13. "搬家"的河流

夏天,大部分塔吉克人去一个叫"大草滩"的地方放牧。

从远处看,河流只是几条明亮的丝带,缠绕在绿色的大草滩中。走近了才发现河床很宽,哗哗的流水声甚至还有些震耳。目测一下水的深度,好家伙,居然有一两米深。在河边坐下,感觉四周的山峰更加悠远了,就连不远处的戈壁也宽广了许多。我想起一位塔吉克朋友曾很抒情地对我说:"当你发现太阳、天空和山峦等等都映照在水面上时,你就会知道,河流大得足以装下一切。"我被他的这一番话打动,但我发现自己依然对高原的河流认知不够,不能从中看出什么。

心快快然,加之又无事可干,我便待在大草滩一侧的艾西热甫家里与他闲聊。不料刚说到河流,他的脸色就变了。他见我对河流感兴趣,就对我说:"河调皮得很,经常自己搬家,它一搬家,人就得跟着它搬家。"

细问之下,才知道"河流经常自己搬家"指的是河流改道的事情,塔吉克人说话富于谐趣,把河流改道拟人化,说成了"搬家"。因为"河经常自己搬家",他们家也跟着河流搬了三次家。他父亲是在一条河边出生的,之后便听着河水的流淌声长大。他父亲对河水有很深的感情,每次出门了都要在河中洗手后才动身,从外面回来也是用河水洗手后才进屋。七十年代末,他们家的生活好了,慢慢从游牧变成了定居。他父亲决定选一个地方盖一座房子,让全家人定居下来。一家人翻山越岭,走到一条河边时,他父亲发现那条河清澈见底,立刻决定在河边盖房子定居。他父亲在当时的选择其实不足为奇,作为游牧民族,有水有草的地方往往是他们的首选。一天夜里,那条河的流淌声比以往大了很多,他父亲对家里人说:"雪水下来了,小河要变成大河了,河水在叫唤着长身体呢!"那一夜,他父亲酣然入睡。作为一个对河流有感情的人,那条河似乎流淌在他的心里。

不料第二天早晨出门一看,他父亲的脸上顿失颜色。昨天夜里从雪山上涌下的雪水大概很汹涌,在那条河的上游冲开了一个口子,使河水从那个口子中一涌而去,将这条河道遗弃了。干了的河道真难看啊,像被撕开后露出白骨的伤口。

"河搬家了。"他父亲说完这句话后,骑马去寻找那条河流。他骑了很远的路,找到了那条河冲开口子的地方,但那条河在向下流淌的过程中出现了几个分支,他觉得所有的分支都是原来的那条,但又觉得不是。他快快而归,带领全家人搬家。没有河水了,他们必须得搬家,因为人和牛羊都需要水。

他们一家再次找到一条河时,家里人都有些犹豫,但他父亲却执意要紧靠河流而居。不久,一座黄泥小屋又建了起来,他们往墙上洒面粉,用塔吉克人的方式祈求平安,然后在那里住了下来。有水有草的地方对人的生活可起到最起码的保障,他们一家又像以往一样生活着。不久,意外的事又发生了。一天夜里,他们一家人都在睡觉,突然从上面传来轰隆隆的巨响,紧接着一股洪流倾泻而下,将他们家的黄泥小屋掀翻了。天气太热,雪山上的积雪大面积融化,汇聚到一起,便形成了洪流。他们家的房子不巧正处于洪流的下方,所以被冲垮了。等洪流过去,他们发现父亲不见了。他们沿河而下寻找,一直找到天亮,都不见他的踪迹。

父亲被"突然叫唤着长大了的河流带走了"。

艾西热甫成了家里的顶梁柱,他带着一家人又迁到了另一个地方。鉴于上次因为距河太近而遭受了灾难,但又离不开河流,所以这次他们选择了离河流有十几米远的地方盖了房子。父亲因河流而命殁,给一家人心头留下了阴影,如果不是去提水,谁都不愿多去河边。

几年时间过去了,小羊长成了大羊,大羊下了很多小羊。艾西热甫一家人的心情慢慢平静了下来,然而河流还是再次让他们一家遭受了意料之外的事情。一年夏天,那条河莫名其妙地干涸了。雪山是河流的源泉,气温太低,积雪无法融化成水,所以河流干涸了。干了就干了吧,从稍远一点的地方提水也可以维持生活。但不久意外的事情又发生了,他们家的墙裂开了缝,风呼呼呼地从中穿梭。有年长的塔吉克牧民路过,对艾西热甫说:"河水都干了,房子能不裂缝吗?"艾西热甫这才明白是怎么回事。他心里一股愤怒,又是河流!

没办法,他们又搬了一次家。河流"搬家"的方式每次都不一样,而他们搬家却始终摆脱不了河流的阴影。现在住的这个家,到目前已有五年时间了,最近艾西热甫的心头又有了一种不祥的预感,这五年平静的时光使他觉得似乎又将遭遇一次灾难,他甚至已经在心里盘算着如何搬家了。

我劝他不必太过于紧张,那样的事都是在偶然中发生的,不会次次都遇上。

他说,父亲以前曾说过,如果找不到最初的那条河流,我们家就得不停的搬家,因为我们遇到的新的河流都在"长身体",它们一"叫唤",就把我们的房子顺便带走了。

我无法再劝他了,虽然他所言没有道理,但在如此蛮荒偏僻的高原上,人与自然就这样相处着,在很多时候甚至融为一体,谁又能不相信他们说的话,他们坚信的事情,都是从现实中得来的道理。

我们俩都沉默了。

我扭头去看大平滩中密布的河流。不知为何,我看见这些河流被阳光照射得像一把把刀子,把大平滩切割得支离破碎。

14. 让叶子回到树上

这时候,我看见了那棵小杨树。非常奇怪,它贴墙而生,枝条和叶片几乎像挂在墙上的一幅画。小巷中房屋连毗,再无树木,所以,它的出现就显得特别稀奇。

主人很快就将饭端了上来,吃着可口的汤面,我忍不住还是时时回过头去看它。是谁把一棵树栽在墙根的,主人寄予它的是一种什么样的希望呢?

细问之下,才知道这是一棵小白杨,是自己长在这里的。也是一个刮风的天气,有杨树籽被刮进了这个小巷。人们见那么多的树籽在路上,踩上去不舒服,就把它们扫了出去。有一些树籽漏在了小巷中,但它们都没有生根发芽,只有墙角的一粒长出了幼小的树苗。起初,人们并没有在意它,只是觉得它是一根小草而已。不料到了夏天,它几乎是在短短的几天就窜出很高。人们见它长得纤细而笔直,不忍心拔去,就让它长了起来。它长到了1米多的时候,就放慢了向上生长的速度,慢慢地粗了起来。

小巷中一直放着民歌,使小巷具备了新疆较为常见的那种安详和沉迷的气氛。而坐在棚下吃饭的人一扭头,就看见了这棵小白杨,心里顿时又会有更舒服的感觉。

饭馆主人是个小伙子,戴小花帽,留小胡子,于聪明间又透露出几分浪漫。他准备让这棵小白杨一直长下去,就像他的小饭馆理应一直存在一样。

说起这棵小白杨,原来却还有很多故事。自从它长在这里后,总是难免要遇到一些麻烦。在春天,它长出嫩绿的树叶,孩子们总想伸手去摘,冬天巷子里结冰,人们怕摔倒,总是用它来扶。它其实还很单薄,这样的重负自然承受不了。有一条狗在夏天喜欢卧在它的树阴中,时间长了,似乎对它有了感情。有一次孩子们恶作剧，要折它的枝，狗跑过去在它的根部撒了一泡尿，狗尿的骚味很浓，孩子们都被熏跑了。大人们有时候会不经意地危害到小白杨，狗一看有情况，马上就会使劲挡住人，人被狗弄得很烦，便骂狗，等骂完了，也就忘了再到小白杨跟前去。现在，小白杨已经不会受到任何伤害了，因为它已长得比人还高。人面对比自己高的东西时，只会仰视，而不会轻易去伤害。

我与人们闲聊着。这时候我看见一个小女孩远远地向这小棵小白杨走来。阳光洒在她脸上，使她显得越发纯洁和可爱。小巷内人声杂乱，来来往往赶巴扎的人从她身边走过，她面前实际上只有一条很拥挤的路。但她却不紧不慢地往前走着，在忙乱的大人中间，她显得更像一个大人。

她走到这棵树跟前停下，抬头看树上的鸟儿。树上有一只鸟儿。小女孩也许是在很远的地方就发现了这只小鸟儿，所以，才走了那么远的路过来看它。她扬起脸，好奇和专注的神情在双眸中隐约可见。周围的人来来去去已经不少，但没有谁留意到这棵树上的鸟儿。大人们大多时候都很忙，没有闲暇的心情打量这个世界。过了一会儿，鸟儿飞走了。它在起飞的时候，将一片树叶碰落。小女孩的目光追随了一会儿鸟儿，便低头盯着地上的那片落叶。那片叶子正绿，从树上掉下后，躺在尘土中。小女孩走过去将树叶捡起，出神地望着树枝，过了一会儿，她把捏着树叶的手举起，想把它放回树上去。但她还没有长大，而树又太高，所以，她最终还是失望了。她站在原地不动，时不时地抬头望着树枝，眼里依然充满迷惑的神情。终于，她意识到了现实的可怕，慢慢地低下头哭了起来。她的母亲在远处唤她，她扭过头看了一眼母亲，忽然放声痛哭着跑了过去。

那枚树叶还被她捏在手中。

望着她，我突然痛心疾首地发现，不知从什么时候开始，我已经不会因为感动而流泪了。

15. 在石头城听鸟叫

今天,我准备去看位于塔什库尔干县城一侧的石头城。

早晨,我被一阵鸟鸣吵醒了。我侧耳凝听了一阵,发现是几只鸟在窗外的花园里鸣叫。鸟鸣一阵比一阵好听,我来了兴趣,就赶紧穿衣出了门。走到花园跟前,眼前的情景使我吃惊不小——花园里的花开得正艳,浓红与浓绿在花园中已翻起了浪花,几只鸟儿很高兴,正在花丛中鸣叫翻飞。

我再次仔细凝听它们的鸣叫,慢慢地,我发现鸟儿的鸣叫是不一样的,有的欢快喜悦,有的轻柔委婉,有的低沉忧郁,有的凄凄惨惨,有的只是发出一声嘶哑的叫声。我想起有鸟类学家说过,鸟的鸣叫一般分为两种,为"鸣啭"和"叙鸣"。鸣啭是鸟类享受幸福的一种方法,多用于歌唱、赞美和自慰,比如在表达爱情,在花开的时候放声歌唱。总之,鸣啭是鸟的性情,是感情的表达,是对理想的贴近。而"叙鸣"则是鸟的基本生活内容,比如交谈,传递信息等等。这时候的鸟是真实的,也难免琐碎和平庸。

让人欣慰的是,真正具备鸣啭本领的鸟大多身体和羽毛都并不显眼,在鸟的世界里属于形象平常的一类,如云雀和夜莺,它们很像屈原和杜甫那一类诗人。鸟的世界其实很像人的世界,听鸟鸣便听出了一个人在说话。这种叙说似乎更真实,更渴求专为你一个人倾诉。

我整整在花园旁站了一个小时,听鸟儿们的鸣叫。

吃过早饭,便动身往石头城走去。一眼望过去,看见了石头城依然完整的外围,其城墙、剁口、以及门洞皆牢固完好,俨然是一个难以攻克的神秘王国。石头城是塔吉克族人的先祖建立的竭盘国,史书上有详细的记载。我无暇去查它存在了多少年的历史,只是在心里有一丝不解,是什么原因让一个王国人去城空,继而又让一座城变成了废墟呢?

心里装着疑问,从一个门洞进入了石头城,顿时,满目都是一片苍黄的废墟。没想到,外围依然完好的石头城,其内层却如此荒凉和破败,不见房子和街道的痕迹,外处都是土堆和石块。这么大的一座城,在当时养活和保护了多少人啊,昔日的繁花和生机又是怎样的情景?呵,来看石头城,实际上只看见了一种残缺。一座古代的城池由于倾塌,现在呈废墟状裸露于高原,会有什么还在存活呢?我和朋友在废墟中漫不经心地走着,半个小时过去了,一直默不作声。显然,我们俩都想在这座废墟中找到什么,但能找到什么呢?我能感觉到废墟中存在着一种东西,但它到底是什么,我却不得而知。慢慢地,废墟似乎已经悄然不在,而人的心情却越来越沉重,以致让我在城中走不了多远便不得不停住脚步,四顾茫然地张望一番后,便转身快快返回。太寂静了,而寂静中的废墟更让人喘不过气。

除了废墟,什么都看不到。我决定返回。走下石头城,我们决定去草滩转转。正值盛夏,远远地看上去,明亮的草滩像一片湖泊。塔什库尔干的人颇为喜欢这片草滩,往往拿着毡子三五成群地在这片草滩上坐上一天,把草滩当成了家。他们在这一天中什么事也不做,只是坐在那儿说话,或者抬头望着远处的雪山。不远处有低头吃草的牦牛,时间久了,它们也许觉得人们就那样坐一天挺奇怪的,便扭过头望人们,或者向人们移动过来,但人对它们毫无察觉,仍是一幅很平静的样子。一天时间就那样过去了,似乎这一天中的平静就是一种博大,没有什么可以把这种平静打破。

进入草滩中才发现它很大,站在高处望见近在眼前的山峦,此时却像是变戏法似的被推到了很远的地方,几乎只能看见模模糊糊的轮廓。心中诧异,但却明白了一个道理,在高原上站在高处望出去,很远的东西会变得很近,而站在低处看,很近的东西也会变得很远。我曾在内心萌生过徒步穿越这片草滩,去爬一爬对面的几座山的念头,现在看来只能悄悄打消这个念头了。

走不了几步,意外的事情又出现了,那些弯弯曲曲的小河小溪便阻挡了脚步,于是便只好停下,看三五成群的塔吉克人在草滩上闲坐或洗衣。冷不防,一个人"呼"的一声站到了我面前。他好像已悉知了我的行踪,嘿嘿一笑问我:"你去看过石头城了吗?"

"看过了"

"没啥东西吧?!"

"是一座废墟。"

"我说了嘛,啥都没有,是一座废墟!"

我无语。到这时我才明白,其实我一直想弄明白石头城是怎样倾圮的,但现在我亲眼所见,内心所感,都让我觉得这座故城离我越来越远,被一团迷雾遮裹了起来。其实想找到石头城消失的原因并不难,历史书上的一二百字就足以解决问题,但我因为个人感情的原因,总是希望它在某种我心仪的过程中结束,那样的话,就可以触摸到它在高原的另一种方式中依然存活的脉息。

我心情郁闷,在草滩上随便乱走。这时,在我眼前出现了让我感动的一幕。几只鸟儿飞来,在一位塔吉克女人头顶盘旋鸣叫。她变得很高兴,抬头望着鸟儿。鸟儿叫得更欢了,她高兴得不能自抑,手中的瓦罐掉在地上,"啪"的一声摔碎了,她全然不知,仍高兴地看着鸟儿。她脸上一股沉迷的神色,似乎这是一个无比美好的时刻,她的全身心已经沉浸其中,而碎了的瓦罐根本不足以惜。那只鸟儿飞走时,她还在笑着,一脸沉迷之色。

"一个塔吉克人最喜欢的东西忽然破碎了,她没有哭,反而笑了,你说为什么?"朋友提出这个问题,一个劲地盯着我,等待我回答。我不知道该怎样回答,这样的情景在我的生活中不会出现,所以,我不知道一个人在那样的情况下为什么还能笑出来?

我没有找到石头城消失的理由,但在这一刻却目睹了高原上的一种消失中的美。因为在那一刻,犹如做梦一样,我突然觉得地上的瓦罐碎片像绽开的玫瑰。

16. 冰山之父

　　终于可以去看"冰山之父"慕士塔格峰了。车子开过去,刚下车,便被一股寒风裹住,感觉有几把冰冷的利刃刺在了脸上。我惊异着打了几个寒战,抬头张望慕士塔格峰,怕无缘贴近这样一座著名的山。细看之下才发现,慕士塔格几乎是一座从下到上由冰裹起来的山,稍不注意,便以为它就是一座由冰结成的山。

　　第一次听人说慕士塔格峰时,很为"冰山之父"这样一个名字而激动,觉得能拥有如此名字的一座山,一定雄伟高大,具有王者风范。来之前曾听人介绍过慕士塔格峰的一些情况,说它是所有山峰中积雪最厚的,每年以十几厘米的速度递增,时间长了,就变成了一座被冰完全包裹起来的山。离它不远的就是公格尔峰,从气势上而言要比它大很多,但却不如它晶莹明亮,相比之下,公格尔峰像一个沧桑的老农,而慕士塔格峰像一个白衣洒脱的王子。在它脚下就是喀拉库勒湖,天气好的时候,它的整幅尊容倒映于湖中,让人觉得它俯下身正踏着湖水向人走近。

　　风这时候又吹了过来,让人冷得忍不住发抖,但谁也没想到此时的风却像一双大手一样扯出了高原的另一种风景。因为风的缘故,喀拉库勒湖上起雾了,并很快弥漫上了慕士塔格峰,变成了乌云。一时间,乌云一团一团地笼罩了它,但因为升腾上去的大雾有限,所以总有一些地方仍外露着,不失洁白之色。太阳似乎很讨厌这些乌云,将光芒照射下来,从乌云缝隙中照射到慕士塔格峰上去。这时细看慕士塔格峰,感觉颇佳——一束一束阳光投射到洁白的冰面上,被反射出刚烈的光芒。也许是因为太阳过于炽烈,加之乌云缝隙太窄的原因,那些反射出的光芒形成了密集的光束,像刀子似的向上刺去。这时候,感觉冰峰上有一场无数兵刃对峙的战争,太阳是一个指挥者,派出了千军万马去战场上搏斗……

几只羊的咩咩声,把我从畅想中唤醒。塔合曼乡离慕士塔格峰不远,所以,乡里的人和牛羊便天天在"冰山之父"跟前走动。这里有特异的气氛,因此那些羊在吃草的间隙抬头望一眼冰峰,极畅快地叫上几声。我走到它们跟前,几只小羊朝我欢快地叫了起来。几头肥硕的羊头上都已长出了盘旋的角,不光弧度很美,而且骨节显得很有层次,似乎是内部的力量已无以释放,鼓胀成了那个样子。

太阳终于从云层中出来了,天气又变得明亮起来。这时候,那些大羊全都停下来,一个巨大的影子投在地上,那些小羊就走进大羊的影子,一边乘凉,一边吃草。那些大羊此时就像父亲和兄长,长久地为那些小羊站立着。有一刻,它们全都停了下来,抬头望着我。我觉得它们都十分信任我,便忍不住高兴地笑了。也许是被我的笑感染了,它们竟一起欢叫着奔向远处。它们的四蹄把雪地敲出一阵紧似一阵的声音,还泛起一片飘飞的雪粉。等我定睛看时,它们居然已全部跑过了山冈。一片激荡而起的雪粉像一面大旗,扯立于天地之间。

当晚,天降大雪。我走出帐篷赏雪。落雪使帕米尔一片寂静,抬头看慕士塔格峰,它一片漆黑。人们都知道它是"冰山之父",但谁也不知道它是怎样长成的,当暗夜和大雪一同到来,月光再次把它照亮,我们就感到了它在不为人知的沉缓世界里生长。它的生命是黯淡的,但它就在这种黯淡中了孕育出了高贵与威严。

一扭头,看见那群羊正伫立在一座小山的山顶上。它们紧紧挨在一起,像蛰伏的战士。落雪已经使它们全部变白,稍不留意,就以为是山体的一部分。牧人此时更不知去向。也许,牧人们知道羊群会这样过夜,所以,就在大雪刚下起的时候已经回家了。过了一会儿,雪下得大了,风也吹了起来,我不得不返回住处,在进门的一瞬,我心中闪过一个念头,羊会不会在大风雪中站上一夜。

早晨一出门,我惊叫一声,那群羊果然一动不动地仍站在那里,整个山野一片银白,而它们已变得像山脉凸起的几块骨头。它们整整一夜间都一动不动,就那么顽强地站在落雪中。它们又给帕米尔增添了一道厚重的风景。

　　我推迟早上要离开的行程,留了下来。我等到了我愿望中想看到的那个时刻——当太阳升起,羊和人都一一抬起了头,久久地凝望着慕士塔格峰。

　　再次走到慕士塔格峰跟前,已是一年以后,我在一户塔吉克人家里住了下来。房主人是一位六十开外的老太太,她每天起得很早,给我烧奶茶。一次,她一扭头发现灶膛里的火快灭了,就赶紧到户外去掰柴火。那柴火很脆,她很快就掰下一根。掰第二根时,她的手被划破了,而她惦记着灶膛里的火快要灭了,于是便抱着柴火急急进来加了进去。她手上的血已经流了很多,但她只是快速把柴火加进去,让火燃了起来。少顷,她才擦了手上的血,又把地上的血一一擦干净。我有些难为情,觉得她是为了给我烧奶茶而使手受伤的,于是便用歉意的话安慰着她。但她却不以为然,一再强调烧奶茶是小事,但火不能灭。她说这些的时候,扭头看了一眼慕士塔格峰,当时的太阳正好把慕士塔格峰照彻得通体泛光,她的神情顿时肃然起来。

　　我在一旁看到了这个过程。这个明亮的早晨,经由她手上流出的血突然变得深刻起来。还有她对火的维护,她看慕士塔格峰时的神情等等,不光让我从她身上看到了不被苦难逼退的坚持和执著,同时也看到了她的信仰,她的内心得到抚慰的过程。

　　接下来的日子里,我有事没事与她闲聊。慕士塔格峰在我们背后的大雪中若隐若现,我们就这样说笑着,似乎人生的那些欢乐与痛苦都转瞬即逝。偶尔我们也发出大笑,笑声把在草地上吃草的羊也惊得抬起了头。我甚至还发现老太太有那么一点点嘲笑的意思,好像那些极度的简陋穷苦,生活的艰辛与忍耐都不值一提,她天性中就有高傲,她在内心将信念隐藏起来,时间愈久,便愈变得坚强。

　　我终于发现在她的淡然背后,有一种惊人的坚强。几天后发生的一件事再次证实了我的这个观点。一位牧人的马丢了,他出去寻找,他在外面吃了不少苦,受了不少罪,但仍然没有找到。当他爬上一座山顶,看到慕士塔格峰时,突然决定不找马了。在那一刻,他在内心产生了一个强烈的愿望,在慕士塔格峰下等马,它一定会回来的。第六天早上,慕士塔格峰被初升的太阳映照得光芒四射,这时候他听见了马的嘶鸣。他转过一个山头,就看见他的马正对着光芒四射的慕士塔格峰边跳边嘶鸣,似乎为不能跑上慕士塔格峰而不安。他走到它跟前,用手抚摸着它。太阳慢慢升高,马平静了下来。第七天早上,他牵着那匹马回来了。

这样的事要不是他亲口给我说,我怎么也不会相信。

我终于激动了,爬到高处去看慕士塔格峰。随着太阳升起,有一股柔和的光芒流淌向下,像无知无觉的一种呵护似的,把山脚的房子和人罩裹在了里面。无言的"冰山之父",我目睹和倾听到了这些与你有关的美妙故事,你却依然如此平静,似乎你是一个大得无边的世界,其之大足以装得下一切。

离开时,我没有回头去看冰山之父。我不能回头,我知道回过头去我看到的仍是平静。我只能离开。感动并滋养了我的,是在无言中耸立的"冰山之父",是塔吉克人的高贵,以及由高贵转化的一种十分难得的平静。

离别时,我感觉从慕士塔格峰飘下来的大雪像手一样,在我肩头拍了一把。

张筱謹

香味人生（五篇）

引子：不洗澡的人，硬擦香水是不会香的。名声与尊贵，是来自于真才实学的。有德自然香。

人生如酒，醉过方知愁滋味！

人生如茶，品过方知苦香味！

人生如水，尝过方知平淡味！

人生如戏，演过方知炎凉味！

人生如梦，醒过方知空无味！

以前看过一部电影叫《闻香识女人》，一个盲人男人可以凭借香水味就能判断出一个女人的大体品位，他给很多人都留下了很深的印象。我经常猜想，在他眼中，如果身上没有香水味而只有体香的女人又该是什么品位呢？

我是个不怎么喜欢使用香水的女人，却经常有机会拥有很多香水——香奈儿、Dior的香水等，我在香港和澳门旅游时买到的，在国内的价格却翻了一倍多，令人咂舌。我这样不热心时尚的女人在初次看到国内的价格时也暗吃一惊，料想自己不小心沾了时尚的光。我的一个小姐妹曾告诉我说她每天都要使用不同香味的香水，香水代表她的心情。我有点茫然，看来我的女人味还不够，连这点道理都不懂，彻底OUT了。

很多时尚杂志都在介绍名贵的香水，引领着追求时尚的女人们实现她们的浪漫梦想，当然她们也兴高采烈地乐意成为这些时尚杂志"险恶用心"的实验品，谁又能说她们不追求智性生活就是随波逐流呢，这总强于一穷二白的年代，连起码的梦想都没有的好吧！

据说香水是有很多用途的，我不懂行，所以不敢乱说。不过我喜欢闻香味，所有的花香我都喜欢，尤其偏爱茉莉的馨香，喜欢那种淡淡的香味儿，你只有走近了才能闻到淡淡的香气。

最怕满身浓浓香水味的人了，打从身边一过就有了想赶快逃离的念头。有过厨师经验的人都知道，若是菜品里的肉咸了必定意味着肉放置时间过长了，而盐是遮掩味道的最佳选择。用浓浓的香水来遮掩，可想而知是要遮掩什么了。

清者自清，浊者自浊。有名声自远，非是借秋风。有着一些定力的人岂是外界的诱惑所能左右得了的。

除了喜欢花香，还喜欢孩子身上的那种奶香味。妞妞小时候和现在身上的味道是不同的，她衣服上的味道是怎么都洗不掉的，闭着眼睛我也能分辨出来。她和别人家的孩子身上的味道还不一样。曾经在幼儿园里参加过一个游戏，把家长们的眼睛蒙住，让他们来认出自己的孩子。好些家长都能做到，在找到自己孩子的那一刻心里是无比的激动。这当然还得归功于朝夕相处时对味道的记忆储存。

在自然界里,动物们就是靠着制造味道来达到求偶的目的,人类社会里的香水作用大概也是借助了动物世界里的此种功能。记得在一部书里说到,女人就是靠着味觉来寻爱的,她所寻找的男人身上必定有她喜欢的独特味道。我很赞同这种说法。

对于男人,女人的味觉就演化得更加灵敏了。

《香水有毒》的歌里唱到,在自己的男人身上有了别的女人的香水味,这是鼻子犯的罪。两个人的感情出了问题,这是男女情爱世界里的悲哀。男人手里的爱情号码牌一拿就是一大堆,女人手里的号码牌顶多就是一两个,还在那儿傻等呢,怎关香水和鼻子的责任呀!

味道,是我们生活中不能缺少的"调味品",若是揭开了最深层面的东西,要谈的内容就多了,不太容易说到点子上,那还是少说为妙了。

曾　经

对于我们的过往,通常都很难忘记,那些深藏于心的镜头总会在某个时刻不经意地被播放,尤其是给自己伤痛最深的那个人,要想真正忘记确实很难,这的确需要时间。

传说有一种水,喝了它你就能忘记一切,忘记从前,可以重新开始另一段姻缘,可惜,这是要过了奈何桥,重新投胎为人。传说有一种果,吃了便会忘记从前所受的苦,忘记从前所有的经历,有的只是开始。可惜,这也只是一种传说,在人间还找不到。

如果我们对于过往还依然留恋着,伤感着,那又能怎样?失去的已是难以挽回,空留记忆给自己伤痛是对自己最大的伤害。不明白又能怎样?明白了就更失望了。不是你不够好，再好你也不是他(她)内心里最想要的那个人。你痛苦着，依然陷在深深的难过和回忆里不能自拔。可是这也不能让你唤回已失去的感情。世上都只闻新人笑哪听旧人哭啊？也可能逢着个不经意的事件便能勾起你心底里的痛，那真叫钻心的痛苦啊！扯着筋连着肉呢，不是个中人是无法体会的。我以为身体上的疼痛无论怎样都可以忍受，唯独心口上的伤痛是痛彻心底却又无法言说的极度悲凉。

　　曾经也遭遇过这样的感情危机，敏感胆小到了不敢出门的地步，不敢看邻人的眼光，以为外面的人都会用一种异样的目光来审视我，探询我心底里的伤痛，以为自己已经软弱的没有了任何可以抵御伤害的能力，任何人都有可能将我击垮。所以我将自己圈在屋子里一个多星期，不敢与外界有任何接触，认为只有这样才能安全。事实上，远没有我想象中的那样可怕，外面的世界照旧，外面的阳光照旧，不一样的只是我自己的心太乱。

　　我曾抱着母亲的肩膀痛苦地说："妈，我不想活了，太痛苦了，受不了了。"妈很坚决地说："哪能那么软弱，就被这么一点痛苦给击垮了？这只是一个人背叛了你，又不是全世界的人都背叛了你！"一句话，我突然就被点醒了。是啊！这点痛算什么呢？我怎么可以舍弃才刚刚一岁的孩子去寻求解脱？我怎么能抛弃高堂父母去做傻事？生命已经不单单属于我自己，它属于我身边关爱我的每个人。我只有好好地经营，努力生活，才能以静静的存在方式告知他们——我很好，还很快乐。

　　经过了这几年的磨砺，我学会了坚强，学会了接受，也学会了遗忘。虽然没有喝孟婆汤，吃忘情果，但的确已经淡忘了从前，甚至现在回想起来也已经没有了心痛的感觉。心底里的伤痛复原了，不会再为从前流泪了。

　　遗忘，现在已经变得很简单了，不去想起也就真的不想了。我常常忘记很多事，该忘记的已经忘记了，不该忘记的我也经常忘记了。

　　倒掉杯子里的陈水你才能续新水，删除了不开心的记忆你才能重新找回幸福。

　　每件事物都有它必然的发展轨迹,有时是不由我们自己掌控的。当进行到了一定阶段时,它便会朝着自己的轨迹运行了,不再是从前的模样了,我们所能做的便是顺应变化,接受现实,要知道这个世界上没有真正的绝望,有的只是绝望的思想。

　　你爱上了他,也是因为爱上了有他的日子;你为他而伤痛,也是因为伤痛着失去了他的日子。

　　有些事即已远去,就让它远去吧。记住从前,只能是一种负累。

　　坦然的让它结束在应该结束的时候吧。

　　生命本没有结果,有的只有过程。

　　(有缘是缘,无缘也是缘,有情是情,无情还是情。)

茉莉花

　　家里养的几盆花草眼看着就要枯萎了,也怪我平日里难得有时间照顾它们,偶尔想起来才会浇一次水,添一次肥,说出来挺愧疚的,难为它们这几年还能坚持地陪伴着我。想想今天有多余的空闲时间,便调转车头开进了花卉市场。

　　满眼里都是花的世界。红的、粉的、黄的、紫的,真是看不够的姹紫嫣红,绿玉翠竹。停停走走,也不知走到了哪里,但只闻见阵阵的茉莉清香。我四下里搜寻了一下,也没看到什么,起初还怀疑是自己的错觉。可是没有啊,是千真万确的茉莉花香,但我怎么没看见呢? 我决定细细搜寻一下。等转过了几处花摊儿,才发现在一处极不起眼的角落里摆放着几十盆的含苞待放的茉莉花,那样细碎的小小的白花惹人堪怜。原来阵阵花香正是从中散发出来的,是那样的独特、清新、淡雅,于百花当中亦是如此的脱俗,掩不住它的芬芳。

我也说不清楚是为什么就这样固执地喜欢着这种味道。喝茶的时候我就喜欢点茉莉花茶,只为着那一点点的茉莉清香;选香水的时候我也是喜欢挑选茉莉花香型,为它那独特的香味能萦绕于心。曾经不经意地将一枝茉莉断芽插在花盆里,再罩上个玻璃罐,一星期后它竟然发芽了,现在已慢慢长大了,今年更是不断地开出了小白花,粉嘟嘟地撅着小嘴儿。每每经过办公室的门口都能闻到它的花香,于是,在一整天里满心都盛着喜气。

于千万的香味里寻到你喜欢的芬芳,于千万的人中遇见你要结缘的情郎,这同样都是一种偶然,一种有着必然情愫的偶然。因为心底里有着这样的喜欢情结,不结缘都是不可思议的事儿。

时世繁杂的声音淹没了多少曾经年少的梦想,如今两鬓斑白时蓦然回首才惊觉像飞鸟一样消失的岁月已然被刻在了墓碑上,那些曾经感动和刻骨铭心的记忆也已随着岁月的流逝一天天黯淡了,但是唯有和花香一样被历练纯净的心境还依然存在,还依然清晰、淡雅、独特。

回家的时候我抱着一盆茉莉花,小心翼翼,又满心欢喜。就让这清香的茉莉伴在我的书桌旁吧,开门的一刹那必有一室的花香迎接我的归来。

高原散记

2007年的1月2日,我们一行4人是在中午一点钟离开喀什,开车去塔什库尔干的。从乌市刚到喀什的时候就听说通往塔县的路被封锁了,因为新近在阿克陶乡发现了一批东突武装分子,警察和武警已经封锁了那条道路,不允许通过。再加上边境口岸闭关,很少有车辆从这里出入。冬天的路面很滑,才下的雪已经被来往的车辆压瓷实了,光滑的路面上泛着耀眼的光芒,斑斑驳驳地裸露着黑色的柏油路,一直延伸到天的尽头。曾经就有好心人劝我们放弃了,不然车开到半道上就要返回多没劲。可是我们觉得来这一趟挺不容易的,不试试怎么能甘心呢!于是我们准备好了防滑链,带着GPS定位仪就按原定计划出发了。

一路上阳光明媚,晴空万里。两旁的田野里尽是枯槁的黑褐色棉田,不时地闪过车窗。可半天的工夫,也见不到一辆车。

前面的四十公里路还能见到人家和村庄,再后来就完全行使在了山坳里了,没有了任何的手机信号,两旁始终是光秃秃的山峰,干涸的河床上躺满大大小小的鹅卵石。我们路过了两个边防检查站,拿出事先准备好的证明和身份证给他们验证和登记。还好,我们以前认识的边防武警给我们提供了最大的便利,一路畅通无阻。

在半道上因为拍摄塔湖的夕阳而耽误了些时间,所以当我们开进塔什库尔干县的地段时已经是晚上11点多钟了。黑色的夜空上群星璀璨,光彩夺目,仿佛全世界的宝石都汇集在那里了。已近阴历的十五,月亮如一轮明镜,悬挂在天空上,水洗的月光就静静地撒在高原的每一处角落里,能清楚地看到山上的每一处风景,白色的雪,黑色的影,还有褐色的山石。这样清亮纯净的世界只有这里才有啊!我们只能感叹了,因为手中的设备可能无法记录下这样绝妙的时刻,那就只能将它深深的映刻在自己的脑海里了。

县城很小,只有两条纵向和横向交叉的柏油路,路的两旁是高大挺拔的白杨树,十字路口上有个圆形转盘,矗立着展翅飞翔的雄鹰雕像,而路的尽头就是覆盖着千年不化的冰雪山峰。

驶进塔什库尔干县城的这条路就算是这里最繁华的街道了。很短,好像只有两百米的距离,所销售的东西也全是很便宜的地摊货,因为偏远,质次价廉的商品充斥着整条街。

也许是口岸闭关的原因,再加上边检封锁,使得游客很少,整条街都显得冷冷清清的。不过偶尔还能看到一两个着红色衣服的塔吉克新娘,头顶配有银饰的花帽,扎着红色的头巾,在帽檐的两侧垂掉着银耳环,脖子上是红白黄相间的串串珠饰,身后则是一排装饰得很漂亮的黑色粗辫。塔吉克的新娘们是要将这样的服饰整整穿戴一年的。

第二天,我们还特意去了红旗拉甫的口岸,那里的海拔高度在五千二百多米,紫外线很强烈,空气里的氧气更稀薄。因为有特别通行证,那里的排长便给我们指派了一个哨兵陪着我们上边界。边检哨卡处有一道铁丝网,标志着我们走到了国境的最边上,车只能停在这里了。

从这里到中巴界碑处有一段上坡路,坡上是一群悠闲地吃草的牦牛,无人看管。当地的老乡们也多是将牛羊放开,随它们自己走走停停,四散在峻峰绝岭。国界对它们也许没有意义,但我们却不能随意民嘴唇突破性半步。我们沿着缓坡慢慢走上去,可每走一小步都觉得气喘得厉害,太阳穴里血管在隐隐地胀疼。寒风扑面而来,更压得人喘不上气来。据称这里是天上无飞鸟,地上不长草,风吹石头跑,氧气吃不饱,四季穿棉袄。

中国境内的柏油路黑漆漆地延伸到边境就停止了,抬眼望去,那边的巴基斯坦境内则是漫漫黄土路,寂寂无人。我们在界碑两旁分别留了影就迅速下山了。

一月的冬季正是塔什库尔干最寒冷的季节,滴水成冰是一点都不夸张的,凡是到了户外,所有东西均被冻得硬邦邦的,就连你刚说出的话都好像能被冻住一样。满眼望过去你很难看到有生命的东西,只有天空中飞掠而过的黑色乌鸦是这里真正的统治者。

高原上的石头城,当年是为了抵御外部的袭击,在这块牧草丰美的高地用石头堆积搭建而成了一处城堡。大大小小的石头遍布城堡的每一个角落,据说这些石头就是当年用来打击敌人的武器。我在别处走动的时候,私下里还真留意了一下,在这方圆几百里的地方是不太容易找到其他石头的,估计所有的石头都被运送到这个城堡里来了。

石头城的脚下是一些自家建成的农家土屋,远处就是大片的草滩,也就是所谓的高原湿地,有两条河流正好穿过这里。夏秋季时草滩是黄绿色的,黑色的牦牛和黑白相间的刀郎羊被牧人赶到这里。此刻深赫色的泥土像是被翻搅过了一样布满了凹陷的泥坑,上面覆盖着厚厚的积雪,人踩上去很难受。远望天际是碧空映衬下的白色山岭。

清晨,在太阳升起之前的黎明时刻,墨蓝的天空上满是紫红色的彤云,而草滩上正弥漫着像梦一样的白色雾气,站在石头城的上方往下看去,雾气就像是仙女手中的丝丝飘带,随风而走,一会儿的工夫就漫过了草滩人家,跃上了城堡。雾气里还夹裹着袅袅炊烟,树影婆娑,由不得你不怀疑自己是在童话仙境里了。

远远望过去,慕士塔格山峰上的皑皑积雪倒更像是巧克力蛋糕上的奶油,纵沟深壑则更像是被天公石斧劈砍过的斧痕,无论怎么看也看不出它的伟岸超拔,可是你若是到了山脚下,估计就渺小到蚂蚁的程度了。

塔什库尔干的冬天拍摄记

2007年的新年,我和三位摄影爱好者是在去塔什库尔干县的路上度过的。

那时候,晚霞将天上的云和山峰都染成了金红色,只剩下墨蓝的天空上悬挂着水洗过的月亮,清亮、洁白,仿佛巨大的舞台幕布呈现在我们的眼前。我们的车像蜗牛一样,缓慢爬行在这个超级舞台上。凛冽的山风更像刀子似的吹透了我们的身体,牙齿在不由自主地打架,嵌着相机的三脚架也被吹得摇摇晃晃的。这是我第一次拍摄冬天的风景,第一回遇到这样的情景,真正领略了拍摄中的艰辛,就差把自己身上的小零件冻掉而留在这里当纪念品了。

喀拉库勒湖,位于塔什库尔干县的境内。从喀什出发,开往塔什库尔干,沿着河道公路上行,在半路上便可以看到。那里湖水碧蓝,波光粼粼,公格尔九别峰和慕士塔格峰分别矗立在湖的两侧,遥遥相望。

传说这是两个忠贞不渝相爱的年轻人的化身。远远望去,公格尔九别峰像是婀娜多姿的少女，温婉淑静，而慕士塔格峰则更像是一个英姿飒爽的青年，伟岸雄浑，大气磅礴。山顶上终年不化的皑皑积雪，在阳光的照射下显得分外洁白耀眼。湖水静静地躺在山的怀抱里，倒映着依依相连的身影。

当我们开车经过这里时已是下午7点多钟了，太阳正在缓缓地下山，温暖的阳光照在山体上，使得山峰的色彩分外美丽。上顶上覆盖着厚厚的积雪，彤云缭绕，碧蓝的天空上依稀可见初升的朦胧月亮。

车开得飞快，可我们还只能在公路上行驶，到达不了湖边。太阳迅速地移动着。看到这里，还没等车开到湖边呢，我们激动的情绪就已经达到了顶点。

高原上氧气稀薄，人和车辆都放不开速度。待车到达湖边时，我们便迫不及待地跳下车，瞅准湖畔的一个小山包，抱着摄影器材向上冲去。

一个矮矮的小山包，我们缓步爬上去仍然还是气喘吁吁的。太阳快落山了，刚才还只看到阴影在山脚下，这时候已经到了山腰上了。我们几个人尽可能快地打开三脚架，安装好照相机，顾不得呼啸的山风纠缠着我们裸露的肌肤，迅速地按下快门，一时间静静的空气中只有耳边相机的咔嚓声和我们粗重的喘息声了。

我一边按快门，一边拍录像，就想多一秒纪录下这美丽的时刻。直到太阳完全下了山，我们才停止拍摄，这时候才意识到寒冷，因为我们的手脚都已经冻僵了，完全不听使唤了。等我们哆嗦着跑回车里，好大一会儿身体还在抖，许久才缓过神来。

同行的金老师不戴帽子，不带手套，在凛冽的寒风中坚持拍摄了更长的时间，居然比我们晚回来20多分钟。他的脸似乎冻硬了，头发和睫毛上都挂着白霜。我们感慨地说："这就是专业和非专业人士之间的区别啊！"

离开那里有段时日了，可那一时刻仿佛就像是发生在昨天一样，还是那样清晰。我想我还会再次回到这里，回到这个梦境一样的地方。

周军成

半截子老城墙（八篇）

早年的这个城市，北门跟前的城墙下是一个医院，在医院之前是个帮会，再之前是个土地庙。再之前的之前，谁也不知道是什么了。

记忆或者历史这玩意儿就是这么先是变得模糊，模糊上一阵子也就没了，就像天上飘过来的一片云彩，转眼之间就会被风吹跑。

医院最早是盛世才建的，原先就在北门，后来（上世纪五十年代）搬到了友谊乡，友谊乡的名字后来变成"反修"，现在叫"友好"。我在里头工作过二十多年。

当过护士、写过院史、看守过图书。这些记忆也许用不了多久,也会越来越淡,无法分辨。

当然,现在的医院已经不是那个医院了,快七十年过去了,那个医院的旧影子,已经被一些死去的人带走了,今天的太阳光下,你找不到多少旧事,那些被风吹旧的日子,如果刻在某面墙上,也已经风化脱落了,更何况那段墙已经没了,就更不用说别的了。

一张黄得已经有些模糊的照片,我在十年前见过。一个土台子上,站着许多扛着坎土曼和十字镐的人,他们在挖着那个土台子,那是个尘土和汗水弥漫的劳动场景,里头的人都是医院的工作人员。那也许是 1951 年也许是 1952年? 现在已经弄不清楚了,人们站在北门的城门楼上,拆除这个旧时代的遗迹,跟前的城墙在之前已经被拆掉了,因为这城墙已经没用了,把一个没有用的东西摆在面前,对勤劳而务实的人们来说无疑是不敬的。

再早一些时候,这城墙也许有些用处,只是为旧时代所用而已。比如马仲英攻城那阵儿,迪化城就有很厚的城墙,如果没有城墙,盛世才可能就会守不住,那样的话,历史就会是另一个样子。也许毛主席的弟弟毛泽民他们不会死在新疆,盛世才杀掉的可能是别人,那么我加入"红小兵"的那年,在燕窝,就会排队站在别人的墓前举起小拳头宣誓。

上世纪70年代,我家就住在离北门不远的东风电影院跟前,窗子后面残留着一截子城墙,从东风电影院一直伸到党校跟前。现在可以说是延伸到文庙跟前,因为那时间我们不知道这地方是个庙,只知道里头混杂地住着很多人家。我有个外号叫"小地主"的同学,家就在里头。那截子老城墙和那年月的阳光、冰雪以及童年变成的记忆已经模糊了。至于在上头打架、斗"鸡"、打髀矢、比谁尿得远的种种往事也似乎不真实了。因为那截子城墙已经不在了,我有时甚至怀疑它是不是曾经就没在那里呆过,只是我的一种幻觉,或者我的回忆迷路了? 如果它曾经在那里,只是那时间我不知道这截城墙多年以后变成的也只是回忆而已。

城墙消失的理由也许是配不上这个城市了。在早年，城墙灰头土脸，城市也灰头土脸，都那么灰头土脸谁也不会嫌谁。后来城市现代化了，一座座高楼快快地就长了出来，楼房一片连一片地一直伸进远处的墓地里头。这时候的城墙看上去就像城市脸上凸起的一道伤疤或者污垢。一个人的脸上如果有道疤痕或者擦不掉的脏东西，那人可能会觉得有些丢人，不愿意见人，更何况一个城市。城墙夹在楼宇里，对现代化的城市可能是一个羞辱。也许城墙自己也感到羞愧了，也想塌掉，只是还没塌的时候就被人拆了。

大片的楼房起来以后，人们都很忙，没时间去想以前的事情。住在楼里的人更不会去想自己是住在早年的城墙上，还是乱坟岗上，因为想这个没什么意义。

邓丽君的"小城故事"传进来的那年，城墙还在，当然，这个城市不是个小城，也没有小城里的故事。城墙上有没有故事谁也不知道。小时候，我们在城墙上只捡到一些子弹壳，没有捡到故事。倒是在城墙下面，发生过一些事情，有人躲在城墙下隐蔽处手淫，也有小偷把偷来的东西埋在墙根下，某年九月的一个夜晚，有一男一女在城墙根下偷情被人发现，男的爬墙跑了，女的跳进旁边一个菜窖里，那年月我们很多人家的菜窖就在城墙根下。女人被人拽出来送进派出所以后，这件事情被我们说了好多天。我不知道这些是不是这个城市的故事。

我想，对城墙的记忆可能不只我一个人有，很多人都有，那对男女肯定更是忘不掉。

其实这回忆有时是无聊的，正如我的这些无聊的文字。

有时间来看看

多年前的一个夏天，我的一个朋友，在舞厅，为了一个女子，被人一刀子捅了。

那是一个干燥的夏天，很多天里没有一片云从这个城市的上空飘过，就更不要说雨水了，空气中没有一丝的水汽，我们几个枯干影子，在城市东面的墓地里乱摆着。这是东山公墓，望不到尽头的坟墓让人不自觉地想起历史之类的东西。而历史与我们可能没什么关系，有关系的是我们死去的朋友，我们要为他挖出一个墓穴出来。

这里没有绿树，所能见的，只是一些稀疏而枯黄的草，像一个个将要脱尽头发的老妇人。蜥蜴在其中爬行，无影无踪的风像痛苦的呻吟穿过这里。

我想死亡的确是可怕的，特别是当你没有一块好墓地的时候。我可怜的朋友，这里没有一棵树陪伴你，即使一棵落光叶子的枯树也没有。

因为我的瘦弱，只挖了那么几下，十字镐便传到他们手里。我闲了下来，闲下来便在密集的坟墓间转悠着。

不远的地方，坐着一个中年男人，手里卷着莫合烟，我想找个人说说话，我走了过去。

"借你的火用用。"其实我口袋里有火，我没话找话，我指了指他身旁的墓碑问："你的啥人？"

"朋友。"我看见一瓶伊力大曲，已经被喝掉了几口，他的嘴里有股酒味。

"喝点。"他先在墓碑前倒了一点，然后把瓶子递给我。我喝了一口。

"你来看他？"我说。

他"嗯"了一声。

"我看这墓时间长了。"我说。

"十年了，十年前他死的。车祸。我也是开车的，在阿克苏，来乌鲁木齐我就来这儿，陪他坐会儿，喝点。"他说话认真。他的朋友似乎就坐在他身旁。

"哎，其实我来这里坐坐，心里就感到舒服点，他小子喜欢喝，我不行，喝不过他。他就是喝酒喝死的。我俩都开着车，快到乌鲁木齐的时候。我们把车停下来坐在路边喝，我说他不行了，不能再喝了，他说'你都没事，我能不行？'结果快到乌鲁木齐的时候他就把车撞到电线杆子上了。我把他埋在这儿。"

"你常来这儿?"

"这回有半年了,有点对不起他,不过没出差的机会,也没办法。不知道这小子能不能原谅我。这么长时间没来看他,他可能挺闷的。"

"你这人仗义。够朋友。"我说。

"其实来乌鲁木齐也没别的事情。陪他坐坐我心里舒服。再说他活着的时候,在乌鲁木齐就不认识谁,埋在他周围的这些人他肯定也不认识,他挺孤单的。"

我又喝了口酒,说:"他有你这个朋友,算他的福气,谁有你这样的朋友都是福气。"

"其实没啥,我只是坐坐,陪陪他。"

当那瓶酒快完的时候,他说:"我该走了,坐了四个小时了。"他把剩下的酒洒在坟地上,溅起一些尘土,他拍拍屁股上的土,走了。

我看见了他的背影,他很结实,是一个很结实的汉子。他在这些坟墓之间晃动着渐渐远去。

我想多年以后,如果我能在这块地底下埋着,有人能常来此坐坐,即使一句话不说,一瓶酒不带,只是在我跟前坐着,用手拍拍我的墓碑,像现在拍着我的肩膀那样,我会感到很幸福的,当然不是在清明节,清明节太热闹了。

房顶上有根指头

有时候,我会想起我爷爷,虽然他在我父亲只有五岁的时候,就死了。但不知为什么,我却常常想起他。

听我婆(奶奶)说,他只有九根指头,另一根指头,被他哥咬掉了。那当然是他俩还都不大的时候,为争食一串"拐枣",就打起来了,打着打着他的那根指头,便被他哥塞进嘴里,给咬掉了。那根指头,那根血指头,被他哥从嘴里吐出来,扔上了房顶。

开始我还不信,我只是看着我婆手里的白铜水烟锅发愣,看着看着也就信了。我想我小时候为啥那么怕我大爷(我爷爷的哥哥)? 只要看见他,便会拔腿往家里跑去。我一直不知道这到底为啥?

而我大爷,前年才去世,整整活到了九十。

我婆说我爷爷是个读书人,是早些年周家寨里能写对子的人。只是他少一根指头的手,写出的对联是个什么样子? 我父亲也许都没见过,就更不要说我了。有一年,他考到省城里的一个什么学校上学,那时间十里八村的人都觉得他是个有出息的人,可他没学几天,便让人家退了回来,说是有病。

"啥病?"我问。

"啥病不知道,反正人家说是有病,不让他上了。"我婆说。

之后,他就回来了,回来后又不能天天在家闲着,总得干点什么。他试图种地,可没干两天,就知道自己干不了,而后,他想做个买卖,他去卖油,他觉着这是一件好干的买卖。

他挑起一副油担子,卖油。只是很多天一斤油也没卖出去。他走村窜巷地大喊一声"卖油——",然后便继续往前走去,等人家拿着盆子、碗从家里出来的时候,他早就没影了。

既然卖油也干不了,那就只好闲着了。他像很多闲人那样,到处闲逛而找不到自己该干的事情,什么事情都有人干了,地里有长工也有短工,家里的事情他更是插不上手。

那天黄昏,他从两宜镇往回走,只有两里地的两宜镇,这变得有些远,因为酒让他变得摇晃起来,坑坑洼洼的泥土地又有些绊脚,他嘴里哼出的秦腔也有些坑坑洼洼的时断时续。

这是一条窄小瘦长的路。两旁的包谷地都已经抽穗了,在风吹过来的时候,"沙沙"地乱响,像是有人在里面穿行似的。他走着走着感到想方便那么一下,好在离自家的地已经不远了,他就那么憋着憋着钻进了自家的地里。

他解开裤带的时候,没有感到周围有什么异动。他蹲了下来。这时,有人拨开一层层包谷秆向他走来。他似乎感到了什么,提起裤子站起来向周围看了看,什么也没有,只有风把包谷吹得来回颤动,他又蹲了下来。过了一会儿,他听到有一阵风向他刮来。

"谁?"在他嘴还没闭上的时候已经挨了一脚。之后,他便被人绑了,头上蒙了块破粗布,被人装进了麻袋。路上跑来辆马车,他被扔了上去。

他被"胡子"绑了。我婆说:"那年咱屋里种了二亩大烟,要不你爷也不会被胡子绑。你爷爷也不会死。"

他被胡子绑了,可他又被胡子给弄丢了。胡子们赶着马车,马车上装着几个麻袋,麻袋里都是"肉票","肉票"里包括我的爷爷。可能是因为路途颠簸以及胡子们打盹的缘故,有一个麻袋掉了,等胡子们走出去几里后,发现麻袋少了的时候,我爷爷已经被别的人捡到了,人家以为捡了一袋子包谷或者红薯。当解开麻袋上的绳子,才知道只是个人,当人把我爷爷拿出来的时候,我爷爷他已经吓得不会说话了。幸好有人认识他,他被抬了回来。之后,他就彻彻底底地病了,在大约出了二十几天冷汗之后,离开了人世。

我婆说:"你爷爷是被吓死的。"

我想只是他死的时候,少带走一根指头,别的什么也不少。

我没见过他,但不知为什么却时常想起他,想起那根沾着唾沫的、有着污黑血迹的手指。在房顶上,会不会有猫或者别的吃腥的东西?那根指头现在还在不在?

现在我坐在家里,虽然已离开千里之外的老家二十几年了,但我依然想着那根指头。我总想着自己的屋顶上,也有一根指头。我想着想着就有点心慌,我爬到楼顶,搜寻那块属于我的屋顶,可上面什么都没有,而当我坐在家里,总感到上面有根指头。

这时候,我伸出手看了看,十根指头,一根也不少。

被乌云跟踪的下午

　　我们被乌云跟踪着，就像罪犯被警察跟踪着那样。即使今天，我已经从一个屁都不懂的娃娃，变成四十好几的"半坷子"，也没忘掉那些乌云们。那时间离现在太远了，远得让人觉着就像谎言。

　　按说9月1日那天开学，那是1976年的9月1日。我们没有进到校门里头，说是开学时间推后了，透过学校的栅栏门，看见操场上堆满了麦草，据说是从学校农场运回来的。我想如果那些麦草被谁弄点火进去，那么整个学校就不在了。操场边上"造反楼"在冬天被烧掉的时候，我们有一个星期就没上课，如果学校不在了我们可能就不用上课了，那该有多好啊！这种阴暗的想法我想不光我一个人有。不知道学校是不是已经猜到了我们的想法，才不让我们进去的。

　　我们几个同学站在校门口看着那堆麦草，都有种幸福的感觉，因为今天不用上课。

　　不知道从哪里来了些风，似乎从地底下来的，带着尖利的叫声，像鬼或者什么的呻吟。我们不约而同地身子都颤抖了几下。这一阵子，尘土、树叶和麦草漫过我们的头顶，向身后的人民广场走去。我们学校的跟前就是用来游行与进行各类庆祝活动的广场。那些风嘶鸣着在广场上盘旋了一阵之后就不见了，至于哪去了？谁也不知道。风走了，留下的东西比如烂报纸、泥土、瓜子皮、糖纸之类的，和一次伟大的庆祝活动结束后没什么两样，只是少了一些乱哄哄的脚步和唧唧喳喳话语的回声。

　　这时候，我看了看天空，蓝得有点幽深，就像深渊那样。可天边，应该是西北边吧，一坨子不大的黑云，像躲在角落的狗，伺机走出来，可我看了一会儿，它没动。

"我们去红卫兵水库吧。"有人建议,我和"黑老鸦"以及谁谁的一群人都没有反对。

我们十来个人穿过被风肆虐后的广场,就像踏进某段历史的废墟那样。我感到有些不好,至于为啥不好我也说不清楚,因为我看见那坨子黑云出来了。我说:"会不会下雨? 刚才那阵风……"我看没人理我,并且他们都奇怪地看着我,我再不敢说什么了。

我想我们挤上1路公共汽车之后,那朵云也跟着我们来了。如果那朵云是我们的影子,倒也没什么,按说人应该被自己的影子跟着。可跟踪我们的那朵黑云,保不准就是别的什么,我被我的想法弄怕了。

在一片沙地上,我们被阳光晒得晕晕乎乎,我们并排坐在岸边的沙地上,开始脱裤子。在我们一个个脱得精光,并排向水里走去的时候。那朵黑云已经跟来了,而那穿过广场后便不知去向的风也好像跟着来了,它不知道在哪里被耽搁了一阵儿,比我们晚到了一些时候。

我看见我们的影子在水中摇晃起来,就知道那阵风跟来了,当然,还有那朵云。

我想起那朵云,并抬头看见了它。我似乎感到它被我发现后感到有些恼怒,对我"吼"了一声,之后便轻蔑地看着我。我想他们应该听到那朵黑云的声音,可他们没有听到,继续向水里走着。

那朵云就在我们头顶不往前走了。这时候,天边一朵一朵的云,都向这边飞蹿过来,似乎得到什么号令似的,所有赶来的云,汇涌与集合在我们头顶的那朵黑云跟前,云越聚越多,天越来越暗。可在我们身体渐渐变黑的那一刻,前面却阳光明媚,鳞光闪闪。水库里有不少狗鱼,可我觉得,整片的水域,只是一条鱼,一条巨大的鱼的嘴张开了。

这时候,天空被齐齐地割开了,覆盖我们的是乌云,而前方却是灿烂的阳光。

"我说,我们上去吧,天不对劲。"没人理我也没人往天上看。

就在这时候，我的同学"黑老鸦"就不见了。大家都在喊着他的名字，没人答应。在我们个个脸色苍白恐慌颤抖的时候，头顶的乌云突然不见了。

"黑老鸦"就这么死了，我不知道与那些乌云有没有关系？第二天在水库的另一面找到了他被泡肿的身体的时候，我想起那些乌云……

现在的水库已经改成"公园"了，我所说的这些，遥远得真有点像谎言。

露天电影

一

我的头上缺一块头发，有铜钱那么大，很多人以为那是一个"斑秃"，其实不是，是早年看电影的时候，被飞来的半截砖头给砸的。那砖头想去的方向以及所要达到的目的可能不是我的头，可它偏偏在我的头上停了下来。

当时我没有感到痛，只是以为谁在我脑袋上拍了一巴掌，像我那么大的毛子子，有义务承受来自各方面的巴掌。我没理视，注意力依然在银幕上。当血顺着我的脸流下来的时候，我以为下雨了。我向坐在旁边的"豆眼"说：下雨了？"豆眼"不耐烦地："你勺子吗？"可他突然又喊了起来："呀！你头流血了！"

声音比电影里的瓦西里高出去许多。《列宁在十月》被我看过不下六遍，可我专注得竟然没感到疼痛，正如我爸训我的那样：你把看电影的一点点心思，用在学习上，就不会动不动请家长了。那年月，我的确让父亲感到难堪与羞耻，我学习太差了，动不动就请家长。

幸亏那天晚上的月亮以及那部演演就断的老片子，放映机跟前的灯一直亮着，才使"豆眼"看见血。

我头上被缝了六针，之后一直到现在，这块地方再没长出头发，甚至一点绒毛都没长出来。现在去理发，次次都要向理发师反复强调，别把我这个疤漏出来。

在医院缝针的时候,我脑子想着的是那个被列宁抱过的小女孩,只露了一面再就没出来,哪去了? 我一直在等那个女孩出来,等了六遍也没等出来,却等来了半截砖头,把我的头给等"烂"了。

现在想来,那年月的执著可能是因为愚蠢。如果那个女孩现在还活着,应该快一百岁了。我现在已经是个成年人了,也知道电影是怎么回事了。可不知为什么? 我依然会时不时想起那个被列宁抱过的小女孩,那个已经一百岁的小女孩。

二

那时间看电影可能是件幸福的事情,似乎人人都能在银幕里找到些什么,那些一遍又一遍动来动去的人和事,被人人熟记,但似乎没有谁感到厌烦,那些陈旧的故事,就像我们穿旧的衣服依然会把我们套进去。现在的电影院里已经没几个人进去了,而那年月似乎都在等着一些事情发生,但你几乎找不到什么新事儿,我以为在旧电影里会找到一些新的东西,情节发展发展着就会变掉,可拐到了别处的故事我一直没有等来,可我并没感到烦,依然感到很幸福。

在看到电影队队长吴胖子从我面前走过的时候,我就有种离幸福很近的感觉(吴胖子其实不胖,挺瘦的。可不知为啥都叫他吴胖子,我猜他可能以前胖过。)。我最想巴结最羡慕的人只能是吴胖子的儿子了,因为吴胖子不是我们这些嘎子子们能巴结上的。巴结上他儿子就可以让人早早知道哪天有什么电影,如果谁知道这个消息早,不仅可以占一个好位置,还可以有一个炫耀的资本。在篮球场中间划一个圈,写上某某家、某某家的名字,摆上砖块或者小凳子。我们有时候坐在自己画的圈里,像牛或者羊待在圈里那么温顺与惬意,与牛羊不同的是,牛羊享受着草料,我们享受着阳光,享受着夏日午后毒辣的阳光。因为这是中午,我们一直会守到晚上或者深夜。

1976的往事

在回头的瞬间,看见童年。

那年,我读小学五年级。那年可能是我今生中最倒霉的一年。

我的屁股肿得像一对紫色的茄子,这当然是我父亲的杰作。

因为我偷了楼后面平房里赵拐子家的两只兔子。我跪在父亲的面前,忍受着屁股的肿痛,交代着自己的"罪行"。

一

我想,得从我不算太丢脸的事情上说起,一个比我高一头的家伙,脸被我打得几天都见不了人。他比我高两个年级,住在与我们大院隔条马路的党校里。我们大院有一些他的同学,他常常在我们院里玩,我每次见到他,总会被他拍上一巴掌或者踢上一脚⋯⋯

"说!除了这你还干了些啥?"我老子的气看来这几天都消不掉。

"前天,我打架了。我把'肉头'的脸打肿了。他爸带着他找过你,你不在,我奶奶在,奶奶没告诉你,怕你打我。"

"为啥打人家?"

"他欺负我,他都上初二了,再说他比我还高那么多呢。"

"你就没错了是不是?啊?"

这时间,父亲的怒气又一次逼过来了,我不敢往下说了。我想他的巴掌随时会抽过来。

　　我偷眼看着他的手臂,有点担心。过了会儿,他喊道:"说! 往下说!"

　　我只好颤抖地继续交代我的罪行。

　　"'肉头'他欺负我,天天都欺负我。还给我起外号。前天,放学后,我和大头、眯眼他们在赢酒瓶盖子的时候,他把我们的酒瓶盖子全抢走了,还踢了我们一人一勺尖。他不就是看我们比他小,打不过他。他把我的东西抢走后,我就跟着问他要,他不但不给,还打我(我抽泣了几声),把我的鼻血都打出来了。我在车队的水管子那儿洗鼻子的时候,他还踢了我一脚。要不是他们同学拉他走,他还要打我呢。反正我不能被他打,我就远远地看着他往哪儿走,后来,我见他进厕所了。呆了会儿,我想他肯定在拉屎或撒尿。我就冲进去了,他还没来得及提裤子,我就给了他脸上一脚,差点把他踢到茅坑里,要不是有人在淘粪,我才不跑呢。我听见茅坑下有人喊了声:'干啥呢?'。我就跑了,我听见他在后头哭呢……"

　　"你还以为你是英雄是不是?看你个没出息的样子,啊?躲在人家背后……"

　　"我没躲在他背后,他看见我了。"

　　"看见个屁。你打不过人家,躲远点。你跑到厕所里打人家,这叫有本事了。"

　　"凭啥他上厕所的时候,就不能打他?"

　　"你、你犟嘴。"他举起巴掌,我下意识地一躲,他的巴掌没有落下来。只是恶狠狠地说:"以后再给我惹事小心点。"

　　"嗯。"我用细微而颤抖的声音答了声。

　　父亲的脸似乎舒缓了些,脸上的怒气似乎正在散开,可突然那些怒气又聚在了一起。

　　"那你为啥偷人家的东西?"话音未落,我的脸上一阵生痛,五个红肿的指头印凸了出来。我"哇——"的一声哭了起来。

　　"不许哭!"他喊道。

　　我哽咽而颤抖地说:"我刚不是说了吗?你不是已经知道了吗?"

二

这是一件最让他无法忍受也无法原谅的事情。正如他所说一个小偷都是由我这样的人成长起来的。在偷兔子之前,我曾经偷过停在我家楼前一辆吉普车里的五个苹果和父亲口袋里的两块钱。这是到今天他都不知道的秘密,被我整整地隐藏了几十年。

兔子这事儿,对我来说不光彩的地方,一是被我老子痛打了一顿,二是暴露了我的愚蠢。

那年,班里转来个新同学,话说得不太清楚,我们都叫他"广东娃"。班级里当然少不了"河南娃""东北娃""阿拉子"之类的称呼,我当然也在其中,被称为"陕西娃"。

"广东娃"手里总会有些新鲜玩意儿,比如:香橡皮、和平鸽徽章、带磁铁的铅笔盒等等。这些我觉着并没球意思,只是他的三本"毛选",三本被夹在其中的烟盒充胀成发糕一样的"毛选",使我羡慕了很多个日子,那些烟盒没有一种是重样的,花花绿绿的使我真有些失魂落魄了。

我像皇帝身后的太监那样,跟随着他,其目的就是能经常看见那些烟盒,我实在想不出更好的方式来巴结他。一天,他对我说:"你是我的好朋友,能不能给我搞个兔子来。"

"行呢,一个太少了,我给你弄两个。"这种好吹大话的毛病,二十年后的今天我仍然没有改掉。

"我拿烟盒跟你换,一个兔子一本,行不行?"。

"行呢。"我高兴地差点晕过去。

下午的两节维语课我没上,我觉着我也懂一些维语,比如各种骂人的话和"歪江""吆大西啦"之类的。回到家,我放下书包,跑到楼后头赵拐子家住的那栋平房跟前,我知道掏下水道的赵拐子家有不少兔子,不过那家伙财迷,大院里的人都知道他财迷。有一天,好多人都看见他在垃圾堆上翻腾着,说是在找一只鞋子,被他老婆扔掉的一只大头鞋,里头装了不少钱。他找了整整一天也没找到,因为三年级的刘军已经把那只臭鞋子带到学校交给老师了。刘军在垃圾堆翻找烟盒时,看到了鞋子里的钱。后来刘军在学校成为我们学习的榜样,在家成为我父亲训斥我的理由:"你看看人家,你要是能有人家的一半就算我烧了高香了,我咋就有你这么个货,唉!"这是我最不爱听又听得最多的话。

不过刘军目前在监狱里,在十年前因轮奸罪被判了十五年。

赵拐子财迷这谁都知道,问他要兔子可能比要他的命还难。可我又不能不去要。在路上,我想起他原先是国民党的兵,听人说是个马车夫。我想他狗日的赵拐子是国民党,我个解放军的儿子问他要个烂兔子他不能不给吧。他要是不给我就骂他国民党反革命。

在他家门口,我闻到了股尿臊味和一些青草的味道,我知道那是兔子窝里的味道。我掀开盖在兔窝上的两块砖,往下看了看。白色的或者灰色的兔子们呆呆地看着我,我用手往下伸了伸,够不着。洞口只有两块砖那么大,钻不进去。我突然想起来,我是问他要兔子来的,再说偷起来太费劲了,这阵儿说不定谁就会走过来。

我开始敲他的门,很长时间,我才听到里头的响动,我想他在睡觉,被我敲醒了。

"干啥?"他把门打开条缝,露出了他的塌鼻子和一双混浊而充满厌烦的眼睛。

"赵爷,能不能给我个兔子。"我的脸上似乎挤出了一点笑,我笑得可能不太好看。

"滚——"说完,他就把门关上了。

我尴尬的样子幸亏没人看见。我看了看周围。没人。

"我操你个国民党。"我差点骂出声来,可想了想,不就是让我滚吗?那有啥呢。

我站在离他家十来步远的地方,拾起半截砖头,想着是不是把他家的玻璃全砸了,可似乎觉着这事儿说不定就弄大了,回去免不了挨揍。狗日的你个反革命赵拐子,不信就偷不出你的兔子。

这个下午我没能得到兔子,却卖了1块3毛钱的"废"铁,那是几根从锅炉房门口偷来的炉条。

第二天,赵拐子家的两只兔子钻进我的书包里,那个晚上我根本就没睡。要不上学的时候,我也不会把一些课本拿出来压在褥子下面,更不会在课堂打瞌睡。这个上午,我被老师罚站了四节课。此刻我的书包里装的是两本夹着烟盒的"毛选"。

这件事儿坏就坏在前一天我问赵拐子要过兔子。兔子丢了他不找我还能找谁。下午放学回来的时候,在路口,赵拐子挡住了我。他一直蹲在写着"斗私批修"的"斗"字那块墙根下面,我过来的时候,他站了起来。

"你把我的兔子呢?"

"你问我干啥?我咋知道。"

"你敢说你不知道?"说完他就撂下我走了。

我想完了,这事儿我老子不知道才怪呢。

我想要回那两只兔子已经不可能了,"广东娃"这阵子正在给兔子挖窝呢。

可惜我的那些烟盒,被父亲一张张抖出来,扔进了炉子。那天晚上,不知道是我的屁股的原因,还是火墙太热,总之我一晚上就没睡着。

三

如果今天我还算一个诚实的人,那与我父亲的训斥和巴掌是分不开的。虽然我一直认为我不是一个诚实的人,从小就不是。

我的撒谎应该是从我的学习开始的。我不是一个听话懂事爱学习的孩子。1972年年底,我从陕西大荔的一个小村子里,来到这个到处都是冰雪的城市。城市里有许多稀奇古怪的东西。

汽车轮子上缠着粗重的铁链子。很多和我差不多大的孩子,脚上套着一双木板在雪地上滑行着,后来我知道这叫"冰爬子",木板下面有两根铁丝,还有人用皮鞭在抽打旋转着的铁疙瘩,据说那叫"牛"。还有称作"髀矢"的羊骨头以及带花纹的碎磁片和砸平的酒瓶盖子……

这些勾起我的兴趣使我常常忘掉还要去学校上课。

一天,我跟在父亲的后面,像被押解的逃犯,走进学校的操场。操场上游戏的学生们好奇地看着我,我的脚上是一双手工缝制的棉鞋,棉衣太大在罩衣的下头露着,谁都能看出来,我刚从农村出来。

可能是被他们看得有些紧张了,还是别的什么原因,总之我摔倒在雪地上。来到这个城市,已经摔了几十跤了。我站起来的时候,随口说了声:"日他的,啥烂地嘛。"很多男生和女生们在笑我。这时候,我觉着脸有点红。

班主任是个嘴里镶着两颗银牙的女老师,四十多岁,教语文。她的眼睛后面始终流露出一种恶狠狠咬牙切齿的东西。她坐在办公桌前抽烟的姿势使我想起万恶的旧社会里的地主婆,我不由自主地想起了《白毛女》。

我被安插在最后一排,虽然我的个头只能达到很多同学的耳朵那儿。我还是被放在了最后一排。同桌坐着一个有点对眼的家伙,用那双对眼看了看我。然后狠狠地踩了我一脚,我"哎哟"了一声。"你们两个站起来。"镶银牙的老师继续讲她的课。我和对眼站在最后一排,相互对视着。

"对眼"压低声音狠狠地说:"知不知道我是谁,我是'大王子'。下次你再叫唤我把你屎打出来呢。"

我不知道"大王子"是干什么的,总之我知道他厉害。我低下了头。后来我知道'大王子'是班里打架最厉害的人。这样,他也就成了我巴结的对象。

"现在听写。"镶银牙的老师说:"后面的你们两个坐下,明天把你们的家长叫来。"

这次听写我的成绩是23分。因为我听不懂老师嘴里到底在冒出些什么词,她标准的新疆土话,和我的陕西方言根本就不是一回事儿。

第二天,老师像训斥他的学生一样训斥了我的父亲,并要求把我领回去。不知道父亲陪了多少个笑脸和不是之后,她才答应留下我这个将来注定是废物的货。

这是我第一次请家长,回来后挨了父亲几巴掌,我想我总得替他泄泄火吧,要不要我这个儿子还有什么用呢?

现在想来,在我成长的过程中,不知道给父亲丢了多少回脸。我知道我是个学习不好的学生,成绩对我来说倒是无所谓。可对我父亲却无疑是一种打击或者伤害,可能还是一种污辱呢。因为有这么个没出息的儿子的的确确令人头痛。

一次又一次的请家长,使我越来越讨厌这个"地主婆"了。我根本就不想上什么学,要不是看在我父亲的面子和巴掌上,我才不去那个狗屁学校呢。

一天上午,因为我的课堂作业过于混乱,被老师留了下来,老师锁上门便回家吃饭去了。教室里有点动静的就是我和燃烧着的铁皮炉子了。我在重新写我的所谓作业的时候,其实正憋着一泡尿。铁皮炉子"呼、呼"的叫声,使我想起一壶烧开的水。想到水的时候,我有些憋不住了。我想我不能尿到裤子里,这是冬天,我就是再叉开腿也走不到家里,非把我冻死不可,而教室里也没地方可尿,过那么一会儿肯定干不了,总会被人发现的。我看见铁皮炉子上的炉圈被烧得通红通红,我想只能尿在这里了,它马上就能干掉,谁也不会发现。

我对着铁皮炉子尿出了我一生中最痛快淋漓的一泡尿。在我正打着幸福的尿颤的时候,老师推门进来了。

她看了我一眼,又看了看正在冒泡的炉子冷漠地说:"你回家吧,以后就不要来了。"其实,我想她根本就不用看,一闻也能闻出来我的尿臊味。

我知道我惹了个大祸,没人会理解和同情我。我想父亲更不会。

早晨,我背着书包走了,在学校门口以及商店或者电影院里浪荡着,该放学的时候,准时回到家里。这是冬天,零下三十度的冬天,有时候我蹲在某个墙根下面，像一条被遗弃的狗，我觉着我快要冻死了。可我回不到有火墙的家里，更回不到虽然有点尿臊味但依然温暖的教室。我想如果我真的冻死的话，我父亲会很伤心的，说不定还会哭呢，更不会放过那个镶着银牙的"地主婆"。虽然他总是在打我，我想他还是会很伤心的。

三天后，事情败露了，那天父亲从学校里回来，没有打我，我觉着这有点不太正常。看来他对我已经彻底失望了，甚至连打我都没兴趣了。

重新回到课堂后，有那么十来天，我没请过一次家长，可见我还是有进步的。

这段日子之后，一切似乎又恢复到了原状，只是老师用递条子而不是请家的方式与我父亲联络，条子由我带回，我看见了条子上写的都是对我的"教育"，更准确地说是惩罚。

这些条子没有一张能够抵达我父亲的手里，因为我已经找到了一个替他签名的人了。上初中三年级的"黑头"，他把我父亲的签名模仿得很像。我曾经从家里偷出两盒凤凰烟和一瓶伊犁特给他，求他帮忙，他显得很仗义。他为我签了6次名之后，我父亲到他家问他是怎么回事的时候，他老老实实地把我如何贿赂他的事实一并供了出来。

之后，老师所选用的方法是叫一个女同学给我父亲代话。女同学名字叫什么想不起来了，只是她长得挺好看，我想如果长大了娶她做个媳妇倒是不错。可惜她被老师利用了。我把她堵在半路上，说"你敢到我家去，我就打你，别以为你长得好看，我就不打你了。"

"你敢！"

"把你个'狗特务'我还不敢打了。"我伸出巴掌，其实我根本就不想打她，也舍不得打她，我只是想吓唬吓唬她而已，可她哭了……

这些其实不足以概括我的恶行，我想我做的一些事情远远不止这些。其实这是我和我们以及我们的父亲们的共同的往事。

阿斯哈啦

一

之所以叫他"阿斯哈啦"不知是因为他的长相还是因为别的什么，我现在想不起来了。电影《天山红花》里那个既能锄草也能打老婆的壮汉和这个名字挺像，其实把"阿斯哈啦"套在他头上，说不上准确也算合适。虽然他是我的老师，初中时候的班主任，可现在我们依然在背后这么叫他。这么一叫，似乎能把好多快忘掉的事情想起来。

那时候，班里几乎所有的同学都挨过他的打，这其中当然包括那些捣蛋的以及像我这样的"老实人"。我被他划到"蔫坏"里头，让我感到有些委屈与不平，我觉着我无论如何也应归于前者，因为"蔫坏"与捣蛋显然不在一个档次。

那时候我们的父母对他教育我们的支持率极高，也都知道他喜欢动武，但我们这些人不打行吗，能长好吗？ 谁都知道不打成不了材！更何况我们的皮已经被父母们打厚了，如果再不加点力气，肯定就没药可治了。

多年以后的我虽然没成个什么样子，但毕竟没有被关在监狱里或者被枪毙掉。就凭这点也得感谢他，是"阿斯哈啦"把我这棵差点就长歪的树扳直了。我虽然不是那么枝繁叶茂，也算是人模狗样地在这社会上混达着，有时候甚至像一个聪明人那样感觉还有点了不起。 卖烤红薯的王五和擦皮鞋的张三可能就没我体面。我今天之所以能过上这么美好与幸福的日子，是与"阿斯哈啦"的辛勤的培育和不停地修剪无法分开的。我的那些畸形与不良的枝杈如果没被剪掉，我可能就不是我了，能是谁呢？肯定也不是我的同学"癫嫖风"之流，坐几年监狱出来，成为周围最有钱的货。我没他那么好的运气和胆量。我只能是现在比我还"塌头"的那个谁谁谁。

二

接受"阿斯哈啦"的教育,是1977年。之前他是校办工厂的厂长,复员军人,山东人。他被学校派来给我们教物理。我坐在前排一张有无数窟窿的桌子后面,看着他有点上翘的鼻孔以及狠劲抿着的嘴。

"现在不是黄帅的年代了,不是学生欺负老师的年代了。"他用舌头舔了舔嘴角,露出不太整齐的牙齿:"听说,你们这个班难管的很?我倒要看看,能不能把你们这些'老先生'的罗锅治过来。"

这时候我左右看了看,我不知道他这个"老先生"是指谁?反正不是指我,我又不老,我理球他去。再说还有"苍蝇头"和"七老汉"他们呢。只是这一阵教室里还真的安静起来了,让人觉着不太习惯。这时间,坐在最后一排的"苍蝇头"大声说:"老师,'七老汉'有'罗锅'呢,先把他治过来。"坐在前排的"七老汉"站了起来转身对着"苍蝇头"骂了起来:"操你妈'苍蝇头',你股门子烂了吗?"

"你个屁仔仔敢骂我,下课后等着,看不把你屎掏出来才怪呢!"

这时间的教室又恢复到了往日的热闹,我们的嘴里都嚷嚷着:"哎!打撒!哎!现在就打撒!"

"阿斯哈啦"向'苍蝇头'的课桌前走去,我们都猜到了可能会发生点什么事儿。教室又安静了下来。

"同学们说得对呀,现在就打。你不是厉害得很吗?出来。到讲台上打去。"

"苍蝇头"呆在座位一动不动,头仰向一边,一副不屑的样子。

他突然揪住"苍蝇头"的脖领子,将"苍蝇头"提出了座位。"你他妈还不给我站起来!"

"你骂人。哎——你是老师哎你还骂人呢。"

"骂你，你看我打不打你?!"这时间，"苍蝇头"的头上发出"啪……啪"两声响。紧接着"苍蝇头"被拽到教室门口。"滚! 还想上学的话，把你爸叫来。""苍蝇头"被一脚踢出了教室。

这一切把我们弄得目瞪口呆。他转过身说:"你们谁刚才喊'打'了，都站起来，自己走出去。不然的话，看见前面那位了，是怎么出去的。"

和我一同出去的十几个人里头，还有几个女生。"七老汉"是被揪着耳朵放在我们这群人里头的。他以为跟他没关系了，在座位上，把头埋在课本后，装出一个好学生的样子。可"阿斯哈啦"就站在他背后。

"耶! 你还坐得挺稳吗? 看样子与你没关系? 啊?"这时间，"七老汉"的耳朵已经在他的手里了。

这时间，外面的阳光很好，让人有种浑身发痒的感觉，黑污的雪地上有几只乌鸦叫唤着，当然除了乌鸦之外，还有教室门口的我们。

三

之后很长一段时间里，我们似乎都变得服帖起来了，可有一天下课后，不知是谁把黑板上泼了不少的水，第二天早晨的黑板上有一层均匀而黑亮的冰。这里的冬天曾经被好多"口里"人说成是"尿尿的时候，会把人冻住。因为尿被冻成一根棍的时候，也就把人的'鸡鸡'和人一起冻住了。"这是我在老家来新疆前，听老家人这么说的。其实这里根本就没这么冷，一个晚上才把黑板冻牢实。黑板被冻住以后，上午的两节课就没法上了，炉子即使再热，把那些冰烤化也得费不少时间。

当英语老师用粉笔在黑板上划拉的时候，教室里爆出的笑声可能已经穿过操场传到了校外，并在校外的人民广场逛了一圈又拐了回来。这一阵，英语老师早已经把一盒粉笔摔在地下。走了。

　　这件事儿被"阿斯哈啦"查了很多天,也没查出来。至于与我有多大关系,好像不大。那天泼水的有八个人,而我只是在教室门口放哨。没干别的。其实我想干也干不上,他们是"八大金刚。"而我只是"小喽啰。"

　　之后的又一天,学校的厕所拆了。那是一个用了很多年已经被用旧的厕所,茅坑里的片石和砖都已经有点朽了,就更不要说搭在上面的木板了。粘在茅坑下砖石上的屎尿是淘粪人淘不走的,我想这些陈年老屎说不定很多都是"旧社会"留下的。据说这个学校在"万恶的旧社会"就有了。据说还是个"女子学校。"

　　在教室燃烧着的炉子里,又不知被谁塞进几块茅坑里的砖。所谓"又不知被谁"中的"谁"其实很多人都知道,只是没人愿意背上一个类似于"王连举"的称号。

　　这些老砖的味道已不仅仅是"臭"了,其中的味道我想谁都能想象出来。

　　这回"阿斯哈啦"不查了,他只是在教室里不停地转着,目光像探照灯一样在我们脸上扫来扫去,当它停留在谁的脸上时候,谁就倒霉了。只是一些人已经没有脸了,头低得快搁到抽屉里了,最早被揪出来的人,挨上两个响亮的耳光,并被一脚踹出门。

　　当"苍蝇头""七老汉"们被踢出教室的时候,已经预示着该轮到我了。从他抿着的嘴里溢出的冷笑声中,我看到了他的一双略为眯缝的眼睛里射出两道冷得让我有点颤抖的光。

　　"不……不……是我,真的。向……向毛主席保证……不是我。"我嘴唇有点抖。

　　"向谁保证也救不了你了,'老先生',你干的那些破事儿,那件见得了人?"

　　"我……真没干啥。"我的嘴刚准备闭上的时候,他的巴掌抽了过来,我下意识一躲,打在我脑门上,发出一声清脆的响声,随后他抓起我的书包扔出了教室,并抓小鸡一样,将我拎出了座位,一脚把我踢出了门外。

四

多年后的某日，一次同学聚会上，我见到一些中学毕业后一直没见过的人。当我站在门口，握住一个人的手的时候，感到亲切之外的便是尴尬，因为我忘了他的名字，只记得他是"苍蝇头"。为了表明我还没忘了他，说："我操，'苍蝇头'吗。"他笑了起来说："日他的，现在咋还叫这个。"我紧紧地握住他的手，像握住童年那样，毕竟几十年的时光就这么一晃达就没了，我们逃难一样地逃出了童年。

"七老汉"们坐在酒桌前的姿势使我想起那个已经被拆掉的教室以及"阿斯哈啦"。

这时间，我看见坐在对面的"七老汉"他们的目光变得有些僵硬起来，并齐刷刷地越过我向身后而去。在我准备转身的那一瞬间，我的后脑勺已被人拍了一巴掌，并且这巴掌声挺响，并把所有的目光吸引了过来。有些人已经站了起来有些人正挪动凳子准备起来，"阿斯哈啦"这几个字已经跑到了我的舌尖，想"刹车"已经来不及了，我转身的同时喊了声："阿斯哈啦!"

"好你个'斩鸡娃'，几年不见，出息了，敢叫我的外号了。以前的巴掌还没挨够咋地?用不用再给你几下?"他笑着举起手。

"不是，是赵老师。"

"听说你'斩鸡娃'当诗人了，是不是?"

"听他们这些狗怂造谣，我几斤几两您还不知道?"

在这个热热闹闹的气氛里，我们忘却了很多也想起了很多，我们只是感到幸福或者说快乐。回忆使我们感到自己逐渐完整起来了。

"阿斯哈啦"坐在他的这些学生们中间，像一只老母鸡坐在他的蛋上，"咯、咯"地笑着。

可惜的是，他也就孵出了我们这些蛋，后面据说因为没有文凭或者别的什么原因,他被一纸文件清理出了校门。可我觉着他怎么说还是不错的,别的倒是没什么,但他让我们成长为一群规矩老实的人。至于我现在是不是一个三棒子打不出一个屁的蔫货,这得问我们领导。

"阿斯哈啦"醉了。看着他的醉态,想起那个早已被拆掉的教室,不由得有些心酸起来,因为那里的新楼,已经让人忘掉了那个破教室以及门前的防空洞了。

教室门口的坟墓

一

坟墓本应呆在墓地,因为那样对活着的人来说相对安全一些。人与鬼为伍的时候,对鬼来说倒没有什么,而对人来说可能会损伤人的名誉和尊严的。

坟墓本应与碑相辅相成。可有的有碑,有的没有。有碑的不见得是墓,纪念碑下面就不埋尸体,埋的是思念和回忆,当然也少不了些许惭愧和幸灾乐祸。

坟墓跑进公园里的时候,公园便会有种阴森的味道,在里头谈情说爱者可能会少,自杀者可能会多。总之夜晚的公园里活动的只能是鬼或与鬼为伍的人。当坟墓站在你的楼下,注视你的窗口,你会感到天堂与地狱的距离。你蜷伏在床上,把自己想成一团即将腐烂的食物。

你把一个啤酒瓶子扔向窗外,这时候你听到一个人的惨叫,你分明砸在了谁的头上,而这人已经死了多年了。这事儿荒唐得就像你突然从梦中坐起来,说:"我看见我死了,就埋在楼下。"

一只猫头鹰在你的屋外哭泣着远去。这时候外面的天空依然是那么碧蓝,依然是那么真实可靠。

二

　　二十年前的我在这个城市的某座中学里,是个学习不好的学生。我所热衷的是能给教室里制造些骚乱和不安,并在这些骚乱和不安里浑水摸鱼一番。我对寂静始终有一种厌烦与恐慌。当教室里只剩下老师一个人的声音的时候,我便有种浑身发痒的感觉,我似乎感到有一群鸡鳖子正在我的身体上试图干些什么,开始我觉得这并没什么大不了的,可当我看到窗外蓝色或者灰色的天空下面的那棵老榆树,萎靡不振的摆动着它那被虫子蛀咬过的叶子的时候,我便感到有些恐慌起来,我似乎看见一个面黄肌瘦的人,正从身体里抖落出一些咳嗽声。这时间,我要么会自言自语地说上一句什么;要么我会突然站起身直愣愣地朝窗外看上一会,然后坐下。我的这种举动总会引起教室里的哄堂大笑,我弄不明白他们为什么发笑,可这时候,我必然会被老师提起来,赶出教室。

　　我坐在教室外头的操场边上的那棵老榆树下面,操场上寂静无声。所有的人都在教室里呆着,而唯独我在这棵老榆树下面,不停地从领口里掏出一些黑色的虫子。这棵老树的枝叶上爬满了黑色的虫子,那些虫子们不停地往下掉着的时候,一些麻雀正在树上生活着或为生活奔忙着。在这棵树下,陪伴我的只有三个已经死去多年的人,三个在"武斗"中英雄献身的人——三座坟墓。

　　不是虚构,在已经过去了的那个年代,坟墓像被风吹散的花籽那样,随意飘洒着。在城市的任何一片土地上,都有可能隆起或者生长出一座座坟墓。那些成年与未成年的人在璀璨而鲜红的天空下面,在"口号"和硝烟之后,变成一堆堆沉默而隆起的土。

　　虽然这些坟墓早已经不知道被迁到哪儿去了,但我依然认为,它们还在教室的门口,操场东北角上的一棵要死不活的老榆树下呆着。它们根本就没法跑掉,它们在我记忆的土壤里盘根错节地生长着。在我离开那所学校十九年后的今天,当我想起我那茁壮成长的少年时,便会想起那三座坟墓。我想那三座坟墓的根须会在那片土地下面、那个时代的肌肤里蔓延。多年以后,也许会长成树或者缠绕在一起的藤。

死亡是不是应该作为我们的必修课,在学校的校园里,以坟墓的形式,沉默而忧伤地向我们讲述枯萎。

那个"不怕牺牲"的年代,那个在理想与梦境的沼泽里沉浮的岁月,似乎离我们已经很遥远了,但却时时让我们感触到它的难以愈合的伤口和呻吟声。

三

三座坟墓的前面是一个深坑,准确地说是一个挖了半截子被撂下的"防空洞",里面散发出粪便与垃圾的味道常常被风送进我们的教室,那课本里的油墨香味早已不知道在什么时候就被吞噬掉了。而深坑的周围便是操场——用来打架或者跑步的地方,当然,有时候也开上几回"批判会"或者"忆苦思甜会"。

坟墓的左边是一片长满草的空地,虽然那些草总是被蒙上一层厚厚的灰,但你却能感觉到它的茂盛,它疯狂的蔓延。因为冬天,整整一个又一个假期,被我们用来寻找粪便,支援"农业学大寨"。我们拉着爬犁在冰雪覆盖的街道上、某个单位的猪圈或者谁家的鸡窝里,以及厕所和人不常去的墙旮旯里,像找寻珍宝一样在搜寻着粪便。当一块压在一片烂砖头下的冻硬的屎蕨子被自己刨出来的时候,我们会兴奋得像一条饿狗见到一截子火腿那样扑上去。这是今天体会不到也想象不出的。多么美好而令人激动的瞬间啊,却仅仅是为了一截子屎。大年初一,我们穿着新衣服拉着爬犁与粪筐,穿过街道与看上去还算高兴的人们来到学校,厚厚的雪地上与鞭炮的碎屑上留下了我们"移风易俗"的脚印。

这就是那片草地茂盛的空地,也是全校革命师生为贫下中农们所尽的微薄之力。虽然那堆成一座小山一样的粪堆肥不了几亩地,但足可以使春天的校园粪香四溢,使八、九点钟太阳一样的我们茁壮成长。

　　坟墓的右侧便是我们的教室,一排砖瓦与墙皮不停地剥脱着的老房子。在校园前的那座二层苏式老楼被火烧了以后,我们的教室挪到了这儿。曾经的那座楼有一面墙壁上有不少陈旧的枪眼,因为它的对面是某个很大的机关,这座楼在当时是个现成的碉堡,据说那坟墓下的其中两个就是在这里倒下的。至于是怎么死的没人告诉我,只是他们的坟墓在教室门口呆着。至于那座楼是怎么烧起来的,查了好多日子也没查出来,而前一天晚上我们还在里头敲着铁簸箕排练着"三句半",可第二天早晨这楼就变成一堆木炭了。

　　那把火是"阶级敌人"给放的,还是自己烧起来的,谁也不知道。如果真是"阶级敌人"的话,我想老师"吴大牙"准跑不了,因为他长得就不像个好人,跟电影上的坏蛋没什么两样,而且他什么都会,啥课都能教,反正没啥能难住他的,就更不要说放火这点小事了,对他来说简直易如反掌,他这样的人如果干点什么坏事谁能查出来才怪呢。再说他还给过我一勾尖,把我踢出了教室。就凭这我想他准是混进教师队伍的"阶级敌人"。在号召检举揭发坏人坏事的时候,我想应该把他揭发一顿,免得他以后再把我赶出教室。可我不敢,我怕他。只要看见他走过来或者在那儿站着,我准会像个老鼠那样"嗖"地一下就遛了,可是上课的时候跑不掉。我坐在有不少窟窿的课桌背后,像羊看着狼那样,看着他的两颗凶恶的牙齿,尖利的伸出唇外随着嘴巴的一张一合晃动着,我感到他的牙齿还在往大里长哩。这之前,也就是他刚开始教我们的时候,我并没这种感觉。可在我被他收拾了几次之后,就变成这样了。他头一回进教室被我一笤帚疙瘩打在了手上,那是"苍蝇头"(一个同学的外号)把一只死蛤蟆扔在我的课桌上,我去打"苍蝇头"的时候,他从门口进来,便被我打上了。他瞪了我一眼,没说什么,便开始讲课了。我心神不定地低头看着桌子,桌子上黑色的窟窿使我感到有些心慌,我把手指头从桌子下面伸出来,试图堵住那些窟窿。可我看着看着就觉着那不是我的指头,是别的,像是从窟窿里爬出来的几条蛆。这时间,我的脑袋被人拍了一巴掌。我骂了声:"操你妈"站了起来,准备迎头一击。在我刚把拳头举起来的时候,看见了他的那一对暴露出来的牙齿,完了,我想。这回真的完了。果然,他把我赶出了教室。

就这样,我坐在坟墓的边上等着他们下课。手底下在不停地捏死一只又一只蚂蚁。我是在这个教室里被驯服的,之后的我变成一个不论在值得尊敬与不值得尊敬的人面前,都是一幅服服帖帖的样子。我这种"蔫"样子一直持续到现在。

坟墓的背后是一道土墙,墙的背面是一个部队仓库,墙角有一个洞和一个用土坯垒起来的厕所,厕所上面的苇子和牛毛毡在一天夜里被一场风刮跑了,剩下的土墙随着时间的流逝变得越来越矮,这不仅仅是风雨的蚕食,还有我们从墙上翻来翻去,把一些土蹭在裤子上带走了。而墙角那个通往军械库的破洞,常常被我们钻进钻出,并偷回来一些诸如刺刀、雷管、肩章之类的东西。那年秋天,外号"七老汉"的同学,在拿砖头砸一个雷管的时候把一根手指头给炸没了。从那以后墙洞便被封住了,可没过多久,那个墙洞不知又被谁刨开了。在调查是谁干的这事儿的同时修了一道砖墙,这之后,好像再没有谁的手指头被炸了。

那道土墙虽然换成了砖墙,但墙跟前的坟墓却依然是老样子。即没有花圈,也没有人来烧纸。

四

三十年后的今天,我所叙述的这一切都已不存在了,那片草地、那个防空洞以及教室和三座坟墓都与那个时代一起离我们远去了,留下的只是一些支离破碎的值得怀疑的记忆。

现在的这块土地,立着几座住宅楼。住在楼里的人们是不会去想这片土地从前的样子,住在楼里的人们上上下下为生活而奔忙着,没有闲工夫,用来回忆与想象那些与生活无关的往事。

今天,当人们已无法将那些记忆的碎片拼凑在一起的时候,对于记住它也许已经没有什么意义了。

也许回忆就是在我们身后打开的一座坟墓。当我们学会健忘的时候,生活也许才能变得快乐起来。

那三座坟墓在教室的门口曾是我们习以为常的往事。

与新疆有关

一

1972年冬天，我九岁，上小学三年级，从陕西的一个小乡村来到这个到处都是冰雪的城市，这个城市，叫乌鲁木齐。

那时间，我弄不清新疆和乌鲁木齐的关系，我觉着新疆就是乌鲁木齐，乌鲁木齐就是新疆。就像某些人依然把北京就当作中国那样，我觉着它们两个本身就是一回事儿，更何况一个人都有可能有两个名字，别说是这么大的一个地方。

我跟在父母身后，手里牵着弟弟，从火车上下来的时候，看见了这个城市的同时，也看见不少大大小小的汽车以及长得怪模怪样的骆驼以及一群又一群高鼻子深眼窝的人，后来我知道他们是维族人或哈族人，不知为什么我有点怕他们，只是到后来通过打架或者游戏认识了他们，也就觉着他们和我没什么了不同。

这里不像我婆（奶奶）说的那么冷，在村口的时候她抹着泪说："娃呀，到新疆以后，可不敢在外头尿尿，听人家说了：'那会把人给冻住。人一尿尿那尿就给冻成一根棍了，那还不把'鸡鸡'给冻坏哩！'可不敢在外头尿尿，记住了？""那尿尿咋办呢？总不能尿到炕上，再说人家新疆就没炕。""没炕睡啥哩，你尿到炕边就行了。别的你不管。"其实这里根本就不冻，下了火车我就知道了。

我看见汽车轮子上缠着粗重的铁链子；很多与我同年的人，脚上套着一双木板在雪地上滑行着，也有人在汽车后头扒着，虽然常常听到谁家谁家的孩子钻进了汽车轱辘的下面，但我没看见一个扒汽车的人被轧死，后来我知道这叫"冰爬子"，木板下面有两根铁丝；还有人用皮鞭在抽打旋转着的铁疙瘩，据说那叫"牛"，有一种"牛"叫"毛电杆"，是汽车上的一种螺丝，只是我不知道为啥要叫"毛电杆"这个名字。还有称作"髀矢"（羊的髌骨）以及带花纹的碎磁片和砸平的酒瓶盖子……

这些新鲜玩意，让我觉着，城市真是太好了，不仅让我看见了许多新鲜玩意，还让我感到自己也要成为一个城里娃了。

二

我一直觉着我与这个城市中间隔着个什么，至于到底是什么，我一直就没弄清楚。虽然我来到这里已经三十多个年头了。这么多年并没有使我和这个城市亲近起来，倒使我常常感到自己是个外乡人或者游客。这种陌生感有时候让我感到有点恐慌，虽说我生命中的大部分时光呼吸着这个城市的空气，饮用着它的河水，消耗着它的食粮，并接受了它的诸如写字与算术之类的教育。但可惜的是，我用30年的时光也没长成这个城市里的人。

可那时候起我自认为我已经是新疆或者说这个城市里的人了。虽然我来到这里不久，便被同学或者同伴们封之为"陕西娃"，当然，与我同等享受这种被歧视待遇的还有"贼河南""洋芋蛋""阿拉子"等等的带有地域色彩的辱称。

"老家"这个词在这里比任何一个地方都富有意义，这里的很多人都有老家，但当你回到老家，那里的人已经把你当作新疆人，而在新疆，你可能又是"口里"人。你的心里始终会有种浮萍的感觉。

这个城市看上去和"口里"的一些城市没有本质上的区别，但却潜藏着一种极其复杂的东西，这当然不仅仅是说人种以及天南地北的人们，更多地是指人们的行为意识以及不同文化的融合。以及各民族的语言、各地的方言以及思维习惯搅拌在起，像个大杂烩。这个城市懒散、知足、傲慢、真诚、无知、豪放、不设防。这个城市更像一个浓缩后的中国，集国人的优良品质或恶劣习惯于一身，并使这两种极其相反的品格推向极致。

但到底有多少人了解这个城市？总之我不了解，我和这个城市中间到底隔着什么，是一张纸还是一堵墙？我不清楚。

三

几年前，去南方某地出差，遇上一看上去有"文化"的人，在他知道我是新疆人后，目光中透出一丝的惊讶，问我："你真是新疆人吗？"

"是。"

"你父母在哪儿？"

"乌鲁木齐。"

"你的汉语怎么说得这么好。"这时间，我真有点傻了，我像一块突然凝固的东西，半天回不过神来。

新疆到底是个什么？我想只有新疆人或者到过新疆的人是清楚的。

不少"口里"人直到今天还是这样看待新疆和新疆人的，在电视电影以及种种的媒体传播中，新疆人就是有很多小辫子的维吾尔小姑娘和两撇胡子的阿凡提大叔们。

不知道从什么时候开始又是谁培育了人们的误解与无知。

这种被摆布的、为迎合而作的新疆人，流进很多人的脑子里，成为一种无法根除的污染源。当虚假被重复千遍以后，它比真实还真实！

帐篷、羊群、戈壁、沙漠、被尘土覆没的所谓"丝绸之路"以及一些只会唱歌跳舞的人，成为新疆以及新疆人的标签。这种装在某个特定瓶子里的意象，组装出的新疆也只能是这个样子。

清平乐　李贵春

阳春三月，
西北山气寒。
斜风绕石泰茫然，
临流哨声一片。

梅落桃开时节，
杨柳于人气洁。
今日根根相连，
何愁小树参天。

红山:另一侧的安宁(组诗) 王　族

诗歌应该来自一种暗示,当这种暗示变得确切时,它就变成了一种指引,对命运会起到微妙的作用。

红山,是确切存在的一座山。我常常一个人在山上闲走,或选择一个地方静静地坐一下午,抽几支烟,想些事情。数年来,这座山成了我心灵的僻隅。

我写下了有关红山的诗歌。写作是对暗示的一种尊重。

红　山

一只老虎临空伸出了头颅
似乎要从一座山上一跃而起

我曾经在笔记本上记录过四次对它的观察:

第一次:风

　　风来了 轻轻拍打着它的面额

　　它一动不动 任尘土一层一层落下

　　风　不是呼应着它内心的咆哮

　　就是它天长日久舒缓的呼吸

第二次:雨

　　密集的雨落下 像实施阴谋的刀子

　　像是在不停地切割着它的头颅

　　但它一声不响 张开嘴将大雨吮吸干净

　　它也许太饥渴了 痛饮着谋害自己的刀子

　　以至于将苦难都忘得一干二净

第三次:雪

　　雪是无声的 将它静静地覆盖

　　它进入梦境 积雪弥漫开眩晕的光芒

　　它蜷缩的身体变得悄无声息

　　像一颗经过思考的心脏 在慢慢安静

第四次:夜

　　它披上夜这件宽大的衣裳

　　变得更加明朗和清晰

　　星星和月亮躲到了远处

　　只有它浓烈的鼻息在黑暗中隐隐作响

四次观察转瞬即逝 我没有看清一只老虎
合上本子 似乎又藏起了它石头长成的心

朝圣的另一侧

（红山入口处，一块碑上有这样的记载：
多年前，红山为神山，多有牧民朝拜。）

一双隐藏的手 紧握着一座山的往事
时间越久 似乎握得越紧
尘埃披离而下 围住了它作为神山的一颗心

怀念这颗心 怀念它曾经拥有的神圣
还有那些满怀虔诚四处走动的牧民
他们像是历经了所有的热烈
又像在寂静中潜藏了自己的身影

与一座山对视 我站立的位置
也许容纳了此时的安静和从容

噢 辽远胸怀远去了
只留下在安静中变得更为博大的心灵

为这安静中的博大低下头 我看见

河滩路上奔驰的车辆像春天的羊羔
而此时远离朝圣的牧羊人
已变得无比安宁

从山上游下来的鱼

一位退休的地理老师 他的家是一个海洋
几亿年前的鱼变成化石 从山上游到了这里
时间 随着它们模糊的神经在蠕动

我伸出手抚摸 化石中有它们坚硬的呼吸
而它们的翅在一个姿势中凝固
它们沉睡一个世界因此进入了另一个世界

最让我感动的是 这些鱼被地理老师藏在床下
在梦中 他被这些鱼驮在大海上远行
而这些鱼似乎也获得了新生

我们谈论这些用"石头的方式"活着的鱼时
它们便赢得了这一时刻的语言
哦 它们其实就活在人们的怀念中
并赢得了在语言中复活的机会

离开时 我谢绝了他送我的鱼化石

一条鱼从山上游下来一路撒下火焰

我想让它坚硬的身体拥有一个家

并在一位老人的目光中静静地入睡

返回的路上　我想起新疆亿万年前是大海

后来海水退却　波涛留在隐秘的事物中涌动

我迟疑了——我脚下的这块土地

是大海留下的坚硬背影

在如今的岁月里　又紧紧拥抱着风尘

清朝时,红山是一个围猎场

有许多动物被圈养在这里

等待与人较量　与弓箭对峙

它们从森林里走出　在这里成为战士

成为命运唯一的守望者

而我怀念它们安静的时刻

一阵风吹过　树叶和草发出声响

它们的双眼也许会泛开一丝迷醉

风吹动着心　一块草地便是一片森林

它们甚至可以随意走动

四蹄和石头碰出火星　尾巴甩来甩去

让空气中弥漫出一股甜蜜的味道

如果它们停下　一定有一朵花开得正艳

它们的脸庞被照亮　像是回到了童年

当然　它们最终仍等来了人们围猎的那一天

阳光开始颤抖　弓箭发出脆响

它们撒开四蹄在山坡上逃奔

太阳很快隐没　昏暗的光线吞没了一切

它们要么在鲜血中倒下

要么逃到山顶停住　用茫然的眼睛望着身后

如今　围猎者已变成从时间的指缝中滑落的尘埃

只有它们　变成了一座山不可忘却的记忆

没有人为它们突然停下

没有一道山谷让暮色四合　让月光低垂

它们悬在半空　和时间一起疼痛

躲起来吧　一座山已被时间加冕成巨大的寂静

一件事

写一件在新疆会经常发生的事情——

夏天　会有许多人来新疆旅游

出发前往往给新疆的朋友打一个这样的电话：

"下飞机后是否骑马进城，要走多长时间？"

新疆的朋友听了后默默一笑　在电话中不说什么

到了乌鲁木齐　他一路唠唠叨叨：

"拉萨有布达拉宫，乌鲁木齐也应该有那样的建筑。"

于是朋友带他去了红山　在山顶站了一会儿

他说乌鲁木齐有拔地而起的气魄

朋友又让他扭头看博格达　他禁不住发出惊呼：

"好美的一座王冠，戴在天山的额顶。"

下山时　朋友问他对此地有何感想

他说："在山顶时感到自己被阳光淹没了，

而看到博格达的一瞬，又像突然回到了母亲的怀抱。"

住了一夜　第二天他对朋友说：

"昨晚地底下似乎有野兽奔突，

一夜都没睡好，感到整个宾馆都要被掀翻了。"

朋友笑笑说："你忘了来之前打过的电话，

往红山上一站，一匹马便将你驮入浩渺的星空。"

大风中的锁子

山上真冷　似乎要把我们冻成石头
但铁链上的同心锁却不冷
身子虽然被雪压着　但却牢牢锁住最初的愿望

因为有冰　我们无法走到同心锁跟前
而凛冽的大风也在阻止着我们
哦　这些锁子用一次完成了一生
阻止我们的大风多么像它们的守护神

噢　这些锁子　因为爱情爱上了世界的冷
爱　有时是比这个世界的冷更冷的冷
像大雪从山顶滑向山顶

植物马

我拍下山上的一棵树(它的枝条被修整得像一匹马)
请朋友欣赏　他看完后没说什么
我告诉他　现在看不出它像什么

但到了春天　绿色的叶子会让它变成一匹马

它将在山顶上努力把头颅伸进天空

今天　我为它写下一个词：疼

它活在这个词中　季节是它的肉身

它站在原地奔跑　影子慢慢放大了天空

"瞧，它在寒冷的冬天裸露着身子，

在酷热的盛夏又会披上厚厚的绿色衣裳。"

——述说者的嗓音突然变得沙哑

像月光被卡在不断扭动的风中

而一棵树　却沉浸在幸福中纹丝不动

我试着揣摸它更深处的意念——

它周身洞开　让世界不停地扑空

而它自由的心踩着风出出进进

鸟瞰乌鲁木齐

向下鸟瞰　乌鲁木齐在雪山一侧闪闪发光——

"美丽的牧场"① 如今楼房像羊群一样密集

坚硬的水泥森林在沙漠和雪山的缝隙耸立

城市　这努力向上攀登的青年

它将来的依靠不再是一棵斑驳的胡杨

街道旁　四月的最后一场雪

与泛绿的树木紧紧拥抱

这是一种狂妄的爱情　或欲望的交媾

洞悉了这一秘密的人变得无比骄傲

被歌声引领　开始试着唱出此时此刻的命运

一个地区拥有了雪山的王冠但习以为常

拥有了平静中的热烈却懂得精心喂养

懂得不背叛心灵的狂妄——

不远处　低着头的羊

内心装下了最为宽阔的牧场

而小草在闪耀　想把绿色衣裳扔到天上

① 乌鲁木齐意为"美丽的牧场"

最后一首诗

我突然觉得应该为红山写下最后一首诗

犹如一座山只剩下最后的呼吸

或者为了暗示我

要在最好的时机中隐身而去

这迷醉的虚无　让我不能自拔的疯狂和痛

让时间无声地漫过　但它却比时间更长久

如果我在低处寒冷　它一定在高处弱不禁风

如果我仰望它　它一定更高更远

但这是写给一座山的最后一首诗

如果朗读的神　在高处挥霍了所有的声音

我便注定在低处　默不作声

浪花的独唱　张筱謹

怀揣着对你的炙热梦想

被孤独地搁浅在了

那遥远的异域他乡

暗淡了轻纱飞舞的影像

也远了散了心中的轻狂

你让我独自流浪

只为了成就你的荣耀和梦想

曾经的痴狂

被你亲手埋葬

在飞逝而过的铁轮两旁

你始终看不到那眼眸中的凄凉

因为在你怀中

我平静异常

唯有离开你居住的地方

独自流浪,游走他乡

黑色的夜空上

开满了你注视我独行的目光

只因陶醉只因痴狂

我便不想是否可以伴你到地久天长

爱上了你之后

我便不再相信

那誓言汇成的海洋

是否是末日来临的地方

只想为你一个人吟唱

只想保持矜持的伪装

如果一直可以这样

停泊在你的胸膛

我愿意迷失

迷失在那段最唯美的时光

古道斜阳

远了羌笛的悠扬

衰草胡杨

葬了难舍的衷肠

在黄沙飞舞的旅途上

流浪成了最终的方向

不是不想伴你到地老天荒

可奉献了一生的匆忙

却希望渺茫

不是不想陪你到地久天长

可枉用了一世的彷徨

却换取了一世的忧伤

要穿过多少道城墙

才能找到幸福的方向

要等待多长的时光

才又回到你的身旁

白桦林　　叶尔江·铁流

很多年以来

我没有交过一个可信赖的朋友

没有谈过一场惊天动地的恋爱

很多年以来

我总在不停地保护自己

不让自己受伤

渴望有人用他的温暖

驱散我的寒冷

我不知道如何去迎接风霜

沐浴阳光

期望有人抹去我

失落的记忆 痛苦与忧伤

帮我脱掉虚伪的衣裳

这是不是一个美丽的幻想